古典文學研究輯刊

十一編

曾永義 主編

第 7 冊

南朝門第維持與文體變遷之關係研究
——以詩爲主要觀察範圍（上）

林童照 著

國家圖書館出版品預行編目資料

南朝門第維持與文體變遷之關係研究——以詩為主要觀察範
圍（上）／林童照 著 -- 初版 -- 新北市：花木蘭文化出版社，
2015〔民 104〕
目 4+186 面；19×26 公分
（古典文學研究輯刊 十一編；第 7 冊）
ISBN 978-986-404-113-8（精裝）
1. 中國詩 2. 南朝文學 3. 詩評
820.8   103027544

ISBN-978-986-404-113-8

9 789864 041138

古典文學研究輯刊
十一編 第七冊   ISBN：978-986-404-113-8

南朝門第維持與文體變遷之關係研究
——以詩爲主要觀察範圍（上）

作　　者 林童照
主　　編 曾永義
總 編 輯 杜潔祥
副總編輯 楊嘉樂
編　　輯 許郁翎
出　　版 花木蘭文化出版社
社　　長 高小娟
聯絡地址 235 新北市中和區中安街七二號十三樓
　　　　 電話：02-2923-1455／傳眞：02-2923-1452
網　　址 http://www.huamulan.tw 信箱 hml810518@gmail.com
印　　刷 普羅文化出版廣告事業
初　　版 2015 年 3 月
定　　價 十一編 29 冊（精裝）台幣 52,000 元

南朝門第維持與文體變遷之關係研究
——以詩為主要觀察範圍（上）

林童照　著

作者簡介

林童照 1964 年生於台灣新竹市，1987 年畢業於中國文化大學中文系取得學士學位，隨即進入同校碩士班進修，並於 1991 年取得中文碩士學位。2012 年於成功大學取得中文博士學位。目前為高苑科技大學通識教育中心副教授。其研究領域為魏晉南北朝文學、文學社會學、古典文化應用設計等。

提　要

　　南朝帝王不肯假權於大臣，使士族的實權大削，但士族仍能透過博學而來的議禮論政能力參政，終於發展成士族以「朝章大典方參議焉」為維持門第不墜的途徑。由於重禮，因而禮所具有的「分」、「和而不同」的精神受到張揚，區分類別及類優先性的「區分的世界觀」，也就具有了重大作用，輔之以本根末葉、連類思維方式，便成為南朝建構萬物意義、價值的根本方法。擴及至南朝詩的發展亦如此。元嘉三大家代表諸種文化資本在文學場域中的競爭，此競爭在「區分的世界觀」下形成平衡，而這過程也推動了南朝文體的變遷。與「區分的世界觀」相應，促成了外在世界客觀性強化、場合自具客觀意義等觀念的發展，反映在南朝的文體觀念中，也使得文體之各種構成因素，得以自具相對獨立的意義，與情志因素俱為可操作的項目，形成南朝詩「性情漸隱」的現象，而詩之美也不在自抒真情實志，轉而在「所有因素恰如其份」。同時，隨著皇權與士族在文化上的同化，藉助外在客觀性以建立論述權威的現象，逐漸為菁英的集體主觀性所替代，菁英共識成為論述、感受之正當性的來源，而這也就隱含著事物意義依人的主觀性而確立的意涵。此雖甚具重建秩序的力量，但由於「區分的世界觀」已成固著的心態，因此即便主觀感受得以推動「新變」，但也只是在既成秩序之中，另外區分一領域以容納「新變」成果，此使「新變」的批判可能性被剝奪，「新變」因而只能是孤立地佔據一社會位置、無關於整體秩序變革的一項事物。於是世界雖不斷變化，但實際上是以同質的結構，穩定地再生產，南朝詩的發展，也因此始終表現為「色新」而非「質變」。與其時之世界觀同構，南朝士族以其建構世界的能力／權力，佔有著社會秩序中頂層的位置，在社會秩序穩定地再生產之下，也就維持著士族之門第於不衰。

目

次

第一章 緒 論

一、研究動機及成果回顧

（一）研究動機

六朝文體發展至劉宋時代，出現一顯著的轉折，且其影響深及於後代，此自當時文論之描述可見一斑。如《文心雕龍·明詩》云：「宋初文詠，體有因革，莊老告退，而山水方滋；儷采百字之偶，爭價一句之奇，情必極貌以寫物，辭必窮力而追新：此近世之所競也。〔註1〕」〈通變〉篇亦云：「今才穎之士，刻意學文，多略漢篇，師範宋集。〔註2〕」由此可知劉勰已觀察及劉宋時代的文體變遷，且其影響直至齊梁而未減。而《詩品·序》則云：「顏延、謝莊，尤為繁密，于時化之，故大明、泰始中，文章殆同書抄。近任昉、王元長等，詞不貴奇，競須新事，爾來作者，寖以成俗。〔註3〕」此則是鍾嶸強調劉宋時代所產生的變革，發展至齊梁時已為作者大量創作。

再如裴子野〈雕蟲論〉亦云：「學者以博依為急務，謂章句為專魯，淫文破典，斐爾為功。無被於管弦，非止乎禮義；深心主卉木，遠致極風雲。……討其宗途，亦有宋之遺風也。〔註4〕」裴氏雖對其時之文風不滿，然亦指明

〔註1〕見〔梁〕劉勰著；周振甫注《文心雕龍注釋》（台北：里仁書局，1984），頁85。又，本文徵引文獻，僅於每章首見時註明出版資料，其後於本章徵引相同文獻，則只標明頁數。

〔註2〕同上，頁569～570。

〔註3〕〔梁〕鍾嶸著；陳延傑注《詩品注》（台北：台灣開明書局，1978台七版），頁7。

〔註4〕見郁沅、張明高編選《魏晉南北朝文論選》（北京：人民文學出版社，1999），

此爲沿襲「有宋之遺風」所致。除此之外，當時尚有不少篇章也已體認文體至劉宋時代，已出現不小的轉折〔註5〕。足見文體至劉宋一變，且其影響深及後代文學，此蓋爲南朝文論家的共識。

南朝文學的發展既與前代有顯著的差異，則南朝對於文學的認知，自也成爲推動南朝文學變革的重要動力、爲理解南朝文學不可或缺的項目。自曹丕《典論・論文》主張之「詩賦欲麗」、「不朽之盛事」開始，文學脫離於政教的特質逐漸明顯，此後基於這種觀點以看待文學的言論，便在魏晉南北朝的文論中隨處可見。如陸機〈文賦〉「詩緣情而綺靡」的標舉，標誌著對文學抒情及形式特質的認知；蕭統《文選・序》「事出於沈思，義歸乎翰藻」的選文標準，強調了文學的形式特徵，而其「入耳之娛」、「悅目之玩」之說，則表明了文學的遊戲內涵；蕭綱〈誡當陽公大心書〉「立身之道，與文章異；立身先須謹重，文章且須放蕩」的論斷，則明確打破儒家傳統，強調文學獨立於道德〔註6〕。以上諸說雖自各種不同角度論述文學，但都延續著文學自具價值的觀念，從而使得魏晉南北朝的文學思想在文學史上具有獨特的意義。

雖然南朝重視文學的獨立價值，但這並不意味著文學即擺脫了社會性目的，政治、社會、傳統等因素仍持續地對文學發揮作用。故如《文心雕龍・宗經》所謂之「勵德樹聲」等觀念，也可謂俯拾即是，如《文心雕龍・序志》：「唯文章之用，實經典枝條，五禮資之以成，六典因之致用，君臣所以炳煥，軍國所以昭明。〔註7〕」蕭統〈陶淵明集序〉：「有助於風教。〔註8〕」裴子野〈雕蟲論〉：「勸善懲惡，王化本焉。〔註9〕」蕭繹《金樓子・立言》：「其美者足以敘情志，敦風俗。〔註10〕」等等。因此顏崑陽先生指出：

> 魏晉之後，「自我抒情」的詩歌活動有蔚爲主流的趨勢，但兩漢之前所形成的那種「社會文化行爲」的「詩用」活動，卻沒有斷絕，

頁325。

〔註5〕 如《宋書・謝靈運傳論》云：「爰逮宋氏，顏謝騰聲。靈運之興會標舉，延年之體裁明密，並方軌前秀，垂範後昆。」邢邵〈蕭仁祖集序〉云：「昔潘陸齊軌，不襲建安之風；顏謝同聲，遂革太元之氣。」等，皆指明劉宋爲文體變遷的重要時代。引文見同上，頁297、405。

〔註6〕 《典論・論文》、〈文賦〉、〈文選序〉、〈誡當陽公大心書〉，引文見同上，頁13～14、147、329、354。

〔註7〕 二引文，見〔梁〕劉勰著；周振甫注《文心雕龍注釋》，頁32、915。

〔註8〕 見郁沅、張明高選編《魏晉南北朝文論選》，頁335。

〔註9〕 同上，頁325。

〔註10〕 同上，頁366。

而代代相傳，其普遍之現象，並不稍遜於「自我抒情」。〔註11〕
證諸時人之言論，即可見重視文學之社會性功用的現象，在其時仍十分廣泛，
如裴子野〈雕蟲論〉即描述創作「思存枝葉，繁華蘊藻」的作品，其目的之
一即在於「用以自通」，其文云：「古者四始六義，總而爲詩，既形四方之氣，
且彰君子之志。……而後之作者思存枝葉，繁華蘊藻，用以自通。〔註12〕」
王僧虔〈誡子書〉云：「舍中亦有少負令譽弱冠越超清級者，于時王家門中，
優者則龍鳳，劣者猶虎豹，失蔭之後，豈龍虎之議？況吾不能爲汝蔭，政應
各自努力耳。或有身經三公，蔑爾無聞；布衣寒素，卿相屈體。或父子貴賤
殊，兄弟聲名異。何也？體盡讀數百卷書耳。〔註13〕」王氏之所以強調讀書
之重要性以勉勵其子弟，原因在於文化素養影響了名聲之抑揚、地位之貴賤，
此自然也就影響了家門的貴盛與否，因而士族以文學表素養、求名聲，便是
十分自然的事。這種以文學維繫門第的觀念，在王筠〈與諸兒書論家世集〉
中則有更爲明確的表達：「史傳稱安平崔氏及汝南應氏，並累世有文才，所以
范蔚宗云崔氏『世擅雕龍』。然不過父子兩三世耳，非有七葉之中，明德重光，
爵位相繼，人人有集，如吾門世者也。沈少傅約與人云：『吾少好百家之言，
身爲四代之史，自開闢已來，未有爵位蟬聯，文才相繼，如王氏之盛者也。』
汝等仰觀堂構，思各努力。〔註14〕」此中將文學視爲「仰觀堂構，思各努力」
的方向，其寄文學以維繫門第興衰的厚望，可說是十分明顯的。而《南史·
始安王遙光傳》則明白地將士族汲汲於文學的原因，歸於求官的目的：「（蕭
遙光）嘗從容曰：文義之事，士大夫以爲伎藝欲求官耳。〔註15〕」

至隋代李諤〈上隋高帝革文華書〉，對南朝文學風尙作了總括性的描述，

〔註11〕見氏著〈論唐代「集體詩用意識」的社會文化行爲現象——建構「中國詩用
學」初論〉，《東華人文學報》第 1 期（1999.7），頁 44～45。其中所謂「詩用」
指的是把「詩」當作「社會行爲」的「語言媒介」去使用，以達到詩歌本身
藝術性之外的某種社會性目的；「社會文化行爲」指「一種社會行爲，如歷時
性或並時性地有多數人反覆操作，形成『行爲模式』，即是『社會文化行爲』」。
顏文雖然僅以詩爲言，然其他文類亦是如此。

〔註12〕郁沅、張明高選編《見魏晉南北朝文論選》，頁 325。

〔註13〕〔梁〕蕭子顯撰；楊家駱主編《（新校本）南齊書》（台北：鼎文書局，1996），
卷三十三，〈王僧虔傳〉，頁 599。

〔註14〕〔隋〕姚察等撰；楊家駱主編《（新校本）梁書》（台北：鼎文書局，1986），
卷三十三，〈王筠傳〉，頁 486～487。

〔註15〕〔唐〕李延壽撰；楊家駱主編《（新校本）南史》（台北：鼎文書局，1994），
卷四十一，頁 1040。

同時也呼應了蕭遙光的觀點，爲南朝無政教內涵的文學得以興盛的原因做出說明：「江左齊、梁，其弊彌甚，貴賤賢愚，唯務吟詠。遂復遺理存異，尋虛逐微，競一韻之奇，爭一字之巧。連篇累牘，不出月露之形；積案盈箱，唯是風雲之狀。世俗以此相高，朝廷據茲擢士。祿利之路既開，愛尚之情愈篤。於是閭里童昏，貴遊總丱，未窺六甲，先製五言。至如羲皇、舜、禹之典，伊、傅、周、孔之說，不復關心，何嘗入耳？以傲誕爲清虛，以緣情爲勳績，指儒素爲古拙，用詞賦爲君子。〔註16〕」李諤在此明確地說明了南朝「貴賤賢愚，唯務吟詠」的，是競奇韻、爭巧字、形月露、狀風雲的作品，雖然這類作品遠離現實社會，但卻仍能盛行不衰，其中重要的原因即在於其政治功用——「朝廷據茲擢士」。如此，則獨立於政教意義之外的文章，在時人的觀念中，仍與參政密切相關。由此可見，南朝之文學雖然有其獨立的地位，但是其社會性功用卻從未因此消失，並且其時文士亦不乏對此社會性目的有清楚的自覺者。

於是在文學干係士族仕進及門第盛衰的情況下，士族追求以文顯名，便也是意料中事，這自然也就成爲以文學「新變」而「代雄」觀念出現的重要原因〔註17〕。然而欲以文章稱雄者，必當考慮此時文壇最有影響力的讀者群——士族的普遍接受，否則即使其文已變，亦難以稱雄。而士族又將文學與其仕途相連，因此「變」的現象、觀念，甚至其可「變」的範圍，也當與士族的觀念、切身處境相關，並非只在「習玩爲理，事久則瀆。在乎文章，彌患凡舊」而已〔註18〕。基於士族爲此時最有影響力的作者及讀者群，因此以士族門第與文學關係的角度理解南朝的文學，應是一值得嘗試的途徑。

（二）研究成果回顧

就文學與士族的關係而言，錢穆先生曾總論其中的密切性，其云：「魏晉南北朝時代一切學術文化，必以當時門第背景作中心而始有其解答。當時一切學術文化，可謂莫不寄存於門第中。〔註19〕」這「一切學術文化」，自然包括了文學，而士族與文學二者的密切關係，確也如錢穆先生所述，因此研究

〔註16〕郭紹虞主編《中國歷代文論選（上冊）》（台北：木鐸出版社，1987），頁326。
〔註17〕《南齊書·文學傳論》：「習玩爲理，事久則瀆。在乎文章，彌患凡舊；若無新變，不能代雄。」見郁沅、張明高選編《見魏晉南北朝文論選》，頁340。
〔註18〕引文同上註。
〔註19〕錢穆〈略論魏晉南北朝學術文化與當時門第之關係〉，《新亞學報》第5卷2期（1963.08），頁77。

魏晉南北朝文學，幾乎無法不觸及士族問題。就錢穆先生此文所言及之文學部分而言，除士族的文學成就外，其標舉出「魏晉以下之門第，既不能在政治上有建樹，乃轉趨於在文辭上作表現」、「魏晉以下之門第，一面謹守儒家舊傳統，一面又競慕文學新流。在此二者間，未能融會調劑，故使利弊互見，得失交乘。此一種複雜之情形，極難剖析盡致」的結論〔註20〕，極具啓發性。尤其南朝士族相較於魏晉時代，益發不能在政治上有所建樹，但所作吟風弄月、不干政教之文，卻是士族踵繼爲官以維持門第不墜的「祿利之路」，其中緣故確實值得深思；而門第教養求謹重，文章辭采重軼蕩，此背道而馳的裂痕並存於門第中人，其「極難剖析盡致」之處，正是值得繼續追索之處。

　　既然士族與文學的關係如此密切，故學者甚早即已對二者的關係有所著墨，古代評點式文學批評可勿論〔註21〕，近代學者如劉師培《中國中古文學史講義》即已指出：「自江左以來，其文學之士，大抵出於世族，……既出自世族，故其文學之成，必於早歲，且均文思敏速，或援筆立成，或文無加點，此亦秦漢以來之特色。〔註22〕」此中已關注及士族與文學，惜所論甚少。

　　此後涉及士族與文學者，主要是一般文學史、文學思想史，如王忠林等《中國文學史初稿》（台北：石門圖書公司，1978）、劉大杰《（校訂本）中國文學發展史》（台北：華正書局，1984）〔註23〕、鍾優民《中國詩歌史（魏晉南北朝）》（長春：吉林大學出版社，1989）、曹道衡、沈玉成《南北朝文學史》（北京：人民文學出版社，1991）、傅剛《魏晉南北朝詩歌史論》（長春：吉林教育出版社，1995）、羅宗強《魏晉南北朝文學思想史》（北京：中華書局，1996）、王鍾陵《中國中古詩歌史——四百年民族心靈的展示》（北京：人民出版社，2005）……等。但因諸作之「史」的性質，所以對士族與文學的關係，大多是或隱或顯地視士族現象爲文學發展的歷史背景，若對士族有較多

〔註20〕同上，頁66。
〔註21〕如趙翼《二十二史劄記》即有「古文自姚察始」、「齊梁之君多才學」等條目，涉及六朝之文化及文學現象。但所論零散，且多爲表面文化現象之描述，因此缺乏對士族與文學關係的關注。見〔清〕趙翼著《二十二史劄記校證》（台北：王記書坊，1984），頁196、245～248。
〔註22〕劉師培撰；程千帆、曹虹導讀《中國中古文學史講義》（上海：上海古籍出版社，2000），頁95。依此書「導讀」，此書撰成於1917年，爲劉氏於北京大學授課時之講義（頁2）。
〔註23〕劉大杰先生此著出版時間實早於此，原分上、下二卷，分別由上海中華書局於1941、1949出版，此後又屢經修改。然因本文之目的不在追索學者思想變化發展之歷程，姑舉此台灣常見版次爲說。

的論述，也多在其整體文化素質、整體歷史境遇的概述。涉及個別作家時，則大致以家學、家族聲望、仕宦經歷等爲說，也因此述及作家的士族身份，便頗類似於述其個人經歷之一環。

除此類以「史」爲著眼點之著作外，一些專論之作，如王瑤〈政治社會情況與文士地位〉一文，提出士族的門閥及官位，爲其文人地位的決定因素之說，「因此所謂文士地位也就只是指他在政治社會上的地位」〔註24〕。

方北辰《魏晉南朝江東世家大族述論》（台北：文津出版社，1991），則有專章描述江東世家大族的各種文化活動，其中兼及個別士族文人的文學成就。

劉躍進《門閥士族與永明文學》（北京：生活·讀書·新知三聯書店，1996），則主要探討「竟陵八友」的文學活動、辨析永明體特徵，本書之附錄，則兼論南北士族的融合、士族由武向文的轉變。

程章燦《世族與六朝文學》（哈爾濱：黑龍江教育出版社，1998），則在本書「上篇」以「族」爲著眼，論述宗親倫理對文學題材的影響，並論及文學集團、人物品藻對文學批評的影響。「中篇」則選論陳郡謝氏、吳郡張氏之文學，同時以東晉王、謝二族爲例，探討士族間的矛盾。「下篇」則分論諸多個別作家及作品，兼及考證。

詹福瑞、李金善《士族的挽歌：南北朝文人的悲歡離合》（保定：河北大學出版社，2002），以士族衰敗及人格卑瑣化爲脈絡，描述南北朝文學變化與士族精神之關係。

至於論述士族家族文學之作亦所在多有，如丁福林《東晉南朝的謝氏文學集團》（哈爾濱：黑龍江教育出版社，1998），以謝氏爲中心，描述其家族的發展過程，並集中地敘述其家族人物的文學成就。

王永平《六朝江東世族之家風家學研究》（南京：江蘇古籍出版社，2003）、吳正嵐《六朝江東士族的家學門風》（南京：南京大學出版社，2003），二書側重於江東的世家大族，對吳姓諸多家族的特色進行了分析。

曹道衡《蘭陵蕭氏與南朝文學》（北京：中華書局，2004），則以蕭氏爲主要觀察線索，然而由於蕭氏家族爲齊、梁二代之皇族，因此其地位、其文化素質及文學好尚等，在在牽動南朝文學之變化，凡此皆爲本書所關注。故

〔註24〕王瑤〈政治社會情況與文士地位〉，收入氏著《中古文學史論·中古文學思想》（台北：長安出版社，1986 三版），頁 1～43。引文見頁 43。

本書涉及南朝士族之地位升降、將門之文人化過程、文學集團等問題，對於南朝的永明體、宮體、《文選》、《玉臺新詠》諸多相關問題也多所發揮。而蕭氏個別文人的文學活動、文學成就，自然也在分析之列。

王永平《六朝家族》（南京：南京出版社，2008），則除納入其前作所論之江東士族外，另擴充部分僑姓士族的論述。

而一般史學著作，也有述及士族與文學者，如毛漢光《兩晉南北朝士族政治之研究》（台北：中國學術著作獎助委員會，1966），在描述士族之家學時，間或涉及文學。

王仲犖《魏晉南北朝史》（上海：上海人民出版社，1980），設有專節論述魏晉南北朝之文學，然士族亦僅是作爲時代背景或作家個人之身世背景看待。

蘇紹興〈東晉南北朝之文學士族對當代文學學術之貢獻〉〔註25〕，描述了士族貴尙文學的風氣及其成就，呈顯士族的風尙對文學的影響。

學位論文涉及士族與南朝文學者，則有趙雷〈士族與魏晉南北朝文學研究〉（蘇州大學博士論文，2009），論及儒、玄、佛對文學創作的影響；南朝士族政治地位下降，因而使文學走向細膩精巧卻缺乏氣格之路；士族各異的家學家風，影響南朝文學的題材、形式等的發展。同時，此文亦述及家族的政治地位、社會關係對其家族文學地位的影響，並對家族的地域色彩及其擴散、士族文學集團有專章敘述。此外，學位論文則多以個別家族的家學家風爲重點，因此在論述個別家族的諸種文化表現中，同時述及其家族的文學風氣、人物及成就。如林志偉〈東晉南朝陳郡陽夏謝氏的興衰——一個門閥士族的個案研究〉（東海大學中國文學系碩士論文，2000）、姚曉菲〈兩晉南朝琅邪王氏家族文化與文學研究〉（揚州大學博士論文，2007）、孫艷慶〈中古琅邪顏氏家族學術文化與文學研究〉（揚州大學博士論文，2010）等。〔註26〕

以上這些著作都對士族與文學的關係，作了有用的結論，本文對諸學者的成果亦多所採擷。然而筆者以爲，在南朝士族與文學的諸多關係中，至少尙有一角度，在現今學界中仍少有措意，此即南朝士族對於文學與其仕進、門第不衰之關係，有著清楚的自覺，這種自覺在上文所舉裴子野〈雕蟲論〉、王僧虔〈誡子書〉、王筠〈與諸兒書論家世集〉及南齊宗室蕭遙光「文義之事，

〔註25〕收入氏著《兩晉南朝的士族》（台北：聯經出版事業公司，1987），頁203～219。
〔註26〕至於單篇論文以個別家族或士族個人爲觀察對象者則頗多，不一一列舉。

士大夫以為伎藝欲求官耳」的說法中，已可明顯見出，但其間的關係尚未見深論。

間或有學者關注及文學與士族、政治的關係，如曹道衡〈論東晉南朝政權與士族的關係及其對文學的影響〉（《文學遺產》2003 年第 5 期，頁 29～38），著重在論述家族政治地位興盛，則其家族文學創作旺盛的連帶關係。

林繼中〈士族・文化・文學〉（《福州大學學報（哲學社會科學版）》2004 年第 4 期，頁 39～42），述及南朝用典隸事現象與嚴別士庶的關係、士族因衰敗而使文學由山水降為宮體。

鍾濤〈試論駢文創作在六朝的政治功用——以九錫勸進等文為例〉（《柳州師專學報》第 20 卷第 4 期，2005 年 12 月，頁 1～7），主要在描述駢文用於政治場合的現象。

楊艷華〈論門第家族對顏延之、謝靈運詩歌創作的影響〉（《漳州師範學院學報（哲學社會科學版）》2008 年第 2 期，頁 76～80），以出身高門的謝靈運與次等士族的顏延之比較，認為劉宋時代之政局，為顏、謝造就不同的機遇，再加以顏、謝家學不同，因而使顏、謝分別選擇應制詩、山水詩發展。

而學位論文則有程明〈試論南朝皇室與士族在文學上的互動〉（四川師範大學碩士論文，2003），認為士族與皇室在文學上的互動，促進了南朝文學的興盛、上層社會的文人化，並推動了南朝文學新變的發展。〔註 27〕

以上諸作所討論的議題，皆對本文有所助益，然而筆者尚另有關切的現象，尤其如李諤所謂之「競一韻之奇，爭一字之巧。連篇累牘，不出月露之形；積案盈箱，唯是風雲之狀」的南朝文章，既無用於政教，甚且往往為學者視為士族衰敗、腐朽的表徵，但這在南朝卻是「世俗以此相高，朝廷據茲擢士」的對象，亦即這些衰敗、腐朽的表徵，竟成為社會推崇、朝廷選拔治國人才的項目，此中之緣由仍有待探索。更何況士族「一面謹守儒家舊傳統，一面又競慕文學新流」，此謹重與放蕩的矛盾現象，卻並存於士族風習之中，凡此錢穆先生所謂之「極難剖析盡致」之處，仍是南朝文學尚待討論的議題。

基於以上問題與士族、政權、文學關係密切，且時人對文學與士族門第興衰有著清楚的自覺，因此本文以門第維持與文體變遷的關係為進路，以理

〔註 27〕另，曾毅〈南朝皇室和士族文學互動關係對南朝文學的影響〉，《時代文學（理論學術版）》2007 年 2 期，頁 73～74、〈南朝皇室與士族文學態度互動〉，《時代文學（理論學術版）》2007 年 4 期，頁 65。所論與此文相近，不贅述。

解南朝的文學現象及文學觀念。

二、研究方法與章節安排

　　以魏晉南北朝文學而論，其時文學與士族關係中的一個醒目的現象，就是文學被視為是「貴族身份之一種應有的修養與應有表現」〔註 28〕，因而可說文學在魏晉南北朝時代，具有象徵士族身份的作用〔註 29〕。而身份與士族任官參政之特權異常密切，因此十分明顯地，文學具有象徵士族權力（或應有權力）的作用，簡單地說，文學具有「象徵性權力」的作用。

（一）象徵性權力概念

　　所謂的「象徵性權力」（symbolic power）是法國學者布爾迪厄（Pierre Bourdieu, 1930～2002）所提出的概念，它具有維持社會相對穩定的重要效用。在布爾迪厄的理論中，象徵性權力的產生及作用，不但與場域（field，如文學場域、哲學場域、新聞場域……等）有關，同時也與行動者（agent）的慣習（habitus，指個人無意識的認知、感知、行動等傾向）及社會空間（social space，指社會中的各種資本、權力分佈所形成的象徵性空間）互相建構。由於布爾迪厄的理論，頗符合南朝文學的兩面現象（即不但呈現出獨立性，同時又被視為與士族維持身份、穩定地持續壟斷政權相關），並且本文所採取的研究進路也與此相近，故參酌布爾迪厄之說，作為本文分析南朝文學時的概念工具〔註 30〕。

〔註 28〕　錢穆〈略論魏晉南北朝學術文化與當時門第之關係〉，頁 76～77。

〔註 29〕　其實不單只是文學而已，「清談也是貴遊生活中的一種娛樂節目，只是把詩賦改為辯論而已」。（王夢鷗〈漢魏六朝文體變遷之一考察〉，《中央研究院歷史語言研究所集刊》50 本第 2 分（1979.06），頁 398。）但是文學、清談這種遊戲，它的地位不同於當時門第名士的各種雜藝，因為這種以「學」為根基的文學、清談，可以定子弟優劣，因而也為門第升沉之所繫，所以這類以「學」為本的遊戲地位最為崇高。說見余英時〈王僧虔「誡子書」與南朝清談考辨〉，《中國文哲研究集刊》第 3 期（1993.03），頁 191。

〔註 30〕　與布爾迪厄之說類似者，據筆者所知，尚有法國的文學社會學家郭德曼（Lucien Goldmann，1913～1970），比如他尋求文學、集體意識型態（即郭德曼所謂的「世界觀」）、歷史之間的結構關係，試圖「說明一個社會集團或階級的歷史狀況怎樣以它的世界觀為媒介轉換成一部文學作品的結構。」（〔英〕Terry Eagleton 著；文寶譯《馬克思主義與文學批評》（台北：南方叢書出版社，1987），頁 37。）與布爾迪厄有相似之處。同時郭德曼認為：「任何對人類行為的實證研究的關鍵恰恰在於：努力通過搞清楚部分結構的總輪廓，使這種行為的意旨成為可把握的，這種對部分結構的研究只有在它本身被插進對一種更加廣

　　茲簡述布爾迪厄的象徵性權力概念如下〔註31〕：

　　布爾迪厄將社會中權力、資本分配不均的現象視為社會分化的原因，而社會分化所呈顯的現象可以「社會空間」的概念來表達。也由於每個社會行動者所擁有的資本總量及資本結構不同，因此決定了行動者在社會空間中的位置。凡佔據社會空間中頂端的位置者，即意味著他所擁有的資本具有象徵性權力的作用，換句話說，他所擁有的權力已為社會所認可，從而可以有建構社會的作用。

　　而由不同位置所組成的網絡，因其具有相對自主性，從而形成「場域」，如文學場域、經濟場域、政治場域等等。各個場域都與社會空間存在著一種同構關係（homology），因此場域不是絕對自主的。

　　至於社會空間得以呈顯一相對穩定的狀態，則有賴於「慣習」的作用。

大的結構的研究中，而且這種結構的運轉能夠單獨闡明其發生以及研究者在其研究伊始向自己提出的大部分問題時，才是能夠被理解的。不言而喻，對這種更加廣大的結構的研究也要求插進另一個能將它包容於其中的有關的結構中，並依次類推。」（〔法〕呂西安・戈德曼（Goldmann, L.）著；羅國祥譯《馬克思主義和人文科學》（合肥：安徽文藝出版社，1989），頁 31。）也就是說，郭德曼對文學的研究，是將文學視為一結構，並將之置於一包容此結構的更大結構中。因此，對於文學作品的解釋和理解就「不是兩種不同的智力方法，而是一種、同樣一種指示不同座標的方法」，於是理解「就是在確定的情況下闡明這樣或那樣的文學作品中的被研究的客體的內在的有意指的結構。解釋只不過是將作為構成和功能因素的結構歸入研究者的結構中」（同上，頁 72）。故而文學結構與包容文學的更大結構，實際上具有同源關係（homology），所以郭德曼說：「尋求一種解釋，意味著探索作品的外部現實，這種現實至少和作品的結構有著一種相隨而行的關係」，「或者，由於在一種同源關係或一種簡單的功能關係中，這是最經常出現的情況，也就是說完成一種功能的結構。」（同上，頁 81。）亦即透過同源關係，使得文學結構與外部現實的結構，得以完成理解及解釋的功能。所以，郭德曼的理論也是重視文學內外，以及二者的同源關係，這與布爾迪厄也有類似之處。但是，郭德曼的分析往往「缺乏一個中介，使得郭德曼的觀點變成是認為在現代的小說的形式和社會整體之間存在著一種直接的因果關係」（〔英〕瑪麗・伊凡絲（Mary Evans）著；廖仁義譯《郭德曼的文學社會學》（台北：桂冠圖書股份有限公司，1990），頁 141。）所以，雖然郭德曼「尋求的是文學作品、世界觀和歷史本身之間的一整套結構關係」但是「它把社會意識看做是社會階級的直接反映，正如文學作品成了這種意識的直接反映一樣」，因此「這種模式實質上退化成了一種關於基礎與上層建築關係的機械論了。」（見上引《馬克思主義與文學批評》，頁 36～37。）故本文雖重視郭德曼理論的啟發性，但為避免其中機械式對應關係的印象，因此並不以其說為主要分析工具。

〔註31〕對「象徵性權力」較詳細的論述，見本文附錄。

所謂的慣習是指個人緣於社會階級條件的限制，從而形成的行動、思考、認知、感覺的特定傾向，這雖然是後天獲得的，但是由於內化的結果，使得慣習具有近乎本能的效果。基於慣習的產生與階級條件關係密切，因此某一特定階級的感知、行動、思考等模式，便深印在個人身上，從而不斷地複製既存的社會關係，這同時也就穩定了社會秩序的再生產。由此可知，每個社會行動者都與某種階級具有同構關係，使得同一階級之成員可以統一在特殊的慣習裡。

由於慣習是認知、感覺、思考、行動等的持久傾向系統，因此慣習事實上也預設了品味（taste）的分類系統，如此一來，品味的分類同時也就是不同階級生活風格的分類。然而社會中形態各異的生活方式，並不僅僅是單純的並列而已，其間由於有社會賦予特性（socially qualified）的作用，生活風格的差異因而有了高下之別（如秀異／低俗、機靈／遲鈍、文明／野蠻等的高下之別）。而凡是被歸類為「秀異」類別者，便表示他佔有社會空間中頂端的位置，也就是說他的地位已被認可，從而擁有了象徵性權力。

象徵性權力表現在對社會世界的分類中（即上文所謂秀異／低俗等的分類），這種分類的權力同時也就是建構世界的權力。當然，只有佔有社會空間中頂端位置（或個別場域中頂端位置）的權貴，才能佔有這種安置分類標準、價值標準的位置。但是權貴所具有的資本種類及總量，卻是基於慣習所得，而慣習又與社會階級同構，因此慣習、場域與社會階級三者皆有同構關係，故而透過慣習的無意識性質，掩蓋了資本分配不平均的社會事實，由此而誤認了社會秩序（社會再生產結構）及場域秩序的正當性。

支配階級通過所擁有的象徵性權力及隨象徵性權力而來的區分策略，以維持其佔有社會空間中頂端的位置，也藉由定義「秀異」（「好的品味」）並強加在其他人身上，以鞏固其支配地位。所以支配階級為了減少競爭並且建立對場域的壟斷，總是不斷地設法使自己區別於與他們接近的競爭對手。然而，這種用來證明自己身份地位的排他性，乃是植基於慣習，同時也是植基於產生慣習的社會條件，因此不但使其他「低俗」階級難以企及，同時也被視為是與生俱來的，這也就讓階級間的區分被認為是「自然」造成的。於是，象徵性權力掩蓋了權力關係中的暴力性質，從而更鞏固了社會階級間既有的支配關係。

（二）文學象徵性權力的分析

由以上對布爾迪厄象徵性權力概念的簡述，可知文學要能發揮象徵性權力的作用，必須是文學被承認爲一種象徵資本，亦即佔有社會空間中頂端的位置。然而若對文學進行進一步分析，尚須牽涉到三個「必要的、並且是有內在聯繫的」要素：

1. 必須分析文學場域與權力場域相對的場域位置及其時間進展。所謂的權力場域，「是指各種因素和機制之間的力量關係空間，這些因素和機制的共同點是擁有在不同場域中佔據統治地位的必要資本」，因此權力場域是「不同權力（或各種資本）的持有者之間的鬥爭場所」。由此而來，權力場域對特定場域的象徵鬥爭，表現在使特定場域中「各種不同的資本的相對價值的轉變和保留上」〔註32〕。

2. 必須描繪出行動者或體制所佔據的位置之間的關係的客觀結構，這些行動者或體制是爲爭奪在這個場域中的特殊權威的合法形式而展開競爭的。

3. 必須分析行動者的慣習，這慣習是通過某種社會和經濟的條件內在化而獲得的，使我們能在場域內部找到成爲現實的、多少有些有利可圖的機遇。〔註33〕

換句話說，必須分析在文學場域中的三個因素：一是必須分析文學在社會空間中的位置及其變化，同時由於各種場域之間的彼此競爭，文學場域爲維持自身存在及居於社會空間頂端位置，勢必將不斷調整其構成要素的重要性，這也就影響了文學的發展狀態。二是分析具有「正當性的」（合法性的）文學。具不具有「正當性」決定了文學的分類及其等級，同時也決定了「眞正的」和「不是眞正的」文學家〔註34〕，或說「主要的」、「次要的」等各種等級的文學家。三是分析慣習。由於慣習「只能通過與社會規定位置的確定結構發生關係，才能實現」〔註35〕，也就是說，慣習要能發揮作用，必須與所在場域的要求相協調。因此具有與文學場域相協調的慣習，才容易在文學

〔註32〕 此處有關權力場域及特定場域關係的論述，見〔法〕布迪厄著；劉暉譯《藝術的法則：文學場的生成和結構》（北京：中央編譯出版社，2001），頁 263～264。

〔註33〕 以上三點，見〔法〕布爾迪厄著；包亞明編譯《文化資本與社會煉金術——布爾迪厄訪談錄》（上海：上海人民出版社，1997），頁 150。〔法〕布迪厄著；劉暉譯《藝術的法則：文學場的生成和結構》，頁 262。

〔註34〕 〔法〕布迪厄著；劉暉譯《藝術的法則：文學場的生成和結構》，頁 271～275。

〔註35〕 同上，頁 313。

場域中佔優勢。

　　由此可知，布爾迪厄的架構，由於強調了文學場域與其他場域不同的特殊構成要素（即特殊的資本形式），因此文學自然具有其獨立性，但是文學場域與其他各種場域同處於競爭的權力場域中，因此為維持自身的場域存在，並佔有優越的社會空間位置，也必須不斷地調整其構成要素的重要性，因而文學的獨立性是相對的，同時受文學場域之外的因素影響。

　　其次，場域與社會空間同構，所以在文學場域中同樣具有支配者與被支配者，二者分屬的地位，是文學場域中象徵性權力鬥爭的結果。這象徵性權力表現在對文學場域的建構上，亦即決定何種文體具有「正當性」，同時也決定了誰是「真正的」文學家、文學家的等級。當然，慣習在這種決定中具有重要的地位，因此這種決定未必即是清楚自覺的策略。

　　再者，每一個人都有其慣習，而慣習是與階級、場域同構的，因此誰容易在文學場域中佔有象徵性權力，便與其階級出身有關。如此，支配階級在相對穩定的社會空間裡，恆能在場域中佔優勢，而透過慣習的無意識性質，佔有象徵性權力的社會階級條件，被轉化成個人特質（天賦），從而掩蓋了其中的暴力性質。

（三）對此架構的一些意見

　　當然，布爾迪厄的理論也仍有商榷之處，由於它所分析的對象為當代的法國，因此未必能適於所有的社會。比如他認為藝術創作需在經濟上不虞匱乏的情形下，但在六朝時代，顯然並非如此。如《典論·論文》就強調若因「貧賤則懾於飢寒」的緣故而放棄創作，此實「志士之大痛」，顯然曹丕強調經濟上的貧富，非志士所當措意〔註36〕。並且以南朝士族而論，實也不乏忍受貧困而專意於學文者，如沈約即為一例〔註37〕。雖然忍目前之艱辛，或許會有將來的收益，但最起碼不是在經濟不虞匱乏之下從事創作。因此經濟的影響，自然會因社會狀況的不同而有所差異，尤其在創作缺乏商業機制的古代，與當代社會的差異自當更大。因此分析文學場域仍應考慮不同的時代背景，不能一概而論。

〔註36〕見郁沅、張明高編選《魏晉南北朝文論選》，頁14。
〔註37〕《（新校本）梁書》卷十三〈沈約傳〉載其幼年孤苦好學的狀況：「流寓孤貧，篤志好學，晝夜不倦。母恐其以勞生疾，常遣減油滅火。而晝之所讀，夜輒誦之，遂博通群籍，能屬文。」（頁233）本傳又載其〈與徐勉書〉云：「吾弱年孤苦，傍無期屬，往者將墜於地，契闊屯邅，困於朝夕。」（頁235）

　　再者，布爾迪厄的理論也有尚未周全之處，例如他的理論架構即未說明被統治階級如何承認統治階級的「秀異」，亦即布爾迪厄尚缺乏論述被統治階級如何認可統治的心理機制。但本文的目的並非著眼於此心理機制，且此問題與本文的研究重點有異，因此不再贅論〔註38〕。

（四）對諸概念的運用及本文論述脈絡

　　歷史的發展自然不是爲了印證理論，若要將一種理論套入歷史發展，便難免枘鑿，如上舉沈約貧困而學文即是其例，但理論概念確也有助於在紛繁的歷史現象中理出頭緒。因此本文對於上述之方法架構，著重在其概念的啓示性，亦即將諸概念及其間之關係，作爲觀察南朝文學現象的概念工具，並不將其架構亦步亦趨地套用在分析及論述上。同時，爲能儘量兼顧南朝文學的發展狀況，因此在本文的論述脈絡上，大致以南朝詩史的發展順序爲分析重心，因此隨各章論述重點的不同，對各概念工具的倚重程度也不同，並不遷就於在每章中將布爾迪厄的理論架構完整呈現。

　　除緒論、結論外，茲將本文論述脈絡分敘如下：

　　第二章首先觀察士族進入南朝時代，在權力場域中的位置變化。

　　因此首先觀察士族與皇權間的關係，即士族在社會空間中得以佔居頂端位置的條件，而這正是士族象徵性權力的來源。而基於場域與社會空間的同構關係，士族得以佔居頂端位置的條件也將蔓延至各場域，成爲各場域的共

〔註38〕　另外，布爾迪厄的理論所著眼者，乃是一既定的、權力分配不均的社會，他所從事的即是在此社會中，社會秩序如何維持的分析，換句話說，他的文化社會學和支配理論是分不開的。（說見〔法〕朋尼維茲（Bonnewitz, P.）著；孫智綺譯《布赫迪厄社會學的第一課》（台北：麥田出版，2002），頁120。）鑑於六朝（自然也包括南朝）士族長期佔居社會空間的頂端位置，亦即是一個長期的、穩定的權力分配不均的社會，因此布爾迪厄的理論頗堪借鑒。很明顯的，這種方法已然預設了在一相對穩定的社會中存有支配與被支配的兩端，並且也因社會相對穩定，同時也就預設了被支配者已然接受了被支配的地位。因此布爾迪厄透過「秀異」及隨之而產生的象徵性權力的建構，論述了被支配階級承認被統治的合理性，也因被支配階級接受統治，社會秩序自然穩定。但是以此而言，雖然被支配階級可以被統治（比如布爾迪厄論述國家權力、法律的介入等等），但是卻未必接受支配階級是爲「秀異」，即未必承認支配階級較爲優秀，因此布爾迪厄的理論尚缺乏被支配階級認可被統治的心理機制。但本文的目的並非討論此心理機制，因此對於南朝的寒人（被支配階級），只描述其對士族（支配階級）的欣羨、學習。也由於欣羨、學習的產生，自然表示士族已被視爲「秀異」，從而也就是表示寒人承認了士族的象徵性權力。

同原則，故而其原則將成各場域的顯著現象。當然，論述所有的場域自非本文所能承擔，因此除與士族政治地位至關密切的權力場域外，本文選擇儒釋道的爭論為觀察對象，以其論爭中，無論反駁對手、論證自身地位等，皆需有時人共認的前提、論證方式等作為支持，如此結論方能為論辯對手所接受。正因如此，這適足以反映各場域通行的原則，同時也反映了論爭中所運用的各種論述的象徵性權力關係，故於本章中先述及之。

第三章則觀察文學在社會空間中所佔據的位置及文學場域內的變化。

在權力場域的變化之下，文學在社會空間中的位置也相應產生變化，為能維持文學處於社會空間中頂端的位置，文學構成因素相對的重要性，也當進行各種調整。本章首先以元嘉三大家所呈顯的不同特徵，論述其象徵性權力之所在，同時，以其得以各自形成場域，則其區分原則也將持續發揮影響力，亦即其區分原則也具有象徵性權力，在文學場域中推動發展、變化。因而本章集中於分析其變化，同時觀察其於推動南朝文學發展中所具有的意義。

第四章則承繼上章區分原則的運用，論述其間的文化約定性被隱蔽成「天理應然」的表現。

由於分類掩蓋了其中的主觀任意性，方能成就其分類的正當性，因此必須有相應的機制以為分類造就客觀的外貌，故而本章在客觀性的前提之下，觀察「類」及其客觀性在南朝的表現。因此本章大致就山水、詠物、宮體的盛行期為發展脈絡，論述南朝詩中所突出的「物」的性質，觀察其客觀性在詩中的表現；其次分析被區分原則的「貌似」客觀性所隱蔽的文化約定性，以彰顯士族象徵性權力對世界的建構力量。

第五章則將區分角度深入至文學內部的構成因素。

正因世界的客觀化，因此所有得以成「類」的因素，自有其基於「天理自然」而來的存在之理，因此所有的因素皆有其合理的世界位置，而「正確」地對待所有的因素，便是恰當地安置其位置。在這種觀念下，一篇文章也可比擬為一個完整的世界，其完美與否，在於其間諸構成因素能否被「正確」安排。換言之，篇體的諸構成因素，以其自有其理，因此各自之理皆當得到實踐，作者之任務，尤其在於使所有因素恰如其份地組織於一篇之中。由文學以論其時之世界觀，正可見文學之理想形態與整體社會空間之想像同構。

第六章論述士族的文化資本及其轉化成建構世界的權力的機制。

本章亦集中於文學場域的現象為說，論述士族所掌有的文化資本所具有

的排他性。亦即以士族的特殊處境、條件為觀察重點，論述其轉化為對場域壟斷的現象，而這也就是分析士族的文化資本，透過何種機制，從而得以具有區分文學的類別、「正確」的表現、評斷其價值高下的權力等問題。因此本章的重點，在於論述具有正當性的文學應當如何，而這同時也就是建構文學場域的權力。基於士族的文化資本所具有的排他性，這也反映了士族專擅文學場域的緣由。

　　第七章則著重於慣習的效用，論述其於南朝文學場域中的展現。

　　慣習與文學場域同構，因此南朝後期皇權介入文學場域的領導權，意味著皇權與士族在文學慣習上已趨於一致，而這也同時意味著皇權對於對於文學的理解、感知方式與士族漸趨於相同，這使皇權在建構文學場域的形態上具有了正當性。但因皇權挾其社會空間的建構權力，也促使文學場域的建構權力隨皇權意志而轉移。換言之，文學場域的主動建構權力漸歸於皇權，但其所形塑的形態卻未必有利於士族。而士族為維持自身居於社會空間的頂端位置，文學場域中諸種資本的價值也將隨之變化，士族如何調整文學構成因素，也就成為觀察重點。

　　總之，概念及概念間之關係為並時存在，在一理論框架之下，述及一概念往往也必須牽動其他相關概念的介入。但歷史總是歷時發展，因此在各個歷史階段，其文學現象所突出的概念內涵即未必相同。為兼顧詩史的歷時過程，因此隨議題不同，本文所運用的概念工具也隨時異用，冀能減少分析對象的歧出，以彰顯本文討論議題之意義。

三、本文「文體」一詞釋義

　　「文體」亦簡稱為「體」，在魏晉南北朝的文論中使用甚為頻繁，但時人並未對其詞義作清楚的規範，多是在論述中直接使用，因此隨著上下文脈絡的不同，其詞義也相應產生變化。即以《文心雕龍》而論，王金凌先生大別其中「體」之意義即有六種：

　　甲、篇幅：如「人之秉才，遲速異分；文之製體，大小殊功」。(〈神思〉)

　　乙、內容（情志、主題、題材）：如「宋初文詠，體有因革，莊老告退，而山水方滋」。(〈明詩〉)

　　丙、形式（文類）：如「延年以曼聲協律，朱馬以騷體製歌」。(〈樂府〉)

　　丁、體要：如「然逐末之儔，蔑棄其本，雖讀千賦，愈惑體要；遂使繁

華損枝，膏腴害骨，無貴風軌，莫益勸戒」。（〈詮賦〉）

戊、泛稱文章：如「觀其（古詩十九首）結體散文，直而不野」。（〈明
　　詩〉）

己、體勢（風格）：如「是以賈生俊發，故文潔而體清」。（〈體性〉）

〔註39〕

這裡指出了「體」意義的繁多，大至可泛稱文章，小至可論一篇文章中
之構成部分。若就南朝以「文體」、「體」所指稱的範圍大小觀察，確實也可
見出此包羅至廣的現象。如：

以模糊的、大範圍的時代文學特徵為指稱：「（劉）之遴好屬文，多學古
體。」（《梁書・劉之遴傳》〔註40〕）「若昔賢可稱，則今體宜棄。」（蕭綱〈與
湘東王書〉〔註41〕）

以特定的時代文學特徵為指稱：「始變永嘉平淡之體，故稱中興第一。」
（《詩品・晉宏農太守郭璞》〔註42〕）

合二作家共同之特徵為指稱：「既有盛才，文並綺艷，故世號為徐庾體
焉。」（《周書・庾信傳》〔註43〕）

以某特定作家之特徵為指稱：「其原出於李陵，頗有仲宣之體。」（《詩品・
魏文帝》〔註44〕）

以聲律之特徵為指稱：「「（沈）約等文皆用宮商，將平上去入四聲，以
此制韵，有平頭、上尾、蜂腰、鶴膝。五字之中，音韵悉異，兩句之內，角
徵不同，不可增減。世呼為『永明體』。」（《南史・陸厥傳》〔註45〕）

以題材之特徵為指稱：「（簡文帝）雅好題詩，其序云：『余七歲有詩癖，
長而不倦。』然傷於輕艷，當時號曰『宮體』。」（《梁書・簡文帝紀》〔註46〕）

〔註39〕王先生舉以說明之例甚多，此處僅各舉一例。見王金凌《文心雕龍文論術語
　　　　析論》（台北：華正書局，1981），頁218～232。又，《文心雕龍》之引文，見
　　　　〔梁〕劉勰著；周振甫注《文心雕龍注釋》，頁516、85、111、138～139、84、
　　　　536。
〔註40〕《（新校本）梁書》卷四十，頁574。
〔註41〕見郁沅、張明高編選《魏晉南北朝文論選》，頁352。
〔註42〕見〔梁〕鍾嶸著；陳延傑注《詩品注》，頁23。
〔註43〕〔唐〕令狐德棻等撰；楊家駱主編《（新校本）周書》（台北：鼎文書局，1983），
　　　　卷四十一，頁747。
〔註44〕見〔梁〕鍾嶸著；陳延傑注《詩品注》，頁20。
〔註45〕《（新校本）南史》卷四十八，頁1195。
〔註46〕《（新校本）梁書》卷四，頁109。

以表現方式爲指稱：「於是賦頌先鳴，比體雲構。」（《文心雕龍·比興》〔註47〕）

其餘例證尚多，姑各舉一例以明。但由此概略之梳理即可知，「對於文體來說，一類或一篇文章的整體與局部，整體的各層面及局部的各層面，都可以稱爲體。以一篇文章爲例，其篇幅、結構、語言、語音、思想、題材等等，都是文章的一個組成部分，都可稱爲文章的體」〔註48〕。鑑於「體」所指稱之範圍如此寬泛，或者可以說，凡得以辨識出特徵者，或得以被視爲一「單位」者，即可以「體」名之。

本文的目的在於分析南朝士族維持其佔有社會空間中頂端位置，及其與文學諸種現象的關係，因而本文所謂的「文體」涵義較廣，以儘量容納南朝豐富繁多的文學現象，此自然不宜以單一的義界限定文體的內容。是以本文之「文體」一詞，包括了一般習用的「文類」、「風格」等意義，但也包括了當時未被以「體」命名之文學現象。如「山水詩」作爲一體，在南朝卻並未得名〔註49〕，但「山水」及其意涵的發展在南朝至關重要；又如「用典隸事」、「易見事」等現象，在文學場域中的競爭也甚爲顯著。凡此，皆爲本文分析的對象。

又，有關「徐庾體」尚須再作說明。徐庾體雖是駢文〔註50〕，並不屬於

〔註47〕 見〔梁〕劉勰著；周振甫注《文心雕龍注釋》，頁 677～678。

〔註48〕 李士彪《魏晉南北朝文體學》（上海：上海古籍出版社，2004），頁 2～3。唯「體」之意義應可再擴大，不限於以一類或一篇文章之範圍爲說。

〔註49〕 至唐代白居易〈讀謝靈運詩〉始出現「山水詩」一詞，在唐代之前未有以山水爲類收錄作品者。《文選》自然亦無「山水」一類，所謂的「山水詩」大部分安置在「遊覽」、「行旅」的名類之下。說見王文進〈南朝「山水詩」中「遊覽」與「行旅」的區分——以《文選》爲主的觀察〉，《東華人文學報》第 1 期（1999.07），頁 103～114。

〔註50〕 王瑤〈徐庾與駢體〉分析了歷代有關徐庾並稱的大量紀錄，同時考察二人詩、駢文的特色，認爲「傳統所謂『徐庾體』，主要是指『文』說的；是指他們對於駢文的形式的貢獻和示範」。收入氏著《中古文學史論·中古文學風貌》（台北：長安出版社，1986 三版），頁 123～161。引文見頁 126。而林文月先生則認爲「以綺豔之主題賦入當時新起的格律中，其抑揚頓挫的聲調，更助長了宮體詩的形式美。徐陵與庾信之詩都以此見長，當時所謂『徐庾體』當係指這種新的內容與形式，特別是聲律之配合而言」。則徐庾體亦屬於宮體詩的範圍，是一種在聲律上更爲華美的宮體詩。但林先生此文亦認爲：就形式而言，宮體詩甚少藉重典故；就題材而言，宮體詩書寫女性及男女情愛爲其迥異於傳統詩風的獨特之處。見氏著〈南朝宮體詩研究〉，《國立臺灣大學文史哲學報》第 15 期（1966.08），頁 407～458，引文見頁 444。然而，綿密的用典，

詩的範圍，但是其詩化的現象十分明顯，在南朝「詩（文）」重於「筆」的風氣下〔註51〕，駢文的詩化，顯然是抬高「筆」在文學場域中的地位，而這也意味著文學場域構成要素的調整，因此本文亦併論其中的意義。

卻是徐庾駢文的重要特徵，因此宮體與徐庾體，在形式上可說有著顯著的差異。再者，徐庾「以文體爲人豔稱」，主要就是「指他們對於駢文底形式美的運用和建樹」，因此「不受題材內容的影響」（王瑤前引書，頁126～128）。故無論就形式及題材內容而言，宮體與徐庾體皆不同，因此本文將之分別爲二。

〔註51〕 如《（新校本）南史》卷五十九〈任昉傳〉載：「時人云『任筆沈詩』。昉聞甚以爲病。晚節轉好著詩，欲以傾沈，用事過多，屬辭不得流便，自爾都下士子慕之，轉爲穿鑿，於是有才盡之談矣。」（頁1455）由任昉之「甚以爲病」可知，在其時「筆」之地位不如「詩（文）」。其餘「詩（文）」、「筆」地位之例證尚多，見本文正文，此處不贅。

第二章 南朝士族政治處境及分類觀念的強化

第一節 南朝士族政治實權的衰落

一、由東晉門閥政治至南朝寒人執政

　　據余英時先生的研究，政治權力與知識學術的結合，是爲士族形成的重要因素：「士與宗族的結合，便產生了中國歷史上著名的『士族』。」但是要能成爲「士族」，還必須取得政治地位以維持家門不墜，因此「士族的發展似乎可以從兩方面來推測：一方面是強宗大姓的士族化，另一方面是士人在政治上得勢後，再轉而擴張家族的財勢。這兩方面在多數情況下當是互爲因果的社會循環。所謂『士族化』，便是一般原有的強宗大族使子弟讀書，因而轉變爲『士族』。」而二者結合的關鍵契機，則在漢武帝崇儒政策之推行。自武帝之後，士人的宗族便逐漸壯大，至西漢後期已取得了不容忽視的影響力，甚且東漢政權的建立，即與士族有著密切的關係〔註1〕。

　　此後，士族在三國政權組成的重要性上迅速提升，至兩晉南朝，士族佔有五品以上官吏的比例，始終在五成以上，士族在魏晉南朝政權組成中的優勢地位不言可喻〔註2〕。雖然士族數量在政權組成中佔有極大的比例，但是士

〔註1〕以上有關士族形成的淵源及其在漢代的發展，見余英時〈東漢政權之建立與士族大姓之關係〉，收入氏著《中國知識階層史論》（台北：聯經出版事業公司，1980），頁109～184，引文見頁113、115。

〔註2〕毛漢光先生自正史中統計各時代政權統治階級的社會成分，以三國時代而

族實際掌握的權力，在各代之中卻有著大小之別。大抵而言，兩晉時代是士
族權力伸張的時代，降至南朝，士族的權力便大幅地萎縮了。《二十二史箚記》
卷八〈南朝多以寒人掌機要〉條云：

> 魏正始、晉永熙以來，皆大臣當國。晉元帝忌王氏之盛，欲政
> 自己出，用刁協、劉隗等爲私人，即召王敦之禍。自後非幼君即屢
> 主，悉聽命於柄臣，八九十年，已成故事。其至宋、齊、梁、陳諸
> 君，則無論賢否，皆威福自己，不肯假權於大臣。而其時高門大族，
> 門戶已成，令、僕、三司，可安流平進，不屑竭智盡心，以邀恩寵；
> 且風流相尚，罕以物務關懷，人主遂不能藉以集事，於是不得不用
> 寒人云云。〔註3〕

　　這裡指出士族的漸失權柄，在於南朝歷代君主「不肯假權於大臣」，而帝
王的態度能使士族聽命，主要的原因即在於帝王掌有了軍權。試觀東晉初年
琅邪王氏之貴盛，即可知軍權關係著士族常榮之一斑：

> （晉元）帝之始鎮江東也，（王）敦與從弟導同心翼戴，帝亦推
> 心任之。敦總征討，導專機政，群從子弟布列顯要，時人爲之語曰：
> 「王與馬，共天下」。〔註4〕

　　王氏分掌軍、政大權，其與東晉政權之密切可知，因而「（元）帝登尊
號，百官陪列，命導升御床共坐」〔註5〕。如此看來，琅邪王氏和帝王「共
天下」的權勢，就不只是時人的誇張而已了。

　　其後「晉元帝忌王氏之盛，欲政自己出，用刁協、劉隗等爲私人」，於
是逐漸疏遠王導，也因此引來王導的不滿〔註6〕。但劉隗等人眞正顧忌的，

言，其中曹魏政權之士族比例由 29.0%上升至 47.1%；孫吳由 38.3%上升至
54.2%；劉蜀由 20.0%上升至 40.5%。見氏著〈三國政權的社會基礎〉，《中央
研究院歷史語言研究所集刊》46 本第 1 分（1974.12），頁 24。以兩晉南朝五
品以上官吏而言，晉之士族比例爲 64.9%；宋爲 69.0%；南齊爲 59.2%；梁爲
57.2%；陳爲 56.6%。見氏著《兩晉南北朝士族政治之研究》（台北：中國學術
著作獎助委員會，1966），頁 355。

〔註3〕〔清〕趙翼著《二十二史箚記校證》（台北：王記書坊，1984），頁 172～173。

〔註4〕〔宋〕司馬光撰；〔宋〕胡三省注；楊家駱主編《新校資治通鑑注》（台北：
世界書局，1980 九版），卷九十一〈晉紀十三‧元帝太興三年〉，頁 2884。

〔註5〕〔唐〕房玄齡撰；楊家駱主編《（新校本）晉書》（台北：鼎文書局，1976），
卷六十五〈王導傳〉，頁 1749。

〔註6〕同上，卷九十八〈王敦傳〉載：「時劉隗用事，頗疏間王氏，導等甚不平之。」
（頁 2556）

乃是手控強兵的王敦，於是爲能在實質上抑制王氏，其作爲便是致力於提升
皇權陣營本身的軍事實力。《晉書·劉隗傳》載：

> 隗以王敦威權太盛，終不可制，勸帝出腹心以鎮方隅，故以譙
> 王承爲湘州，續用隗及戴若思爲都督。敦甚惡之。〔註7〕

以腹心掌兵權的措施，明顯便是針對王氏而來。如此，王導已爲元帝疏
遠，若王敦再不能發揮兵權的震懾力量，則王氏權勢之衰落便屬必然。此後
王敦作亂，雖名爲討劉隗，恐怕威嚇元帝的成分要更多些。當然，王敦起兵
之後，也達到了他的目的——維持王氏家門的貴盛〔註8〕。

永昌元年（322）王敦攻入石頭，元帝遣使謂王敦曰：

> 公若不忘本朝，于此息兵，則天下尚可共安也。如其不然，朕
> 當歸于琅邪，以避賢路。〔註9〕

晉元帝委曲求全之情，實是溢於言表。由此可知，在王敦起兵示威之後，
元帝又再度接受與王氏共安天下的局面了。因此，掌握軍權便可挾制朝政，
朝政在握，自然也就形成了所謂的門閥政治，而士族家門之貴盛也就是理所
當然的了。此所以學者認爲門閥政治，「質言之，是指士族與皇權的共治」，
而「嚴格意義的門閥政治只存在於江左的東晉時期，前此的孫吳不是，後此
的南朝也不是；至於北方，並沒有出現過門閥政治」〔註10〕。換言之，士族
得以與皇權「共治」而形成門閥政治的局面，實有賴於士族所掌握的軍權，
而這正是東晉士族的重要特徵〔註11〕。

因此以東晉南朝具有重要地位的荊、揚二州而言〔註12〕，在東晉門閥政
治時代，其控制權便往往是在士族權臣的手中。如：

> （庾）亮都督江、荊、豫、益、梁、雍六州諸軍事，領江、荊、

〔註7〕同上，卷六十九，頁1838。

〔註8〕以軍權維持家門貴盛，自然不只是王氏的作爲而已，可以說是東晉高門大族
普遍的特點。田餘慶先生指出：「以軍權謀求門戶利益，本來是東晉門閥政治
的特點之一，王、郗、庾、桓，概莫能外，謝氏也是如此。」見氏著《東晉
門閥政治》（北京：北京大學出版社，1989），頁210。

〔註9〕《（新校本）晉書》卷六〈元帝紀〉，頁155～156。

〔註10〕田餘慶《東晉門閥政治》，「自序」，頁1～2。

〔註11〕田餘慶先生指出：「王敦之所以爲王敦，東晉強藩之所以多如王敦，其歷史的
原因，一是皇權不振，一是士族專兵。」同上，頁39。

〔註12〕〔梁〕沈約撰；楊家駱主編《（新校本）宋書》卷六十六〈何尚之傳論〉云：「江
左以來，樹根本於揚越，任推轂於荊楚。」（頁1739）由此可見二州之地位。

豫三州刺史，進號征西將軍。……鎮武昌。〔註13〕

（謝安）領揚州刺史，詔以甲仗百人入殿。時帝始親萬機，進安中書監，驃騎將軍、錄尚書事，固讓軍號。……復加侍中、都督揚豫徐兗青五州幽州之燕國諸軍事、假節。〔註14〕

（王敦）以兄含爲……荊州刺史。……及（元）帝崩，……敦自爲揚州牧。敦既得志，……將相嶽牧悉出其門。徙含爲征東將軍、都督揚州、江西諸軍事，從弟舒爲荊州。〔註15〕

（桓）溫爲都督荊梁四州諸軍事、安西將軍、荊州刺史、領護南蠻校尉、假節。……加侍中、大司馬、都督中外諸軍事，……加揚州牧、錄尚書事，……（桓溫）固讓內錄，遙領揚州牧。〔註16〕

詔以（桓）玄都督荊司雍秦梁益寧七州、後將軍、荊州刺史、假節。……玄上疏固爭江州，於是進督八州及楊豫八郡，復領江州刺史。〔註17〕

控制這些軍事要地的，都是對東晉政局有絕大影響力的士族，可以說，其權勢與其軍事力量是相互爲用的。當然，「大士族間的力量並非完全相等，但互相間有一股很大的牽制力」，因此「東晉時政局安定與否，決定於大士族間軍力是否平衡」，在「皇帝對都督刺史的控制權極爲薄弱」的情況下，皇權對於政局安定與否的影響力也十分薄弱〔註18〕，而這自然也就形成東晉門閥政治中君弱臣強的現象，此正如唐長孺先生對東晉形勢的描述：

從孫吳開始，江南六代相承都是以皇族爲首的大姓豪門（或叫做門閥貴族）聯合統治，而形式上還是繼承秦漢君主專制政體。……唯獨東晉，親疏宗室處於無權的地位。司馬氏並非最強大的家族，早期最強大的家族是王氏，以後是庾氏、桓氏、謝氏。西晉時出將入相主要是司馬家兒，而東晉卻是王、庾、桓、謝。

〔註13〕《（新校本）晉書》，卷七十三〈庾亮傳〉，頁1921。
〔註14〕同上，卷七十九〈謝安傳〉，頁2074。
〔註15〕同上，卷九十八〈王敦傳〉，頁2560。
〔註16〕同上，卷九十八〈桓溫傳〉，頁2569、2574、2575。
〔註17〕同上，卷九十九〈桓玄傳〉，頁2589。
〔註18〕以上三段引文，見毛漢光〈五朝軍權轉移及其對政局之影響〉，收入氏著《中國中古政治史論》（台北：聯經出版事業公司，1990），頁318。

　　君主專制完全是象徵性的。〔註19〕

在士族權臣握有重兵、相繼執政的情況下，司馬氏之皇權，確實在相當程度
上只呈顯出「象徵性」的意味。

　　然而淝水之戰後，寒人的力量已隱隱浮現，在桓玄代晉前後，真正起作
用的勢力，「是上下游兩強藩所倚恃的軍隊：上游是以楊佺期雍州兵爲主的
軍隊，下游是劉牢之的北府兵」。但楊、劉並不理解自己的軍事力量所具有
的意義，因而只是依違在士族之間，以尋求得以依附的勢力，但楊終究爲桓
玄所滅，劉則自縊而死，就其歷史意義而言，寒人可謂尚未認清自身的發展
方向〔註20〕。而處於同樣世局中的劉裕卻非如此，劉裕對於擁兵自保、待
時而動，有著清楚的自覺。《宋書・武帝紀》載劉牢之將反桓玄，因而邀劉
裕同奔廣陵事，其時劉裕答曰：

　　　　將軍以勁卒數萬，望風降服，彼（桓玄）新得志，威震天下，

　　三軍人情，都已去矣，廣陵豈可得至邪！裕當反服還京口耳。〔註21〕

　　在回答劉牢之甥何無忌「我將何之」的疑問時，劉裕云：「鎮北（劉牢
之）去必不免，卿可隨我還京口。桓玄必能守節北面，我當與卿事之；不然，
與卿圖之。今方是玄矯情任算之日，必將用我輩也。〔註22〕」由此可知劉裕
對於京口軍事力量的看重，並且，更重要的是，劉裕已清楚認知透過軍事力
量，便足以自立、對抗士族，這與楊佺期、劉牢之雖握有強兵，但卻尋求托
庇於士族的作爲，已有了顯著的不同。

　　此後桓玄稱帝，劉裕即挾其兵力擊滅之，更顯示出透過獨立的軍事力量
以建立政治地位的效用。於是自東晉安帝義熙元年（405）滅桓玄後，劉裕即
大量安置親族爲都督、刺史，其中荊、揚二州以其特殊的軍事地位，自然是
劉氏的囊中物，其他如徐州、豫州、兗州、北徐州、司州等，也盡在劉氏的
控制之下。由此可知，東晉末期之軍權已大量集中於劉裕之手，在這種形勢
之下，距離劉裕篡晉亦僅一步之遙了。此後劉裕果然篡晉，「篡位以後，諸劉
皆封王，雄居重要州郡，只是這種政策的制度化而已」〔註23〕。劉宋之後，

〔註19〕唐長孺〈王敦之亂與所謂刻碎之政〉，收入氏著《魏晉南北朝史論拾遺》（北
　　　　京：中華書局，1983），頁166。

〔註20〕以上楊佺期、劉牢之之事跡，田餘慶《東晉門閥政治》有簡要的敘述，尤其
　　　　見頁280～285。引文見頁283。

〔註21〕《（新校本）宋書》卷一，頁4。

〔註22〕同上。

〔註23〕有關劉裕安置親族爲都督、刺史之狀況，見毛漢光〈五朝軍權轉移及其對政

齊、梁、陳諸君一仍宋制，南朝寒人執政的局面於焉形成。

二、士族遠離實權心態的形成

　　劉裕出身北府將領，在士族當權的時代，憑藉其武力，因而以一介寒素的身份取得天下。有鑑於東晉「主威不樹，臣道專行，國典人殊，朝綱家異。〔註24〕」，因此劉裕在建立政權的過程中，便積極伸張皇權。李軍先生歸納了劉裕削弱士族政治勢力的措施有以下七項：其一是壓制豪強，從而削弱了士族強宗的經濟基礎；其二是重用寒人和低級士族，使其掌握實權和兵權，有效地制約了士族政治力量；其三是重視上流重鎮，委以親信之人，以便內外相援，上下相濟〔註25〕；其四是分散州郡權力，以使各鎮相互制衡；其五是敦崇儒學；其六是重視察舉選官；其七是倚重宗室諸王的力量。此後在南朝歷代的政治史上，皇權統治的格局，基本上便是按照劉裕的設計展開的，不同的只是有時變本加厲而已〔註26〕。

　　雖然劉裕有意伸張皇權，但是對於士族卻也不是一味打壓，尤其皇朝仍須借重士族的社會影響力以鞏固政權，因此士族往往爲皇權所刻意拉攏，其中謝混之例即明顯反映出皇權的這種心態。謝混於東晉末年黨附劉裕的政敵劉毅而被殺，但「及宋受禪，謝晦謂劉裕曰：『陛下應天受命，登壇日恨不得謝益壽奉璽紱。』裕亦嘆曰：『吾甚恨之，使後生不得見其風流！』益壽，混小字也。〔註27〕」謝混雖出身第一流高門，但作爲敵對者，劉裕並不惜殺，然而由此中劉裕之感嘆亦可清楚見出，高門士族的社會影響力仍甚爲皇權所重。因此劉裕雖不得謝混奉璽，但在代晉之時，仍是用謝家子孫謝澹「持節奉策禪宋」。於是在政權有賴於士族合作的情況下，「皇權承認並尊重士族

　　　　局之影響〉，收入氏著《中國中古政治史論》，頁312～313，引文見頁313。

〔註24〕〔梁〕沈約撰；楊家駱主編《（新校本）宋書》（台北：鼎文書局，1975），卷四十二，〈王弘傳〉，頁1324。

〔註25〕李先生此處強調的是荊州的關鍵性地位，此固然無疑，但是劉裕所關切的軍事要地，實不僅此。故《（新校本）宋書》卷六十六〈何尚之傳論〉云：「江左以來，樹根本於揚越，任推轂於荊楚。……宋室受命，權不能移，二州之重，咸歸密戚。」（頁1739）《（新校本）宋書》卷七十八〈劉延寶傳〉云：「先是，高祖遺詔，京口要地，去都邑密邇，自非宗室近戚，不得居之。」（頁2019）由此可見，劉裕是全面關切兵權的掌握，並不僅著眼於荊州。

〔註26〕李軍《士權與君權》（桂林：廣西師範大學出版社，2001），頁234～235。

〔註27〕〔唐〕房玄齡撰；楊家駱主編《（新校本）晉書》（台北：鼎文書局，1976），卷七十九，〈謝安附謝混傳〉，頁2079。

的存在，只是要求他們從屬於皇權。從屬於皇權的士族，仍可居實權之位」〔註28〕，也因此名家子弟「莫不望塵請職，負羈先路」〔註29〕，故而宋初仍有不少高門士族居於權力核心，以王、謝家族而言，即有王弘、王華、王曇首、王球、謝晦、謝景仁、謝方明等著名人物掌有重權〔註30〕。

高門士族雖然頗得皇權任用，但事實上帝王對士族卻是處處防範，如謝晦雖為劉裕所倚重，但劉裕對之卻懷有很深的戒心。《宋書·武帝紀下》載：

> 上（劉裕）疾甚，召太子誡之曰：「檀道濟雖有幹略，而無遠志，
> 非如兄韶有難御之氣也。徐羨之、傅亮當無異圖。謝晦數從征伐，
> 頗識機變，若有同異，必此人也。」〔註31〕

由劉裕歷數權臣之才能、心志可知，劉裕並非僅是疑忌士族，但在諸人之中，劉裕對謝晦所忌尤深，這正側面反映出皇權對高門士族的疑慮。就謝晦、傅亮、徐羨之誅除少帝及廬陵王劉義真，以奉迎劉義隆（文帝）繼位之事而言，此雖是廢昏立明之舉，但諸人為防範皇權報復，其謀求自全的措施，即是東晉以來高門士族挾制朝廷的作為：由謝晦以撫軍將軍、荊州刺史出據上流，「羨之、亮於中秉權，可得持久〔註32〕」。這種挾制朝廷的格局，與東晉琅邪王氏家族的作為，可以說是十分類似的，如前引《資治通鑑》所載之「敦總征討，導專機政」，即是這種格局。

無論謝晦諸人之心思，是否僅在於自全，但其作法適足以形成與皇權「共治」的局面。此正如無論王氏家族與帝王在主觀上是否「同心」、「推心」，但在客觀上卻是形成「共天下」之事實，而這正是皇權不能信任士族之處。因此雖謝晦未必有意謀反，但就高門士族而言，東晉時代士族與皇權共享天下的「王與馬，共天下」格局，恐怕仍是高門士族對劉宋新政權的政治想像〔註33〕，但這自然為皇權所不容。尤其劉宋政權的軍事政治實力，已遠非

〔註28〕田餘慶《東晉門閥政治》（北京：北京大學出版社，1989），頁265。

〔註29〕《（新校本）宋書》卷五十二〈庾悅王誕謝景仁謝述袁湛袁豹諸叔度傳論〉，頁1506。

〔註30〕以上諸人受任用之事例，孔毅〈南朝劉宋時期門閥士族從中心到邊緣的歷程〉有簡要的說明，見《江海學刊》，1999年第5期，頁112。

〔註31〕《（新校本）宋書》卷三，頁59。

〔註32〕同上，卷四十四〈謝晦傳〉，頁1358。

〔註33〕南朝高門士族這種與皇權「共天下」的想像，並非僅謝晦而已，孔毅先生已然指出：「晉宋之際，王弘力助劉裕創業，抑制其他士族，如奏彈謝靈運，助文帝謀誅謝晦，豈非未有開啟『王與劉，共天下』時運之意？」見氏著〈南

東晉司馬氏所可比擬，劉宋皇權自然不容士族主導，因此謝晦諸人終至敗亡，「共治」的局面終南朝之世亦未能再現〔註34〕。

雖然謝晦之死，象徵著南朝「士族階層已不再可能成爲一股有效制衡皇權的政治力量〔註35〕」，但事實上士族仍未放棄透過與帝王的良好關係，以實質上掌控朝政。然而主威獨運之局已成，士族即便有大功於皇室，帝王也不容士族干涉皇權運作。如顏峻之事即是顯例。

顏峻爲顏延之之子，輔佐孝武帝登基。因此顏峻便「自謂才足干時，恩舊莫比，當贊務居中，永執朝政」。但自以爲有大功於孝武帝便能「永執朝政」，也不過是顏峻一廂情願的幻想而已。因此孝武帝多所興造，顏峻便「諫爭懇切，無所迴避」，此舉引來「上意不說，多不見從」，也因顏峻「所陳多不見納，疑上欲疏之，乃求外出，以占時旨」。於是孝武順水推舟，出顏峻爲東揚州刺史，此使顏峻心懷怨憤，「言朝事違謬，人主得失」，其後竟爲孝武帝誣謀反，賜死獄中〔註36〕。

顏峻之事，正代表著士族有意干預皇權運作、違背帝王意志，但由孝武帝的作爲可知，士族即便曾有大功，皇權的打擊也絕不遲疑。

而「自負才地，謂當時莫及」的琅琊王僧達，其下場也與顏峻頗爲類似。孝武帝登基，僧達爲尙書右僕射，自以爲一、二年間，便可爲宰輔。但僧達屢不得意，因此上表抒其憤怨，其辭不遜。而其結果也一如顏峻：孝武帝親自誣陷僧達欲謀反，於獄中賜死〔註37〕。

顏峻、王僧達有意於競逐權勢，尤其對干犯帝王意志亦不避諱，因此難免爲皇權所忌。甚且由於帝王對權力不容外假的關注，已幾乎至杯弓蛇影的地步，於是即便士族無意於權勢，也將因位高權重而難保平安。《宋書·王景文傳》：

> 上（宋明帝）稍爲身後之計，諸將帥吳喜、壽寂之之徒，慮其不能奉幼主，並殺之；而景文外戚貴盛，……又疑其將來難信。……景文彌懼，乃自陳求解揚州。……上詔答曰：「人居貴要，但問心若

朝劉宋時期門閥士族從中心到邊緣的歷程〉，頁111。
〔註34〕以上謝晦諸人廢少帝立文帝終至敗亡之事，李軍先生有簡要的敘述，見氏著《士權與君權》，頁235～238。
〔註35〕同上，頁237。
〔註36〕《（新校本）宋書》卷七十五〈顏峻傳〉，頁1965。
〔註37〕同上，卷七十五〈王僧達傳〉，頁1952。

爲耳。……令袁粲作僕射領選，而人往往不知有粲。粲遷爲令，居
之不疑。今旣省錄，令便居昔之錄任，置省事及幹童，並依錄格。
粲作令來，亦不異爲僕射。人情向粲，淡淡然亦復不改常。以此居
貴位要任，當有致憂兢理不？卿今雖作揚州，太子傅位雖貴，而不
關朝政，可安不懼，差於粲也。想卿虛心受榮，而不爲累。」〔註38〕

　　宋明帝之意甚明，只要「不關朝政」，就「可安不懼」；只要像袁粲那樣
不求進取，使人「不知有粲」，就不必憂心忡忡，而可安享榮祿了。然而王景
文終究因位高權重，且爲外戚身份而爲明帝所疑。於是本傳又載，明帝認定
王景文「門族強盛，藉元舅之重，歲暮不爲純臣。泰豫元年春，上疾篤，乃
遣使送藥賜景文死，手詔曰：『與卿周旋，欲全卿門戶，故有此處分。』死時
年六十。」〔註39〕

　　由此可知，一旦爲皇帝所疑，即有覆滅之危。故而「東晉百年間，除蘇
峻、桓玄作亂被殺外，幾乎沒有士族死於皇帝之手」，然而宋齊之士族名士直
接死於皇權之下者，便有數十人之譜〔註40〕。也由此，雖不少士族希冀攀附
權位，但也對皇權不信任士族的心態深有自覺。如王儉爲宋侍中，因蕭道成
「雄異」，主動依附之。蕭齊代宋，「儉貴盛無比」。但即使貴盛，其弟王遜因
有功不獲封賞，故而對朝廷頗有怨言，王儉「慮爲禍，因褚淵啓聞」，於是王
遜被徙永嘉，於道被殺〔註41〕。王僧虔對政權的戰戰兢兢亦如此，齊世祖即
位，王僧虔遷侍中，拜左光錄大夫、開府儀同三司。及授，僧虔謂兄子儉曰：
「汝任重於朝，行當有八命之禮，我若復此授，則一門有二台司，實可畏懼。」
乃固辭不拜〔註42〕。僧虔與儉爲叔姪關係，而二人之戒心一致，由此可見士
族之疑慮及其與政權保持距離之自覺。

　　士族這種遠離政權的心態，自然不只是劉宋時代少數個案，而是逐步蔓
延擴大，貫穿至整個南朝四代。如上文所引趙翼《二十二史箚記》之論：「其
至宋、齊、梁、陳諸君，則無論賢否，皆威福自己，不肯假權於大臣。而其
時高門大族，門戶已成，令、僕、三司，可安流平進，不屑竭智盡心，以邀

〔註38〕同上，卷八十五，頁2181。
〔註39〕同上，頁2184。
〔註40〕東晉至南朝士族死於皇權者，李軍先生已臚列其人及其歿年，見氏著《士權
　　　與君權》，頁240～241。
〔註41〕《（新校本）南齊書》卷二十三〈王儉傳〉，頁438。
〔註42〕同上，卷三十三〈王僧虔傳〉，頁596。

恩寵。且風流相尚，罕以物務關懷。」正是由於帝王「不肯假權於大臣」，於是士族難以有積極的作為，但即便士族無積極作為，卻因皇權有賴於士族支持，故士族仍可在皇權的保障下「安流平進」，這終於形成了高門大族「風流相尚，罕以物務關懷」的風氣，以致於士族淪為顏之推所描述的狀況：

> 居承平之世，不知有喪亂之禍；處廟堂之下，不知有戰陳之急；保俸祿之資，不知有耕稼之苦；肆吏民之上，不知有勞役之勤，故難可以應世經務也。〔註43〕

士族由南朝初期之「風力局幹，冠冕一時」〔註44〕，淪落至「難可以應世經務」，這正是士族逐步疏離於實權的結果。

第二節　政權對文化資源的仰賴及分類觀念的應用

一、國家制度對議禮能力的需求

南朝各代帝王「不肯假權於大臣」的作為相因相襲，因此使得士族的實權大削，然而對於國家制度的訂定，仍須仰賴士族的文化資源，如王准之承其家世相傳之「王氏青箱學」，能在治國上、朝政上發揮其實用價值，便為劉義康所大力讚揚。《宋書·王准之傳》載：

> 王准之，字元曾，琅邪臨沂人。高祖彬，尚書僕射。曾祖彪之，尚書令。祖臨之，父納之，並御史中丞。彪之博聞多識，練悉朝儀，自是家世相傳，並諳江左舊事，緘之青箱，世人謂之「王氏青箱學」。……准之兼明禮傳，贍於文辭……究識舊儀，問無不對，時大將軍彭城王義康錄尚書事，每嘆曰：「何須高論玄虛，正得如王准之兩三人，天下便治矣。」〔註45〕

此正可見士族因其博聞多識而為政權所需，尤其是南朝國家禮制之建立，有賴於士族之練悉朝儀、熟諳舊事、掌握儒家經典知識等條件，這正使

〔註43〕〔北齊〕顏之推著：王利器集解《顏氏家訓集解》（台北：明文書局，1984再版），卷四，〈涉務〉，頁292。

〔註44〕如《資治通鑑》卷一百二十〈宋紀二·文帝元嘉三年〉：「（王）華與劉湛、王曇首、殷景仁俱為侍中，風力局幹，冠冕一時。……黃門侍郎謝弘微與華等皆上所重，當時號曰五臣。」見〔宋〕司馬光撰；〔宋〕胡三省注；楊家駱主編《新校資治通鑑注》，頁3786。

〔註45〕《（新校本）宋書》卷六十，頁1623～1624。

士族得以因其文化資源而積極介入政權。

　　據甘懷眞先生研究：「在晉唐間，國家禮制的依據主要有三：禮經、先朝故事、儒家官僚的公議。或綜合而言，是儒家官僚根據禮經，參酌前代的禮儀書所做出的公議。其中皇帝與其說是獨斷的決策者，不如說是扮演儒家官僚公議的主席。皇帝若是一意孤行要制訂或執行某禮，此禮是否有合法性容有爭議，但不具正當性則無可懷疑。〔註46〕」因此當宋孝武帝不願向太傅劉義恭致敬，但仍須示意有司上疏反對該項禮儀，再由孝武帝同意廢除此禮。由此事例可知，雖然帝王可依其意志操縱結果，但其意志的實踐，仍須在形式上經過公議作出合乎儒家經典的詮釋，如此方能符合禮制施行的必要條件〔註47〕。其餘事例甚多，不贅舉〔註48〕。

　　總之，皇帝所代表的是國家制度而非其私人，因此皇帝的意志雖然具有極大的影響力，但是仍有賴於禮經、先朝故事、官僚公議以建立行事的合法性、正當性。故而當士族逐漸遠離實權，形成「風流相尙，罕以物務關懷」的風氣，這自然也就使士族難以應世經務。但即使在應世經務上無能，士族子弟仍必須踵繼爲官以維持門第不墜，於是既爲皇權所需又不干實權的文義〔註49〕，便成爲士族參政的首選途徑。如此，透過士族所具有的文化資源以參議朝章大典，便成爲南朝士族參政的顯著現象。《陳書‧後主本紀論》云：

>　　自魏正始、晉中朝以來，貴臣雖有識治者，皆以文學相處，罕關庶務，朝章大典，方參議焉，文案簿領，咸委小吏，浸以成俗，迄至于陳。後主因循，未遑改革。〔註50〕

　　此雖以魏正始、晉中朝以下爲論，但士族眞正遠離實權的現象，直至南朝方爲典型。而南朝士族之所以「朝章大典，方參議焉」，其因即在於得以與

〔註46〕甘懷眞〈「制禮」觀念的探析〉，收入氏著《皇權、禮儀與經典詮釋：中國古代政治史研究》（上海：華東師範大學出版社，2008），頁76。

〔註47〕此事例及其解說，見同上注，頁77～78

〔註48〕參見同上注，頁76～82。

〔註49〕「文義」一詞，在南朝文獻中甚爲常見，包含著文學、學義、義理等內涵，說見張亞軍《南朝四史與南朝文學研究》（北京：中國社會科學出版社，2007），頁140～146。此詞義實際上相當於包含文學在內的「文化能力」，因此本文述及此詞時，以之爲士族文化能力、文化資源之同義語。

〔註50〕〔隋〕姚思廉等撰；楊家駱主編《（新校本）陳書》（台北：鼎文書局，1975），卷六，頁120。

實權保持距離，然而卻又是積極參政的作為。如此，既能不遭皇權疑忌以保身全家，又能在子弟踵繼為官中維持門第不墜。

　　既然士族以其文義能力參議朝章大典，為其首要的參政途徑，這勢必使士族重視與禮制相關的學問，因而相應地抬高禮的地位，也就是十分自然的事，於是也就出現傅隆〈論新禮表〉認為禮為五經本原的主張：

> 　　原夫禮者，三千之本，人倫之至道。故用之家國，君臣以之尊，父子以之親；用之婚冠，少長以之仁愛，夫妻以之義順；用之鄉人，友朋以之三益，賓主以之敬讓。所謂極乎天，播乎地，窮高遠，測深厚，莫尚於禮也。其樂之五聲，易之八象，詩之風雅，書之典誥，春秋之微婉勸懲，無不本乎禮而後立也。〔註51〕

　　在這種重禮的風氣下，南朝的禮學自然十分興盛，尤其是梁代更是如此，據周唯一先生統計，《南史》所記錄的禮學著作有三十餘種、1670 餘卷，其中儀禮類的注釋、講疏所佔比例最大，且多集中在吉凶賓軍嘉五禮上；而據徐勉記述，五禮注共有 120 帙，1176 卷，8019 條〔註52〕，由此可見南朝禮學興盛之一斑，而這也正反映出議禮與士族參政之密切關係。

二、成為士庶共識的「以類視人」觀念

　　正是由於重禮，禮的「名分」秩序精神自然受到張揚。荀子所謂「禮者，法之大分，類之綱紀〔註53〕」的區分精神，即「以類視人」的分類精神，在南朝也受到普遍的重視。甚且由於士族正是因此分類精神而論述世界、論述國家「應當如何」，因而分類觀念也在各領域得到強化。當然，這種分類觀，並不只是士族獨有的觀念，包括出身於寒人的皇族在內，也是以分類觀念視各種人，可以說這種「以類視人」的分類觀是士庶共識、是南朝社會共同的觀念。因此在南朝士族強化這種區分事物、人物類別，以安置世界秩序的分類觀時，並不會遇到多少阻力。如《宋書·王曇首傳》載：

〔註51〕《（新校本）宋書》卷五十五〈傅隆傳〉，頁 1551。又，傅隆所上表，嚴可均輯本作〈論新禮表〉，見〔清〕嚴可均輯；陳延嘉等校點《全上古三代秦漢三國六朝文·全宋文（第六冊）》（石家莊：河北教育出版社，1997），卷二十七，頁 259。

〔註52〕周唯一〈南朝禮學學術文化與詩歌創作〉，《衡陽師範學院學報（社會科學）》，第 24 卷第 5 期（2003.10），頁 70。

〔註53〕〔戰國〕荀況原著；張覺校注《荀子校注》（長沙：岳麓書社，2006），卷一，〈勸學〉，頁 6。

（高祖欲北伐，曇首）與從弟球俱詣高祖，時謝晦在坐，高祖
曰：「此君並膏梁盛德，乃能屈志戎旅。」曇首答曰：「既從神武之
師，自使懦夫有立志。」晦曰：「仁者果有勇。」高祖悅。〔註54〕

此則紀錄雖然表現了王曇首之機智，但是劉裕的反應，顯見「屈志戎旅」
在時人的認知中，並非「膏梁盛德」之事。亦即高門士族自屬於一類別，而
軍旅之事，則非此類別人物之職事。再如宋文帝將北伐，沈慶之固陳不可，
宋文帝使丹陽尹徐湛之、吏部尚書江湛等難慶之。其中沈慶之的回應就頗堪
玩味：

慶之曰：「治國譬如治家，耕當問奴，織當訪婢。陛下今欲伐國，
而與白面書生輩謀之，事何由濟！」上大笑。〔註55〕

沈慶之的觀點，正是一種分類觀念，亦即每一類人都有其職責，國家當
使每一類人「正確」地執行其職事。這自然已不單只是對文、武分途的認知，
而是擴及對人物類別及其社會功能的強調〔註56〕。

由此可知，「立足於『分』（在社會層面就是『名分』）而求其『和』
〔註57〕」的禮治精神，早已深入人心，以致於對「和而不同」這一禮治社
會原則的強調，同時也堅持了社會各類人差別性的存在。因此「中古的教
化觀念顯然不是建立在每個人都有相同文化能力的預設上，……制禮的主
要功能在於分類人群，……此時代的所謂教化，並不是設定一套普遍的行
為規範與道德標準，反而是預設了不同身份之人有不同的文化能力。……
國家的功能，或即政治的職責在於運用公權力以使不同身份之人能實踐其
名分規範。中國中古國家的正當性在於其能運用公權力以執行這一套名分
的秩序。〔註58〕」換言之，「政治的目的是要將每個人依其素質的程度，而
將之置於固定的位置。……政治的目的是要將每個人安置於其相應的位置之
上，儒家尤其強調藉由禮制，以達成此目的。禮制即建立人類的分類架構與

〔註54〕《（新校本）宋書》卷六十三，頁1678。
〔註55〕同上，卷七十七〈沈慶之傳〉，頁1999。
〔註56〕這觀念當然不始於南朝，可謂由來已久，如《孟子・滕文公上》：「有大人之
　　　事，有小人之事，……或勞心，或勞力，勞心者治人，勞力者治於人，治於
　　　人者食人，治人者食於人，天下之通義也。」見《孟子》十三經注疏本（台
　　　北：藝文印書館，1989十一版），卷五下，頁97。
〔註57〕說見閻步克《士大夫政治演生史稿》（北京：北京大學出版社，1996），頁107。
〔註58〕甘懷真〈「制禮」觀念的探析〉，收入氏著《皇權、禮儀與經典詮釋：中國古
　　　代政治史研究》，頁85。

相應的規範。〔註59〕」

　　正是由於分類觀被普遍接受，因此即便沈慶之是「手不知書，眼不識字〔註60〕」的寒人武將，但對於政治、社會秩序的想像，仍是與士族相同〔註61〕。故而士族強化分類觀，得以迅速蔓延至社會各領域，形成南朝士庶面對事物時，以「類」爲優先考量的思維方式。

　　而南朝這種以「類」爲優先的思維方式，與現實具有極大的妥協性，「它不是推進、但是卻立足於既成的社會分化，著意於已分化要素的和諧整合，並使社會成員在地位高下、關係親疏、知識差異等等方面獲得一種『和而不同』的協調安排。……它是以『和諧』而不是以『發展』、是以『人』而不是以『事』爲中心的。〔註62〕」於是個人的才、德等素質，往往都是被置於次

〔註59〕甘懷眞〈中國古代的罪的觀念〉，收入同上注，頁266。

〔註60〕《（新校本）宋書》卷七十七〈沈慶之傳〉，頁2003。

〔註61〕士族之身份著實不易判定，不但何謂士族之判斷標準難以確立，家族之社會地位也有升降，因此士族可以淪爲冠帶小民，庶民亦可上升爲士族，而這也加深了判斷的困難。沈慶之是否具有士族身份，也因此頗難確定。然筆者認爲，沈慶之仍應屬寒庶，其理由如下：毛漢光先生對士族之定義爲：「累官三代以上及官居五品以上，同時合於這兩個條件者，即可視爲士族。」（見氏著《兩晉南北朝士族政治之研究》（台北：中國學術著作獎助委員會，1966），頁5。）但文化條件卻也爲定義士族時的重要條件，因此余英時先生探討漢代士族化的過程，即指出：「一般原有的強宗大族使子弟讀書，因而轉變爲『士族』。」（見氏著〈東漢政權之建立與士族大姓之關係〉，收入氏著《中國知識階層史論》（台北：聯經出版事業公司，1980），頁115。）則文化條件爲士族與一般強宗大族得以區分的重要項目。亦即強宗大族或可踵繼爲官，但因其不以學術爲進身之階，則僅被視爲異於士族的一般大族，必待其讀書、提升文化修養，始能轉變爲士族。故毛漢光先生雖以任官爲判斷標準，但實亦重視士族之文化條件，因此其著作選定「士族」一詞爲名，據氏自述，即是因「士族」一詞蘊含「累世讀書之家」的文化意義（見氏著《兩晉南北朝士族政治之研究》，頁2。）甚且，士族維持其地位的手段之一，即是其「家學」（頁295～298）。此外，日人川勝義雄先生透過沈攸之（沈慶之從兄子）的待遇，以推測沈慶之的社會地位，認爲「沈攸之不能免除一般的徵兵，還是顯示出他絕非貴族而僅僅只是寒門或寒人。這也有助於我們瞭解沈慶之的社會地位。」（見氏著；徐谷梵、李濟滄譯《六朝貴族制社會研究》（上海：上海古籍出版社，2007），頁234。）依此而論，吳興沈氏家世爲將，至齊梁間沈驎士、沈約，方「從武力強宗轉向文化士族」（有關吳興沈氏在兩晉南朝的發展，見劉躍進〈從武力強宗到文化士族——吳興沈氏的衰微與沈約的振起〉，收入氏著《門閥士族與永明文學》（北京：生活‧讀書‧新知三聯書店，1996），頁325～340。引文見頁328。）則沈慶之之時，吳興沈氏仍當歸屬於武力強宗，應尚未有士族之地位，故本文仍視之爲寒庶。

〔註62〕閻步克《士大夫政治演生史稿》，頁506。

要地位，對人的思考及對人的安置，首先是依據其「類」。

如《宋書》卷五十二〈褚叔度傳〉載：「諸尚公主者，並用世胄，不必皆有才能。」這明顯就是著重在名家子弟的「類別」，而其「才能」則被置於次要地位，人的「類別」所具有的優先性意義不言可喻〔註63〕。另外，《宋書·杜驥傳》也顯現出南朝即使皇權大張，但在成爲士庶共識的分類觀念之下，政府用人也不得不以人的「類別」作爲優先考量：

> 兄坦，頗涉史傳。高祖征長安，席卷隨從南還。……晚渡北人
> 朝廷常以傖荒遇之，雖復人才可施，每爲清途所隔，坦以此慨然。……
> （坦曰：）臣本中華高族，亡曾祖晉氏喪亂，播遷涼土。世葉相承，
> 不殞其舊。直以南渡不早，便以荒傖賜隔。……上默然。〔註64〕

杜氏即便原是「中華高族」，但「南渡不早」已被時人別爲一類，因此「雖復人才可施」，也不得不分別對待，也因此杜坦「每爲清途所隔」。而由宋文帝的「默然」可知，帝王亦無以變革此風氣。

三、譜牒之學與士庶分類

這種由禮而來的分類精神，更典型的表現，是同時也用在解決當代所面臨的新問題上，此中尤爲明顯的便是百家譜的出現。

譜牒之學的興盛，爲魏晉南北朝史學的一個特點，自東晉後期賈弼開創譜學，至宋、齊以後譜學趨於極盛。這除了因爲譜學可作爲政府任官參考之外，同時也在於嚴別士庶，以避免庶族冒襲身份逃避差役。故而「梁時政府開始設機構掌管氏族譜牒，譜學由私家世代傳授而變爲國家過問了」〔註65〕。

然而嚴別士庶並非輕易可躋，東晉末由於劉裕進行土斷比較徹底，故劉宋初期竄改注籍的現象並不嚴重，元嘉中期傅隆從事戶籍釐清工作仍很負責，因此戶籍還相當可靠。但自元嘉中期以後，戶籍管理由尙書轉入中書，中書實權由寒人控制，由此「不復經懷」，戶籍因而大壞。至蕭齊時代，戶籍混亂的狀況已十分嚴重，因此齊高帝蕭道成在建元二年（480）令虞玩之

〔註63〕 另，以婚宦不失類顯現出「類別」意義者，尚可參周一良〈南朝境內之各種
人及政府對待之政策〉中之相關部分，雖此文所重在分析僑姓、吳姓之地位，
但也正可見「類別」意識之深入人心。周文所論僑、吳婚宦部分，收入氏著
《魏晉南北朝史論集》（北京：北京大學出版社，1997），尤其頁81～87。

〔註64〕 《（新校本）宋書》卷六十五，頁1720～1721。

〔註65〕 周一良〈魏晉南北朝史學發展的特點〉一文，有專節概述魏晉南北朝譜牒之
學的概況，見氏著《魏晉南北朝史論集》，頁395～400。引文見頁400。

進行戶籍檢查。然此次戶籍釐清，卻使得「懷冤抱屈，非只百千」，於是唐寓之聚民反齊，造成了社會的動盪不安。此後蕭齊不得不在永明八年（490）下詔停止檢籍，這實際上是承認了檢籍的失敗、接受了戶籍混亂的事實。梁建國後，戶籍混亂更加嚴重，於是沈約又再度建議梁武帝檢籍，但梁武帝未接受沈約建議，而是利用家譜爲一部份高級士族保持社會地位，於是詔王僧孺改定百家譜，並設立譜局負責此事，譜學至此也成了專門學問。此中所謂之「百家」爲何已難考定，但據顏之推〈觀我生賦〉自注可知，乃指「中原冠帶隨晉渡江者」，於是又別編東南士族的家譜。這可以說是爲高門甲族所作的保護性措施，於是在百家譜編定之後，戶籍中士庶不分的狀況就更加無人過問了〔註66〕。至陳，僅在陳文帝天嘉元年（560）七月，爲安置侯景之亂及江陵失守後所出現的流民，進行一些土斷工作。陳在戶籍方面所做的工作，僅此而已〔註67〕。

　　由以上的簡述可知，百家譜的出現，與南朝士庶混雜的社會狀況有關，然而，嚴厲檢籍的結果，卻會有招來社會動亂的風險，因此梁朝君臣解決此困難問題的方式，便是在士族之中進行再分類，亦即在士族之中確立高門甲族的範圍，視之爲國家所承認的士族、視之爲特殊的一類，而其他的沒落士人，就聽其與庶民同類。《梁書‧武帝紀》載：

　　　　其通有一經、始末無倦者，策實之後，選可量加敘錄，雖復牛

　　監羊肆，寒品後門，並隨才試吏，勿有遺隔。〔註68〕

　　梁武帝此詔雖表明廣招人才，但應當注意，此詔中「寒品後門」並稱，並且是「試吏」，明顯已將沒落士人等同於庶人。於是透過南朝士庶不分及百家譜出現的現象可知，區分類別以及類優先性的觀念在南朝的重要性，一旦出現矛盾，往往即以區分類別的方式確定其類屬，從而給予一定的位置，於是世界再度因不同之事物能各安其位而歸於「和」。

四、官職的分類

　　在南朝主威獨運之下，能順應帝王意志的能吏、倖臣得到提拔，因此大量的寒人、武人以其吏治武功有了進身之階。而寒人崛起的事實，無疑對士

〔註66〕以上有關檢籍的概況，見朱紹侯《魏晉南北朝土地制度與階級關係》（鄭州：中州古籍出版社，1988），頁297～305。

〔註67〕同上，頁307。

〔註68〕《（新校本）梁書》卷二，頁49。

族形成重大的挑戰，尤其是大量的寒人侵入傳統上爲士族所專有的官職，這在士族眼中自然是秩序混亂、名實淆紊。在這種狀況下，士族亟思有以改善，也就是意料中事了。《南史・恩倖・阮佃夫傳》載：

> （宋明帝）泰始初，軍功既多，爵秩無序，佃夫僕從附隸皆受不次之位：捉車人武賁中郎將，傍馬者員外郎。〔註69〕

又，《梁書・鍾嶸傳》載鍾嶸於天監初上言：

> （齊東昏侯）永元肇亂，坐弄天爵，勳非即戎，官以賄就。揮一金而取九列，寄片札以招六校；騎都塞市，郎將填街。服既纓組，尚爲臧獲之事；職唯黄散，猶躬胥徒之役。名實淆紊，茲焉莫甚。臣愚謂軍官是素族士人，自有清貫，而因斯受爵，一宜削除，以懲僥競。若吏姓寒人，聽極其門品，不當因軍，遂濫清級。〔註70〕

吏姓寒人混入「清級」〔註71〕，以致於「爵秩無序」、「名實淆紊」，士族的忿忿不平可想而知。然而其中可注意的是，士族面對此混亂的局面，所思考的解決方式，即是依人之門第安置「正確」的職事。故「自有清貫」的士族，不當單受軍爵〔註72〕，而吏姓寒人雖有其任官的合理性，但應考慮「聽極其門品」以任官，因此鍾嶸所要求的名實相副，實際上是要求其人之門第與其職事相符應。這樣的「實」，其內容顯然是以門第爲優先，因此寒門後品即便「雅有士風」，在價值選擇、行事風格上一如士族，但這仍不能成爲其人之「實」，缺少了門第出身便不能爲士族所承認，如紀僧眞的遭遇，便甚能顯現士族的這種心態。《南齊書・倖臣・紀僧眞傳》載：

> 僧眞容貌言吐，雅有士風。世祖嘗目送之，笑曰：「人何必計門戶，紀僧眞常貴人所不及。」諸權要中，最被眄遇〔註73〕。

即便是「容貌言吐，雅有士風」，且最爲帝王所眄遇，但這仍改不了士族

〔註69〕《（新校本）南史》卷七十七，頁1922。
〔註70〕《（新校本）梁書》卷四十九，頁694。
〔註71〕此引文中的「清貫」、「清級」，涉及南朝官職位望的清濁問題，爲免論述歧出，有關位望清濁留置下文論述。
〔註72〕鍾嶸之意，應是指單受軍職武位而言。周一良先生指出：「武位雖非高門所樂，然以文職清望官帖領之，則互相配合，最爲美授。」士族並非不受軍爵，但所好尚者是以文職帶帖，單任武位則不爲所重。有關文職帖領武位之說，見周一良〈「南齊書・丘靈鞠傳」試釋兼論南朝文武官位及清濁〉，收入氏著《魏晉南北朝史論集》，頁123～126。引文見頁124。
〔註73〕《（新校本）南齊書》卷五十六，頁974。

對之「計門戶」：

> 先是中書舍人紀僧眞幸於武帝，稍歷軍校，容表有士風。謂帝
> 曰：「臣小人，出自本縣武吏，邀逢聖時，階榮至此。爲兒昏，得荀
> 昭光女，即時無復所須，唯就陛下乞作士大夫。」帝曰：「由江斅、
> 謝瀹，我不得措此意，可自詣之。」僧眞承旨詣斅，登榻坐定，斅
> 便命左右曰：「移吾床讓客。」僧眞喪氣而退，告武帝曰：「士大夫
> 故非天子所命。」時人重斅風格，不爲權倖降意。〔註74〕

這明顯是以門第視人，至於其人之實質如何，則非關注所在。而由「時
人重斅風格」可知，這並非江斅個人的特立獨行，而是士族的普遍心態，故
而南朝士族這種重視士庶之別的事蹟便屢見不鮮。如《南史・王球傳》載：
「時中書舍人徐爰有寵於上（宋文帝），上嘗命球及殷景仁與之相知。球辭
曰：『士庶區別，國之章也。臣不敢奉詔。』上改容謝焉。〔註75〕」《南史・
庾蓽傳》：「初，梁州人益州刺史鄧元起功勳甚著，名地卑瑣，願名挂士流。
時始興忠武王憺爲州將，元起位已高，而解巾不先州官，則不爲鄉里所悉，
元起乞上籍出身州從事，憺命蓽用之，蓽不從。憺大怒，召蓽責之曰：『元
起已經我府，卿何爲苟惜從事？』蓽曰：『府是尊府，州是蓽州，宜須品藻。』
憺不能折，遂止。〔註76〕」之所以如此嚴別士庶，正是士族感受到混雜的
嚴重，而這種混雜自爲士族所不容，因此士庶的區別日趨嚴格，甚且至「宋、
齊時已經達到僵化的程度」，但這「並不表示門閥勢力的強大，相反的倒是
由於他們害怕這種新形勢足以削弱甚至消除他們長期以來引以自傲的優越
地位」〔註77〕。

雖然寒人崛起對士族造成強大的心理壓力，但文化論述的權力依然歸之
於士族，並且寒人也無力建立足以抗衡的論述，此由上述「上改容謝焉」、「憺
不能折，遂止」便可見出。除此之外，南朝帝王對於「物議」的關切，也甚
能顯現出士族的文化論述權對皇權的影響。《南齊書・張緒傳》載：

> 七年，竟陵王子良領國子祭酒，世祖敕王晏曰：「吾欲令司徒辭
> 祭酒以授張緒，物議以爲云何？」子良竟不拜，以緒領國子祭酒，

〔註74〕《（新校本）南史》卷三十六〈江斅傳〉，頁943。
〔註75〕同上，卷二十三，頁630。
〔註76〕同上，卷四十九，1211。
〔註77〕唐長孺〈南朝寒人的興起〉，收入氏著《魏晉南北朝史論叢續編》（台北：帛
　　　　書出版社，1985），頁120～121。

光祿、師、中正如故。〔註78〕

在授官上，即便已有屬意的人選，但「物議」顯然仍爲帝王所關切。甚且已然登基，帝王仍念念不忘自身居於帝位之「物議」如何，《南齊書·劉瓛傳》：

> 太祖踐阼，召瓛入華林園談語，謂瓛曰：「吾應天革命，物議以爲何如？」〔註79〕

由此可知，皇權舉措的正當性，在相當程度上取決於士族的承認，而此正可見士族文化論述權的巨大力量。正因士族所擁有的文化論述權，因此士族所設想的世界秩序及自身在世界秩序中的地位，便成爲皇權「應當」遵循的規範，這自然使士族的地位由其自身的論述而建立，且能得到皇權的承認，此由上舉之「士大夫故非天子所命」、「士庶區別，國之章也」、「府是尊府，州是華州」等，已可見出端倪。而王峻事例，則明確表出帝室對士族門第獨立於皇權之外的承認：

> （王峻子）琮爲國子生，尚始興王女繁昌縣主，不慧，爲學生所嗤，遂離婚。峻謝王，王曰：「此自上意，僕極不願如此。」峻曰：「臣太祖是謝仁祖外孫，亦不藉殿下姻媾爲門戶。」〔註80〕

因此士族堅持門第的觀點，勢必在南朝寒人大量加入政權的新形勢中，具有影響政權結構發展的重大力量。

雖然士族的影響力無庸置疑，但士族對南朝的新形勢也不得不妥協，在既承認寒人勢力，又極力維護自身特權的狀況下，士族所採取的方法便是在既有的制度中，再度區分類別。如此，使得新進的寒庶有其所屬的類別，而士族則又自成其類別，兩者各循其類仕進。

《宋書·范泰傳》：

> 昔中朝助教，亦用二品。……今有職閑而學優者，可以本官領之。門地二品，宜以朝請領助教，既可以甄其名品，斯亦敦學之一隅。其二品才堪，自依舊從事。〔註81〕

閻步克先生分析此段引文，指出：「在中正二品一級，『門地二品』與『二品才堪』被區分開來了，前者是純以門第的，後者則向才學網開一面。

〔註78〕《（新校本）南齊書》卷三十三，頁 601。

〔註79〕同上，卷三十九，頁 678。

〔註80〕《（新校本）梁書》卷二十一〈王峻傳〉，頁 321。

〔註81〕《（新校本）宋書》卷六十，頁 1617。

由此就可以劃開老牌士族與寒流新進，顯示那些躋身二品士流的寒士或寒人，依然不得與起家門第二品的貴遊子弟齒列並稱。〔註82〕」換言之，即便是職務相同但仍當區分士庶，於是在中正品上區分士庶，使士族的「門地二品」與寒庶的「二品才堪」煥然有別，以此保障寒人的仕進，同時也承認士族的特殊身份。

　　當然，在皇權擴張的南朝時代，帝王的意志勢必會顯現在人員選用、權力委任之上，如趙翼即已論述「南朝多以寒人掌機要」、「齊制典籤之權太重」等現象〔註83〕，於是士族便與皇權的運作形成一定的拉拒。《宋書‧孔覬傳》：

> 初，晉世散騎常侍選望甚重，與侍中不異，其後職任閑散，用人漸輕。孝建三年，世祖欲重其選，詔曰：「散騎職爲近侍，事居規納，置任之本，實惟親要，而頃選常侍，陵遲未允，宜簡授時良，永置清轍。」於是吏部尚書顏竣奏曰：「常侍華選，職任俟才，新除臨海太守孔覬意業閑素，司徒左長史王彧懷尚清理，並任爲散騎常侍。」世祖不欲威權在下，其後分吏部尚書置二人，以輕其任。侍中蔡興宗謂人曰：「選曹要重，常侍閑淡，改之以名而不以實，雖主意欲爲輕重，人心豈可變邪！」既而常侍之選復卑，選部之貴不異。〔註84〕

由「常侍之選復卑，選部之貴不異」可知，世祖（宋孝武帝）欲依己意輕重官職，但「雖主意欲爲輕重，人心豈可變邪」，帝王意志的貫徹顯然受到了阻礙。於是在士族與皇權的拉拒之下，南朝官制的發展自然頗爲曲折，但以區分類別做爲解決矛盾的觀念、手段，仍是南朝最主要的發展趨勢，以致於在曲折的發展中，終至梁代十八班制的出現。

　　梁武帝天監七年改九品官爲十八班，十八班以容「二品士流」，而「位不登二品者」則又爲七班，此外另設「三品蘊位」和「三品勳位」兩等〔註85〕。據閻步克先生的研究，梁武帝此措施的意義是：二品士流所居官進入了十八

〔註82〕閻步克《品位與職位：秦漢魏晉南北朝官階制度研究》（北京：中華書局，2002），頁325。

〔註83〕〔清〕趙翼著《二十二史箚記校證》，頁172～174、250～252。

〔註84〕《（新校本）宋書》卷八十四，頁2154。

〔註85〕〔唐〕魏徵等撰；楊家駱主編《（新校本）隋書》（台北：鼎文書局，1975），卷二十六，〈百官志上〉，頁729～735。

班；至於中正三品以下原有門品和勳品之異，門品變成了梁代面向寒微士人的流外七班，勳品則變成了梁代寒流武人的「三品蘊位」和「三品勳位」。而蘊位、勳位的設置，也使尚無品第者可憑其吏幹獲得中正品，儘管所獲不過是「勳品」〔註86〕。

依此而論，梁代新制事實上是在九品的基礎上，對士庶之別及其相應的官職，予以更明確的劃分。亦即：門地二品的士族依十八班任官；中正三品以下的寒微士人依流外七班任官；尚未有中正品第者，則擔任蘊位、勳位諸官〔註87〕。此後「陳承梁，皆循其制官」〔註88〕，可以說，南朝後期自梁武帝建立十八班制後，士族與皇權在政權組織中的妥協，基本已臻穩定，而這正是以區分類別，並「恰當」地安置每一類人所達成的。

此外，南朝官制中的清、濁之分，也甚能彰顯士族一方面與皇權妥協，一方面又在政權中自成價值類別而獨立於皇權的意義。

所謂的清官、濁官，因「南朝從來沒有在各種官職上標明清濁」〔註89〕，因此清、濁之分，大抵是由部分史料推論而得，如：

> 《宋書‧江智淵傳》：元嘉末，除尚書庫部郎。時高流官序，不爲臺郎。智淵門孤援寡，獨有此選。〔註90〕

> 《梁書‧張率傳》：（張率）遷秘書丞，引見玉衡殿。高祖曰：「秘書丞天下清官，東南冑望未有爲之者，今以相處，足爲卿譽。」其恩遇如此。〔註91〕

> 《梁書‧王筠傳》：除尚書殿中郎。王氏過江以來，未有居郎署者。〔註92〕

> 《梁書‧文學上‧庾於陵傳》：舊事，東宮官屬，通爲清選，

〔註86〕閻步克《品位與職位：秦漢魏晉南北朝官階制度研究》，頁329～330。
〔註87〕至於蘊位、勳位二者之差異，則尚難確認。據汪征魯先生研究，三品蘊位和三品勳位在級別上是相同的。見氏著《魏晉南北朝選官體制研究》（福州：福建人民出版社，1995），頁420。而閻步克先生則認爲，二者之別，既不像是身份區分，也不像是職類或等級區分，「很難看出什麼實用意義」。見氏著《品位與職位：秦漢魏晉南北朝官階制度研究》，頁328。
〔註88〕《（新校本）隋書》卷二十六〈百官志上〉，頁741。
〔註89〕唐長孺〈南朝寒人的興起〉，收入氏著《魏晉南北朝史論叢續編》，頁111。
〔註90〕《（新校本）宋書》卷五十九，頁1609。
〔註91〕《（新校本）梁書》卷三十三，頁475。
〔註92〕同上，頁484。

洗馬掌文翰，尤其清者。近世用人，皆取甲族有才望，時於陵與
周捨並擢充職，高祖曰：「官以人而清，豈限以甲族。」時論以爲
美。〔註93〕

　　《陳書‧蔡凝傳》：黃散之職，故須人門皆美。〔註94〕

　　《南史‧謝幾卿傳》：梁天監中自尚書三公郎爲治書侍御史。舊
郎官轉爲此職者世謂之南奔。〔註95〕

　　《南史‧王僧虔傳》：甲族由來多不居憲台。〔註96〕

　　《南史‧劉孝綽傳》：（劉孝綽）累遷秘書丞。武帝謂舍人周捨
曰：「第一官當知用第一人。」故以孝綽居此職。〔註97〕

　　因此「大概所謂清官本是在於多由高門爲之而清」〔註98〕，同時，因爲
某些官職「其先專用高門，習之既久，世遂目爲高門專利。門閥之顯與官位
之清遂互相呼應，連爲一事」〔註99〕。可以說，所謂的清官，實際上是繫於
士族之門第華貴以及與門第密切相關的士族個人之名位高卓而立，亦即清濁
是以是否「人門皆美」作爲分辨依據。

　　於是士族念茲在茲的門第、名位高低問題，自然便可藉官位顯現，官職
清濁與任職者之門第、名位高下也就密不可分。換言之，官位成爲士族門第、
名位的物質化顯現，士族門第、名位高下與官位價值高低，在積久成習之下，
形成了緊密的對應關係。此所以所擔任之官職爲何，適足以反襯任官者之名
位高下，如上文所引「時高流官序，不爲臺郎。智淵門孤援寡，獨有此選」
便是如此：高門不爲臺郎，故其價值低下，正因其價值低下而江智淵任之，
於是江智淵之「門孤援寡」便不言可喻。其他如「第一官當知用第一人」之
說，則因官職價值的「第一」已成普遍共識，因此能反襯出任此官的劉孝綽
爲第一人。甚且授官秘書丞，是抬高了張率的名位（「足爲卿譽」）。凡此皆可

<hr>

〔註93〕同上，卷四十九，頁700。又，梁武帝之論，以「時論以爲美」而言，則輿論
　　　　當能同意清官不必拘限於甲族，此是南朝士族對於皇權依附性增強的反映，
　　　　說見下文。
〔註94〕〔隋〕姚思廉等撰；楊家駱主編《（新校本）陳書》，卷三十四，頁470。
〔註95〕《（新校本）南史》卷十九，頁544。
〔註96〕同上，卷二十二，頁601。
〔註97〕同上，卷三十九，頁1011。
〔註98〕唐長孺〈南朝寒人的興起〉，收入氏著《魏晉南北朝史論叢續編》，頁111。
〔註99〕周一良〈「南齊書‧丘靈鞠傳」試釋兼論南朝文武官位及清濁〉，收入氏著《魏
　　　　晉南北朝史論集》，頁118。

見清官因士族門第、名位而取得價值，在其價值確立之後，又得以反身賦予任職者價值。然而，由於清官之價值乃依士族門第、名位而來，此自然使清官在政治秩序中的意義相對獨立於皇權，成為依據士族好尚而立的官職類別。

既然清官依據士族的好尚而立，故所謂之清官也就隨士族好尚之變化而變化。周一良先生即曾舉出尚書郎、散騎常侍、國官等官職，雖在晉世位望清重，但南朝時已非清途之例〔註100〕。固然門第華貴與官位清顯之連結，「其起源實肇於晉中朝，……然其初僅緣於『職閑廩重』耳，無關清濁也」〔註101〕。這與南朝奠基於士庶之別的清濁觀念，的確有相當大的差異，而這差異的產生，與南朝士族面臨寒人崛起的政治環境變化，自然脫離不了干係。因此南朝士族所好尚的清官，便處處呈顯出與皇權（寒人政權）妥協的痕跡。

閻步克先生指出，所謂的「清官」是以士族的偏好而逐漸形成的，大致而言，有幾項特徵：

> 首先是講「清要」。門下和東宮的近侍之位切近至尊，黃門郎、散騎郎等很早即成「清選」，這足以顯示與皇帝「共天下」的門閥之顯赫高貴。其次是講「清閑」。因為高門貴游「糠秕文案，貴尚虛閑」，東宮的太子庶子、太子洗馬、太子舍人等等，便曾以「職閑廩重」而讓他們心儀神往。第三是講「文學」，即偏愛文翰性的官職。由於五朝高門本質上是文化士族，雄厚的文化素養是其安身立命之本，所以文翰性的官職如秘書郎、著作郎等，大抵是「清官」首選。〔註102〕

統而言之，可以說是雖位在權力核心，但皆以文義相處而不干朝政。此為帝王不肯假權於大臣，同時又保障士族安流平進的作為所致，而這正是士族與皇權妥協的一種表現。

這種妥協在位望與品秩相矛盾上，更可見其時妥協之法，是建立在區分類別的方法上。《隋書·百官志上》載：

> 陳依梁制，……凡選官無定期，隨闕即補，多更互遷官，未必

〔註100〕同上，頁115～116。
〔註101〕同上，頁118。又，有關「職閑廩重」之說，見《（新校本）晉書》卷四十八〈閻纘傳〉：「（元康初）國子祭酒鄒湛以纘才堪著作，薦於秘書監華嶠。嶠曰：『此職閑廩重，貴勢多爭之，不暇求其才。』遂不能用。」（頁1350）
〔註102〕閻步克《品位與職位：秦漢魏晉南北朝官階制度研究》，頁355～356。

即進班秩。其官唯論清濁，從濁官得微清，則勝於轉。〔註103〕

所謂「從濁官得微清，則勝於轉」，在南朝亦有例可證。如張欣泰於齊高帝時爲直閣步兵校尉領羽林監，但卻不樂爲武職。《南齊書・張欣泰傳》：

> 欣泰通涉雅俗，交結多是名素。下直輒游園池，著鹿皮冠，衲衣錫杖，挾素琴。有以啓世祖者，世祖曰：「將家兒何敢作此舉止！」後從車駕出新林，敕欣泰甲仗廉察，欣泰停仗，於松樹下飲酒賦詩。制局監呂文度過見，啓世祖。世祖大怒，遣出外，數日，意稍釋，召還，謂之曰：「卿不樂爲武職驅使，當處卿以清貫。」除正員郎。
> 〔註104〕

周一良先生分析此段文字指出：「正員郎謂正員散騎侍郎，與通直員外相對而言。……黃散皆清職也。《宋書・百官志》五校尉第四品，散騎侍郎第五品，而世祖以除欣泰正員郎爲殊恩，此即所謂『未必即進班秩』，『從濁得清則勝於遷』矣。〔註105〕」轉任官品較低的清官，比擔任官品較高的濁官更愜人心，因此清官的價值不在於權力大小，也不在於官品高低，清官在政權組織中被劃歸爲一特殊類別可知。

但這基於士族門第、名位所建立的特殊類別，只是在政權組織中佔有一位置，而且並不是官品最高的位置。更重要的是，士族認同這些位置，於是避開了官品高下的爭奪，亦即士族不要求官職愈清者官品愈高，從而迴避了以士族價值秩序凌駕皇權秩序所引發的衝突，這正是皇權與士族的平衡點，而這卻是以區分類別、安置各類別位置的方法完成的。也就是說，面對寒人崛起的現實，士族在政權組織中強化身份類別的意識，於是劃分高門士族、寒微士人、未入品庶人各成不同類別，同時安置各類別於政權組織中的相應位置（此即南朝後期十八班制的精神）。其中，士族（高門甲族）如同其他類別，也只是佔整體組織中的一個位置，且實權不凌駕在其他類別之上（雖然位望更高）。於是皇權不虞士族侵奪、士族維持身份華貴、各類人有其「恰當」的位置。總之，各類人各有其類別屬性，因此不必以一類統攝另一類，重要的是皇權能區分、辨明各類別之屬性，從而「正確」安置其位置。

〔註103〕《（新校本）隋書》卷二十六，頁 748。
〔註104〕《（新校本）南齊書》卷五十一，頁 881～882。。
〔註105〕周一良〈「南齊書・丘靈鞠傳」試釋兼論南朝文武官位及清濁〉，收入氏著《魏晉南北朝史論集》，頁 120。又，位望不繫於官品高低，此文尚舉有多例，不贅錄，見頁 120～121。

第三節　體用觀念與世界無盡區分：以儒道佛關係爲例

一、分類的現實妥協性

　　分類之井然有序，自然以邏輯分類爲最，因爲「邏輯分類乃是概念的分類。概念就是歷歷分明的一組事物的觀念，它的界線是明確標定的」〔註106〕。但是，在歷史事實中，「分類絕不是人類由於自然的必然性而自發形成的，人性在其肇端並不具備分類功能所需要的那些最必不可少的條件。進一步說，人是不可能在其自身上找到分類的基礎要素」〔註107〕。因此，透過先天能力所建立的粗略區別，與透過後天學習在一社會中眞正實踐著的分類，二者有著極大的差異：「這是右，那是左；那是過去，這是現在；這個與那個相似，那個與這個相伴。如果沒有教育來指出思考的路徑，那麼所有這些差不多也就是一個成年人的心靈所能想到的一切了。而教育所指明的思維方式，則是一個人憑借其自身努力所無法確立起來的，它只能是整個歷史發展的結果。顯而易見，簡單粗略的區別和歸類與眞正構成分類的那些要素之間具有天壤之別。〔註108〕」因此，「我們絕不能把人們的分類說成是來源於個體知性之必然性的自然而然的事情」〔註109〕。依此而論，邏輯分類固然滿足了概念明晰性的要求，分類也無法完全背離邏輯，但是在歷史事實中，後天學習無疑對分類更具決定性〔註110〕。換言之，分類表現爲對事物差異的承認，而這種承認，主要是基於社會實踐而非邏輯原則。

　　這種在歷史中實踐著的分類，也是南朝士族進行分類的事實，亦即南朝士族以區分手段解決所面對的問題，於是在面對矛盾時，原則上即是將矛盾區分爲不同的類別、安置其位置，以爲解決矛盾的方法。因此區分並不謹守一定的邏輯原則，更多的是表現爲對所遭遇的現實及其差異的承認。

〔註106〕〔法〕愛彌爾・塗爾幹、馬塞爾・莫斯著；汲喆譯《原始分類》（上海：上海人民出版社，2000），頁93。

〔註107〕同上，頁7。

〔註108〕同上，頁7。

〔註109〕同上，頁9。

〔註110〕塗爾幹、莫斯之觀點，雖然並不完全廢除人的心靈能力，但由於過份偏重社會影響（及其他方法問題），因此招來嚴厲的批評，見同上，《原始分類》英譯本導言」部分，頁 96～141。但批評雖嚴厲，卻也未否定社會中眞正實踐著的分類，並非順從邏輯標準的事實。

由於承認差異即可成一類別，這實際上已隱含著世界可無盡區分的觀念。但世界可無盡區分的觀念，在南朝並不形成困擾，這與時人面對世界時，主要關切的是體用、本末關係密不可分，此正如湯用彤先生所說：

> 五朝之所謂本末，略當後世之所謂體用，……本末既爲當世所討論之中心問題，故他種之爭論，往往牽涉及此。……本末之分，內學外學所共許。而本之無二，又諸教之所共認。此無二之本，又其時人士之所共同模擬追求。模擬未必是，追求未必得。但五朝之學，無論玄佛，共以此爲骨幹。一切問題，均繫於此。〔註111〕

雖然這是以內學外學爲言，認爲各家各派皆想佔據「一」的地位以成世界至理，但各家各派自難甘心承認他者優越於自身，諸家因而始終皆「未必是」、「未必得」。但所論實際上是思維方式，因此並不僅侷限在所謂的內學外學問題，而是時代對世界的共同認知。換言之，時人已預認世界必爲「一」（本之無二），因而在體用觀念之下，所有的事物相對於「一」、「體」，皆展現爲「用」。

於是，與「本之無二」、體用觀念密切相關，南朝對世界的區分，也呈現幾個特徵：首先，承認差異即可成爲一類別，且不出現區分所根據的原則適不適用的問題。其次，體用觀念使「末」的表現不礙「本」〔註112〕，於是即便是無盡區分、無論所區分的類別具有何種特徵，絕不會使「末」礙其「本」，這使得「本之無二」、世界必爲「一」的預設不受挑戰。再次，既有差異即可爲一類，因此在以類觀物的心態下，一事物差別於其他事物的特徵往往被突出，而其他性質則相對被忽略。

此體用觀念使士族一旦面對現實世界的矛盾，便可透過區分類別的方式，使矛盾的部分各自歸屬成不同的類別，並賦予各類別各自的意義而解決。於是在世界必爲「一」的信念下，無庸憂慮世界可能因各種性質不同的區分方式介入而分裂，世界終因「一」能統攝萬物而使萬物和諧。若世界不能和諧，只能是安置類別在世界中的位置不當所致。

〔註111〕湯用彤《漢魏兩晉南北朝佛教史（下冊）》（台北：台灣商務印書館，1979台五版），頁40。

〔註112〕勞思光先生解釋《禮記・學記》中「大德不官，大道不器，大信不約，大時不齊。察於此四者，可以有志於本矣」時，即強調本段文字所論，是本源不受枝節表現拘束的「本末觀」。換言之，「末」不礙「本」的觀念甚早便出現。見氏著《中國哲學史（第二卷）》（香港：香港中文大學崇基學院，1980三版），頁38～40。

這種思維方式已成爲時代的共識，因此能如湯用彤先生所述，是「內學外學所共許」、「諸教之所共認」，而它的應用範圍自也十分廣泛，並不只侷限在諸教的論爭之中〔註113〕。但在南朝諸教論爭之中，爲了論證自身存在的合理性、反駁對手、抬高自身地位等等，皆需有時人共認的論證方式作爲支持，如此結論方能爲論辯對手所接受。因此，在諸教論爭中，處處都顯現了體用思維的核心地位。以下依此角度，論述南朝世界可無盡區分的觀念。

二、儒家不容否定的現實地位

南朝佛教所面臨的挑戰，尤以「神滅論」、「夷夏論」最爲險峻，湯用彤先生指出：

> 南朝人士所持可以根本推翻佛法之學說有二。一爲神滅，一爲夷夏。因二者均可以根本傾覆釋教。故雙方均辯之至急，而論之至多也。〔註114〕

有關神滅論，因涉及神識在人死後存不存的問題，這直接就挑戰了佛教

〔註113〕文體之分類，自也無法脫離其時代思維方式的影響，以《文選》之分類爲例，亦可見其分類更多地順從傳統慣例，而非邏輯概念。《文選》之分類自然有其邏輯原則，如賦、詩以下再分小類，這自然是以共相貫穿殊相的邏輯分類方式。再如詔以下的排列順序，也有一定的共相意義，傅剛先生指出：詔、冊、令、教，爲上對下關係；文至奏記，爲下對上關係；書至銘，爲一般應用文體；最後的誄、哀、碑、吊、祭文等，爲與亡者有關的文體。但這也並不十分嚴格，如檄、移等代帝王立言之體，卻置於書體之下。見氏著《「昭明文選」研究》（北京：中國社會科學出版社，2000），頁215、220。其他如任昉《文章緣起》亦如此，雖有一定的邏輯原則，但也頗見混亂（同上，頁220～221）。但是《文選》依從傳統慣例以分類的現象更形顯著，如「上書」一類，實與表、奏、啓同質，但因所收之文題「上書」，即將之別屬一類。「難」與檄、移無別，因題名「難」，故亦別之。其他如「奏記」、「設論」、「七」等之獨立成類，亦因沿襲而來，其分類標準，與邏輯原則很難說有何關聯。因此學者對《文選》分類思維的特點，歸納之爲「唯題是從」、「約定俗成」兩特點，而事實上皆可以「約定俗成」歸併之。說見潘慧瓊〈南朝文學批評意識的兩個維度〉，浙江大學博士論文，2006，頁59～65。換言之，順從傳統慣例，可說是《文選》分類的顯著特點。當然，這種與現實妥協而來的分類現象，自然不會只侷限在《文選》，王瑤先生甚早即已提出因某一類文體創作數量之龐大，因而使之不得不在分類中佔有地位的觀點。而這因數量龐大所產生的類別，自然也是與現實實況妥協的結果，不是因順從邏輯原則所致。見氏著〈文體辨析與總集的成立〉，收入氏著《中古文學史論·中古文學思想》（台北：長安出版社，1986三版），尤其見頁141～147。

〔註114〕湯用彤《漢魏兩晉南北朝佛教史（下冊）》，頁35。

的三世因果、輪迴報應之說，對於累劫成佛的可能性也予以否定，這自然是
在根本上「傾覆釋教」。而夷夏論則是強調佛教教法違背傳統倫理及禮制，
因而不適用於中國，這就牽涉到佛教在中國存在的合理性問題。因此相對而
言，夷夏論雖不似神滅論偏重在「理」上全面挑戰佛教，但卻質疑著佛教在
中國的生存權，對中國佛教的支持者而言，也屬嚴重的問題。

　　神滅與夷夏均涉及體用本末的觀點，但前者所涉及的體用觀念更爲清
晰，此留待下文；而後者則與儒家之倫理、禮制相關，此處先述之，以見儒
家的地位。

　　夷夏觀念由來已久〔註115〕，但是在南朝引起佛教僧俗熱烈討論的，則
爲宋末道士顧歡所作的〈夷夏論〉，此論引來謝鎮之、朱昭之、朱廣之、袁
粲、釋慧通、釋僧愍、明僧紹等人的論難，因此成「爲宋齊間二教上之一大
事」〔註116〕。緊接著，「齊世有道士假張融作〈三破論〉，詆毀佛法。……
論出，劉勰、釋僧順作文駁之。約在同時，釋玄光作〈辯惑論〉，亦痛斥道
教之妄」〔註117〕。可見二篇在夷夏爭論中的重要性，因此圍繞著二篇的論
辯，勢必突出雙方對儒家倫理及禮制的觀點，故而可就之以明諸人對儒家的
態度。

　　顧歡〈夷夏論〉批評佛教，認爲：

　　　　道則佛也，佛則道也。其聖則符，其跡則反。或和光以明近，
　　　或曜靈以示遠。道濟天下，故無方而不入；智周萬物，故無物而不
　　　爲。其入不同，其爲必異。各成其性，不易其事。是以端委搢紳，
　　　諸華之容；翦髮曠衣，群夷之服。擎跽磬折，侯甸之恭；狐蹲狗踞，
　　　荒流之肅。棺殯槨葬，中夏之制；火焚水沈，西戎之俗。全形守禮，
　　　繼善之教；毀貌易性，絕惡之學。豈伊同人，爰及異物。鳥王獸長，
　　　往往是佛，無窮世界，聖人代興。或昭五典，或布三乘。在鳥而鳥
　　　鳴，在獸而獸吼。教華而華言，化夷而夷語耳。雖舟車均於致遠，
　　　而有川陸之節，佛道齊乎達化，而有夷夏之別。若謂其致既均，其

─────────────

〔註115〕有關夷夏之辨的淵源及演變，參傅斯年〈夷夏東西說〉，收入氏著《傅斯年全
　　　　集（第三冊）》（台北：聯經出版事業公司，1980），頁822～893。李雲泉〈夷
　　　　夏之辨觀念的嬗變及其時代特徵〉，《河北師範大學學報（哲學社會科學版）》
　　　　第26卷第1期（2003年1月），頁106～111。
〔註116〕湯用彤《漢魏兩晉南北朝佛教史（下冊）》，頁35。
〔註117〕同上，頁37。

法可換者，而車可涉川，舟可行陸乎？今以中夏之性，效西戎之法，
既不全同，又不全異。下棄妻孥，上廢宗祀。嗜欲之物，皆以禮伸；
孝敬之典，獨以法屈。悖禮犯順，曾莫之覺。弱喪忘歸，孰識其舊？
且理之可貴者，道也；事之可賤者，俗也。捨華效夷，義將安取？
若以道邪？道固符合矣。若以俗邪？俗則大乖矣。〔註118〕

顧歡強調「道則佛也，佛則道也」、「其聖則符」，因此對於佛教所主張
之「理」，並未提出反對，但是卻明確指出「其跡則反」，所以在顧歡的批評
中，皆是集中於「跡」的部分。然而所謂的「跡」，實際上是在「全形守禮」、
「昭五典」的儒家之「跡」，與「毀貌易性」、「布三乘」的西戎之「跡」之
間的對比，所以顧歡對佛教有「下棄妻孥，上廢宗祀。嗜欲之物，皆以禮伸；
孝敬之典，獨以法屈。悖禮犯順，曾莫之覺」之評。可以清楚地見出，顧歡
所謂「佛道齊乎達化」，明顯肯定了佛教的正面意義，但其否定佛教，則是
聚焦於佛教之教法違背了儒家的教化。

對於佛教之「跡」的反對，也同樣見於〈三破論〉中，此論雖已佚，但
仍可由釋僧順、劉勰的論難文章中，略知其論點：

〈三破論〉曰：蓋聞三皇、五帝、三王之徒，何以學道並感應
而未聞佛教？爲是九皇忽之，爲是佛教未出？若是佛教未出，則爲
邪僞，不復云云。

〈三破論〉曰：尋中原人士，莫不奉道。今中國有奉佛者，必
是羌胡之種。若言非邪，何以奉佛？〔註119〕

合此二段文字可知，此論之作者顯然也持夷夏之論，但作者更亟言佛教
之害，因而提出「三破」之說：

第一破曰：入國而破國者，誑言說僞，興造無費，苦克百姓，
使國空民窮，不助國生人減損。況人不蠶而衣，不田而食？國滅人
絕，由此爲失，日用損廢，無纖毫之益。五災之害，不復過此。

第二破曰：入家而破家，使父子殊事，兄弟異法；遺棄二親，
孝道頓絕；憂娛各異，歌哭不同；骨血生仇，服屬永棄；悖化犯順，
無昊天之報。五逆不孝，不復過此。

〔註118〕《（新校本）南齊書》卷五十四〈顧歡傳〉，頁931～932。
〔註119〕二引文，見劉勰〈滅惑論〉，收入〔清〕嚴可均輯；陳延嘉等校點《全上古三
　　　代秦漢三國六朝文・全梁文（第七冊）》卷六十，頁618。

> 第三破曰：入身而破身。人生之體，一有毀傷之疾，二有髡頭
> 之苦，三有不孝之逆，四有絕種之罪，五有亡體之誡。惟學不孝，
> 何故言哉？誡令不跪父母，便競從之。兒先作沙彌，其母後作阿尼，
> 則跪其兒。不禮之教，中國絕之，何可得從？〔註120〕

此「三破」，指陳佛教是自個人至國家皆有害無益的，因此不當施行於中國。然而作者所著力抨擊的，主要在於佛教的違背倫理，因此作者總結「三破」時，所強調的仍是在「無禮」、「無義」的問題上：

> 〈三破論〉曰：有此三破之法，不施中國，本正西域，何言之
> 哉？胡人無義，剛強無禮，不異禽獸，不信虛無。老子入關，故作
> 形像之教化之。又云：胡人粗獷，欲斷其惡種，故令男不娶妻，女
> 不嫁夫。一國伏法，自然滅盡。〔註121〕

此論詆胡人爲「不異禽獸」，誣佛教之目的在「欲斷其惡種」、「自然滅盡」，這種惡意攻訐可勿論，但作者之用意甚爲明白，即在突出佛教與儒家教化的抵觸，從而顯現出不當崇信佛教的理由。因此夷夏論可以說是「以道教爲主，聯合儒家對佛教進行的論爭」〔註122〕。

聯合儒家以爲論爭手段，在這場論爭中也同樣爲佛教支持者所運用，因此在回應來自道教的批評時，佛教支持者也同樣援引儒家倫理以批評道教。尤其在〈三破論〉對佛教施加侮辱性的攻擊之下，佛教支持者在其護教的言論中，也往往夾著情緒對道教回擊。如釋玄光〈辯惑論並序〉便不對佛教作正面的迴護，而是歷數道教之不是，其序中即強調「五逆」、「六極」以攻擊道教：

> 由淳風漓薄，使眾魔紛競矣。若矯詐謀榮，必行五逆；威強導
> 蒙，必施六極。蟲氣霾滿，致患非一。……忠賢撫嘆，民治陵歇。
> 攬地沙草，寧數其罪！〔註123〕

於是釋玄光便於此論中「數其罪」，即是所謂的「五逆」、「六極」〔註124〕。

〔註120〕同上，頁616～617。
〔註121〕同上，頁617～618。
〔註122〕李小榮《「弘明集」「廣弘明集」述論稿》（成都：巴蜀書社，2005），第四章「夷夏論」，頁241。
〔註123〕〔清〕嚴可均輯；陳延嘉等校點《全上古三代秦漢三國六朝文·全齊文（第六冊）》卷二十六，頁888。
〔註124〕所謂的「五逆」是指「禁經上價」、「妄稱眞道」、「合氣釋罪」、「俠道作亂」、「章書代德」；「六極」是指「畏鬼帶符妖法之極」、「制民課輸欺巧之極」、「解

在釋玄光所指責的這十一條罪狀中，對道教修練之法、符籙之術不免譏評〔註125〕，但值得注意的是，對道教的攻擊，同樣也是突出了道教對於儒家政教的危害。故除了對道教男女合氣批評爲「士女溷漫，不異禽獸」，與〈三破論〉批評胡人無義、無禮「不異禽獸」，都是交相指責對方爲違背儒家禮義的「禽獸」之外，釋玄光此論也不斷暗示著道教聚眾爲亂的歷史，因此此論中反覆提及張陵、張角、張魯、孫恩〔註126〕，對道教「不以民賤之輕，欲圖帝貴之重」的批評，正是對道教危害政權的指控。劉勰的〈滅惑論〉對道教的批評亦如此：

> 事合泯庶，故比屋歸宗。是以張角、李弘，毒流漢季；盧悚、
> 孫恩，亂盈晉末。餘波所被，實蕃有徒。爵非通侯，而輕立民戶；
> 瑞無虎竹，而濫求租稅。糜費產業，蠱惑士女，運迍則蝎國，世平
> 則蠹民，傷政萌亂，豈與佛同？〔註127〕

劉勰除了強調道教作亂的歷史，同時也質疑道教「輕立民戶」、「濫求租稅」等與國家爭奪人民的事蹟，這無疑是刻意指出道教「傷政萌亂」的危害。而釋僧順〈釋「三破論」〉亦不忘強調「漢之張陵，誣誷貢高，呼曰『米賊』，亦被夷翦」，同時，對於道教違背儒家禮制的合氣之術，更加鄙夷：「莊子又云：『道在屎溺。』此屎溺之道，得非吾子合氣之道乎？〔註128〕」凡此皆可見佛教支持者對於道教的批評，其中違背、威脅儒家政教者，始終爲著墨之處。

佛、道在其交相指責、攻訐中，不忘突出對方違背儒家政教的用意不難理解，正如葛兆光先生所說：

> 佛教徒對道教合氣儀式的攻擊，並不是出自佛教本身的道德觀

　　除纂門不仁之極」、「度厄苦生虛妄之極」、「夢中作罪頑癡之極」、「輕作寒暑凶逆之極」。同上，頁888～890。

〔註125〕如「扣齒爲天鼓，咽唾爲醴泉，馬屎爲靈薪，老鼠爲芝藥」、「妖凶邪佞，符章競作，懸門貼戶，以誑愚俗。高賢有識，未之安也。造黃神越章，用持殺鬼，又制赤章，用持殺人。趣悅世情，不計殃罪」。同上，頁888、890。

〔註126〕諸人雖非皆起兵爲亂，但道教聚眾的能力及對政權的威脅，卻始終爲當權者所顧忌，對此葛兆光先生有較爲簡明的敘述，見氏著《屈服史及其他：六朝隋唐道教的思想史研究》（北京：生活·讀書·新知三聯書店，2003），頁23～24。

〔註127〕見〔清〕嚴可均輯；陳延嘉等校點《全上古三代秦漢三國六朝文·全梁文（第七冊）》卷六十，頁619。

〔註128〕同上，卷七十四，頁774、775。

念，如「士女溷慢，不異禽獸」、如「父兄立前，不知羞恥」，如「外
假清虛，內專濁泄」，其中「溷慢」、「羞恥」、「濁泄」這些詞語背
後的價值判斷標準，常常就是來自中國古代傳統的意識形態和倫理
道德，所以佛教對道教的這些批評，與其說是表達著佛教的立場，
還不如說是表達著佛教希望讓世俗看到的一種姿態，這種姿態表達
著與世俗世界一致的價值觀念，因此它恰恰是世俗社會的的立場。
〔註 129〕

　　雖然此處是以佛教攻擊道教的合氣儀式為說，但事實上卻也反映出佛、
道互相攻擊的背後，正隱含著自身並不違背傳統倫理道德、世俗世界價值觀
的意義。甚至可以說，自身即是這種價值觀的支持者，因此才得以藉之攻擊
對方。而這也同時就意味著無論是佛、是道，都承認儒家政教是不容侵犯的
領域，因而違犯之即是「錯誤」。

　　對於不干犯儒家政教領域的自覺，也表現在道教的自我調整上，尤其是
道教聚眾為亂的歷史，更使得皇權對之時時警惕，因此道教不斷地改變，以
避免與皇權衝突。學者指出：「曹魏以後，經西晉到梁陳，無論上層人士對道
教有多少寵信，在日常生活方面，世俗皇權從來沒有對世俗信仰有所讓步，
他們從來都相當注意這一虛擬世界中的現實權力」。這自然使道教必須自我調
整，以避免干犯皇權，因而「在魏晉以來『清整道教』這一自我整頓過程中，
道教就在不斷地、自覺地泯滅自己這種干預世俗事務的性質，也在不斷地自
覺地改變宗教的組織架構，而且也越來越靠近上層士大夫的倫理取向」。這使
得道教的組織方式、宗教儀式活動等等，不斷遠離皇權範圍，以免引發與皇
權的矛盾〔註 130〕。

　　佛教雖未作亂，但對於儒家教化也是不斷強調不違。如袁粲〈托為道人
通公駁顧歡「夷夏論」〉云：「佛法垂化，或因或革……。變本從道，不遵彼
俗，教風自殊，無患其亂。〔註 131〕」強調形跡可以有因有革，中國崇信佛教
者，可以「不遵彼俗」，總之，對儒家教化可以「無患其亂」。謝鎮之〈與顧
歡書折「夷夏論」〉云：「夫俗禮者，出乎忠信之薄，非道之淳。修淳道者，

────────────

〔註 129〕葛兆光《屈服史及其他：六朝隋唐道教的思想史研究》，頁 65。
〔註 130〕此段有關道教自我整頓的過程，葛兆光先生有詳細的敘述，見同上，頁 12～
　　　　74。引文見頁 39、25。
〔註 131〕見〔清〕嚴可均輯；陳延嘉等校點《全上古三代秦漢三國六朝文・全宋文（第
　　　　六冊）》卷四十四，頁 431～432。

務在反俗。俗既可反，道則可淳。反俗之難，故宜袪其泰甚，袪其泰甚，必先墜冠削髮，方衣去食。墜冠無世飾之費，削髮則無笄櫛之煩，方衣則不假工於裁制，去食則絕情想於嗜味。此則爲道日損，豈夷俗之所制？〔註132〕」這就爲佛教違背儒家禮制之處，尋求得儒家「與其奢也，寧儉」以及道家「爲道日損」之說的支持。劉勰〈滅惑論〉則對佛教違背孝親及禮制的批評，有更爲集中的辯駁：

> 夫孝理至極，道俗同貫。雖内外跡殊，而神用一揆。……故知瞬息盡養，則無濟幽靈；學道拔親，則冥苦永滅。審妙感之無差，辨勝果之可必，所以輕重相權，去彼取此。若乃服制所施，事由追遠，禮雖因心，抑亦沿世。昔三皇至治，堯舜所慕，死則衣之以薪，葬之中野，封樹弗修，苴斬無紀，豈可謂三皇教民，棄於孝乎？爰及五帝，服制煥然，未聞堯舜執禮，追責三皇。三皇無責，何獨疑佛？……明知聖人之教觸感圓通，三皇以淳樸無服，五帝以沿情制喪，釋迦拔苦，故棄俗反眞，檢跡異路，而玄化同歸。〔註133〕

劉勰首先就明言「孝理至極，道俗同貫」，表明了佛教對於孝道的尊崇，因此雖然「檢跡異路」，佛教的表現與俗制不同，但並不能因此認定佛教違禮棄孝。於是劉勰抬出三皇、五帝等聖人之制度不同以爲辯護，認爲三皇時「死則衣之以薪，葬之中野，封樹弗修，苴斬無紀」，而五帝時則「沿情制喪」以致於「服制煥然」，但重要的是俱爲「孝」的表現，只是因沿革不同，一則淳樸、一則沿情，故而未聞堯舜指責前代違孝。然佛教既在形跡上違背儒家禮制，則其所謂孝何在？對此，劉勰則提出「瞬息盡養，則無濟幽靈；學道拔親，則冥苦永滅」之說，認爲強調對父母的「盡養」，則只是侷限在此生之內而已，而佛教之所謂孝，則可以擴大到解父母之冥苦〔註134〕，這更是大孝的表現，因此「輕重相權，去彼取此」，選擇了孝親意義更爲重大

〔註132〕同上，卷五十六，頁537。

〔註133〕同上，《全梁文（第七冊）》卷六十，頁616～617。

〔註134〕解父母冥苦的思維，見於西晉竺法護的《盂蘭盆經》，該經記釋迦牟尼弟子目犍連入地獄救母故事，並於經中指出藉由盂蘭盆會供養十方僧眾，可使現世父母乃至過去七世父母得到解脫。此經在中國頗受重視，梁武帝時首次舉行盂蘭盆會，唐後亦沿此制，宋代以後則供僧之意轉薄，專爲濟渡父母之義則更顯。說見王志楣〈試論中國文化對佛教孝道觀的融攝——對古正美「大乘佛教孝觀的發展背景」一文的商榷〉，《中華學苑》44（1994.04），頁151～166。

的佛教〔註135〕。但仍當注意，劉勰的說法實際上只是用孝之「本」的觀念，以使孝脫離固定的、由儒家禮制所規定的形跡表現，並不是認定佛教之所謂孝的表現形式更優於儒家，若如此，則必然帶來佛教與儒家的對決。因此劉勰總歸於「淳樸」、「沿情」、「拔苦」之方向不同，故有形跡之差異，但終期於「玄化同歸」，亦即儒家的歸致與佛教等同、儒家的價值並不下於佛教。

由此可知，對於儒家政教，無論佛、道皆承認其不容否定的地位，故而或以種種方式，強調自身義理、教法與儒家不相違背；或主張自身適足以助成之，如〈三破論〉所謂的「道家之教，育德成國者」〔註136〕。即便是抬高自身，如劉勰以佛教更為貴重於儒家，也仍然是強調「玄化同歸」，不敢否定儒家是聖人「觸感圓通」的教化所在。既然儒家政教所具有的神聖地位不可挑戰，而佛、道自身之教義及教法又不能拋棄、不能隸屬於他者之下，這其實就注定了必須切分自身及儒家的專屬領域，以安置自身及儒家在世界中的位置。

三、體用思維與佛道論爭

體用觀念在先秦時代即已出現，「較早提出體與用這對概念的，恐是荀子」，「然真正作為哲學意義上的體用，恐推魏晉玄學。王弼為了說明有一個比客觀事物更根本的本體存在，從本末、體用的角度論證了以『無』為本的哲學邏輯結構」〔註137〕。換言之，萬事萬物雖然千差萬別，但並無礙其源出

〔註135〕將孝脫離儒家禮制規定的論述，在劉勰之前早已有之，江建俊先生研究魏晉時代的忠孝觀念，指出其時早已有脫離儒家禮教形式之孝的觀念、作為，如「竹林嵇、阮、王戎、山濤、阮咸輩，雖不拘禮教形式，皆尚自然，而不拘禮教形式，卻皆性至孝」。說見氏著〈魏晉「忠孝」辨〉，收入《第五屆魏晉南北朝文學與思想學術研討會論文集》（台北：里仁書局，2004），頁507～560；引文見頁554。而不以儒家禮教形式為依歸的「孝」觀念，此後依然盛行，如孫綽〈喻道論〉十分明顯地強調「孝之為貴」並不在「葡萄懷袖，日御三牲」之形跡上；慧遠〈沙門不敬王者論‧出家二〉則認為忠、孝在「全德」下，便不必表現於「天屬之重」、「奉主之功」。孫綽、慧遠二引文，見〔清〕嚴可均輯；陳延嘉等校點《全上古三代秦漢三國六朝文‧全晉文（第四冊）》卷六十二，頁642、《全晉文（第五冊）》卷一百六十一，頁1692。劉勰之說，可以說是繼承了前人將孝之精神與禮制之規定脫離的思維。但此中劉勰亦有推進，此即將所謂「孝之為貴」與拔父母冥苦相結合，使孝道與佛教思想進一步融合。但推本溯源、述其演變非本文目的，茲不贅述。

〔註136〕引自釋僧順〈釋「三破論」〉，同上，《全梁文（第七冊）》卷七十四，頁774。

〔註137〕張立文《中國哲學邏輯結構論》（北京：中國社會科學出版社，1989），頁332、333。又，有關古代體用觀念的發展概況，可見本書頁332～363。

於一根本的本體——無，此即王弼所謂的「萬物雖貴，以無爲用，不能捨無以爲體也」〔註138〕，其中體一用殊的觀念是十分明顯的。這樣的觀念在諸教的論爭中，也是隨處可見，尤其在論述其殊途同歸上更是如此。前文引顧歡〈夷夏論〉中「道則佛也，佛則道也。其聖則符，其跡則反」已爲其例，其他如：

　　劉勰〈滅惑論〉：至道宗極，理歸乎一。妙法眞境，本固無二。
〔註139〕

　　朱昭之〈與顧歡書難「夷夏論」〉：苦甘之方雖二，而成體之性必一。〔註140〕

　　道士孟景翼〈正一論〉：「一」之爲妙，空玄絕於有境，神化贍於無窮，爲萬物而無爲，處一數而無數，莫之能名，強號爲一。在佛曰「實相」，在道曰「玄牝」。道之大象，即佛之法身。……法乃至於無數，行亦逮於無央。等級隨緣，須導歸一。……獨立不改，絕學無憂。曠劫諸聖，共遵斯「一」。老、釋未始於嘗分，迷者分之而未合。〔註141〕

　　張融〈門律〉：道之與佛，逗極無二。吾見道士與道人戰儒墨，道人與道士獄是非。昔有鴻飛天首，積遠難亮。越人以爲鳬，楚人以爲乙，人自楚越，鴻常一耳。〔註142〕

此外蕭子良、孔稚圭、明山賓、顏延之、劉虯、梁武帝、慧琳、沈約、宗炳、謝靈運等人，皆有體固無二的說法〔註143〕。因此湯用彤先生說：

　　蓋自玄風飆起，殊途同歸之說即大盛。故向子期以儒道爲壹，應吉甫謂孔老可齊。袁宏《後漢紀》之論，皇侃《論語》之疏，均常合名教自然爲一。非佛徒一方之言也。……但心之感受不同，見解深淺殊異，故救物之方，行化之跡，各有殊異。明其本者，直探

〔註138〕〔三國魏〕王弼著；樓宇烈校釋《老子周易王弼注校釋》（台北：華正書局有限公司，1983），頁94。

〔註139〕見〔清〕嚴可均輯；陳延嘉等校點《全上古三代秦漢三國六朝文·全梁文（第七冊）》卷六十，頁618。

〔註140〕同上，《全宋文（第六冊）》卷五十七，頁539。

〔註141〕《（新校本）南齊書》卷五十四〈顧歡傳〉，頁935。

〔註142〕同上。

〔註143〕湯用彤《漢魏兩晉南北朝佛教史（下冊）》，頁38～39。

心性之源。尋其跡者，各設方便之術。〔註144〕

可以說，自魏晉玄學善用體用觀念以「合名教自然爲一」後，南朝諸教之間的論爭，則更是廣泛運用體用觀念，從而使體用觀念達到更高度的發展〔註145〕。而其中尤以范縝〈神滅論〉、梁武帝〈立神明成佛義記〉最爲後人所稱道。

范縝〈神滅論〉之前〔註146〕，已然有無神之爭論，但所引發之爭論規模卻不及范縝此論〔註147〕，且范縝又頗能應對論敵、不爲利誘賣論〔註148〕，

〔註144〕同上，頁39。

〔註145〕這當然不是指至南朝方廣泛運用，體用觀念爲內學外學所共尊，已成深入人心的思維方式，因此南朝之前的論爭中，也已屢見不鮮。如孫綽〈喻道論〉有「周孔即佛，佛即周孔」、「其致不殊」、「其跡則胡越」、「故逆尋者每見其二，順通者無往不一」之說。慧遠〈沙門不敬王者論・體極不兼應四〉有「常以爲道法之與名教，如來之與堯孔，發致雖殊，潛相影響；出處誠異，終期則同」之說。孫綽、慧遠二引文，見〔清〕嚴可均輯；陳延嘉等校點《全上古三代秦漢三國六朝文・全晉文（第四冊）》卷六十二，頁642、《全晉文（第五冊）》卷一百六十一，頁1693。

〔註146〕此論完成年代，依《梁書》、《南史》范縝本傳所述，當在齊武帝時期。然據胡適考證，其發表時間當在梁武帝天監六年。今學者多從胡適之說。見潘富恩、馬濤《范縝評傳》（南京：南京大學出版社，1996），頁42～55。

〔註147〕范縝前主無神之說者不少，如桓譚、王充、孫盛、戴逵、何承天、范曄、劉峻等，且何承天與宗炳、顏延之等人圍繞釋慧琳〈均善論〉（即〈白黑論〉）也有一番往復辯論，但卻未形成大規模的反響。以上見王仲犖《魏晉南北朝史（下冊）》（上海：上海人民出版社，1994七刷），頁848～855。又，湯用彤先生也概述了劉宋時代的爭論狀況及其時篇章著述，見《漢魏兩晉南北朝佛教史（下冊）》，頁3～10。固然「其時士大夫對於此之談論，可謂大觀」（湯用彤語，見上書，頁9），但范縝〈神滅論〉影響範圍顯然較諸人大了許多。《（新校本）梁書》卷四十八〈儒林・范縝傳〉載：「初，縝在齊世，嘗侍竟陵王子良。子良精信釋教，而縝盛稱無佛。……子良不能屈，深怪之。縝退論其理，著〈神滅論〉……此論出，朝野喧嘩，子良集僧難之而不能屈。」（頁665～670）又，此論也引來梁武帝駁斥，同時也促成當時王公朝貴六十二人反駁。見梁武帝〈敕答臣下神滅論〉、法雲〈與王公朝貴書——并六十二人答〉，收入〔梁〕僧佑著《弘明集》（台北：新文豐出版公司，1986），卷十，頁447～507。由此可見范縝神滅之說，引起了「朝野喧嘩」以及宗室、帝王所領軍的圍剿，其波瀾自是超越前人。

〔註148〕《（新校本）南史》卷五十七〈范縝傳〉載有范縝應對蕭子良及王琰的言論，可見范縝口才之傑出、思慮之出人意表：「子良問曰：『君不信因果，何得富貴貧賤？』縝答曰：『人生如樹花同發，隨風而墮，自有拂簾幌墜於茵席之上，自有關籬牆落於糞溷之中。墜茵席者，殿下是也；落糞溷者，下官是也。貴賤雖復殊途，因果竟在何處。』子良不能屈，然深怪之。」（頁1421）又，「太原王琰乃著論譏縝曰：『嗚呼范子！曾不知其先祖神靈所在。』欲杜縝後對。

這使其觀點更加為人矚目。然范縝〈神滅論〉之盛名，仍在此論所達到的成就〔註149〕，它使得劉宋時代偏重於鬼神之有無、報應之虛實等問題，轉而深入至神滅與否的問題，從而形成南朝思想史上的高潮〔註150〕。

當然，對於范縝的質疑，依然免不了以儒家之說為據，如「子良使王融謂之曰：『神滅既自非理，而卿堅執之，恐傷名教。』〔註151〕」要求范縝放棄神滅說，乃以違背儒家「名教」為理由。梁武帝也以違背儒家經典、教化為由，批評范縝：「〈祭義〉云：『惟孝子為能饗親。』〈禮運〉云：『三日齋必見所祭。』若謂饗非所饗，見非所見，違經背親，言語可息。〔註152〕」以儒家經典為據，批評范縝之說「違經背親」。其他如曹思文、馬元和等人亦如此，曹思文云：「《孝經》云：『昔者周公郊祀后稷以配天，宗祀文王於明堂，以配上帝。』若形神俱滅，復誰配天乎？復誰配帝乎？且無神而為有神，宣尼云：『天可欺乎？』今稷無神矣，而以稷配，斯是周旦其欺天乎？果其無稷也，而空以配天者，既其欺天矣，又其欺人也。斯是聖人之教，教以欺妄也。設欺妄以立教者，復何達孝子之心，屬偷薄之意哉？〔註153〕」

縝又對曰：『嗚呼王子！知其祖先神靈所在，而不能殺身以從之。』其險詖皆此類也。」（同上）。而范縝不賣論取官，亦見本傳：「子良使王融謂之曰：『神滅既自非理，而卿堅執之，恐傷名教。以卿之大美，何患不至中書郎，而故乖剌為此，可便毀棄之。』縝大笑曰：『使范縝賣論取官，已至令僕矣，何但中書郎邪。』」（頁1421～1422）。

〔註149〕范縝此論所達到的成就，頗為學者所稱，如王仲犖先生稱之為「劃時代的作品。對於形神關係問題的論證，他超過了在他以前的唯物主義哲學家所能達到的水平，在中國長期的封建社會裡，以後也沒有一位唯物主義者在這問題上比他做出更深入的論證來。」見氏著《魏晉南北朝史（下冊）》，頁863。卿希泰先生也指出，范縝所著的〈神滅論〉「使這次論爭發展到一個新的水平。也使中國古代哲學思想達到一個新的高度。」見氏主編《中國道教史（第一卷）》（成都：四川人民出版社，1992二刷），頁488。高晨陽先生則以之為形神爭論中達到最高成就者，見〈范縝的形神論與玄學的體用觀〉，《文史哲》1987年第3期，頁14～15。固然是否為「最高成就」或有爭論，如有學者即認為「在推進理論思維的發展與深度方面，梁武帝的成就甚至超越了范縝」，但范縝的主張「乃是對傳統想法的一大突破」，則為學者一致推崇。見謝如柏〈梁武帝「立神明成佛義記」──形神之爭的終結與向佛性思想的轉向〉，《漢學研究》第22卷第2期（2004.12），頁227、223。

〔註150〕說見卿希泰主編《中國道教史（第一卷）》，頁488。

〔註151〕《（新校本）南史》卷五十七〈范縝傳〉，頁1421。

〔註152〕梁武帝〈敕答臣下「神滅論」〉，見〔清〕嚴可均輯；陳延嘉等校點《全上古三代秦漢三國六朝文・全梁文（第七冊）》卷五，頁54。

〔註153〕曹思文〈難范縝「神滅論」〉，同上，卷五十四，頁552～553。

馬元和云：「《易》云：『積善之家，必有餘慶；積不善之家，必有餘殃。』《孝經》云：『生則親安之，祭則鬼享之。』雖未顯論三世，其旨已著。……神滅之爲論，妨政實多。非聖人者無法，非孝悌者無親，二者俱違，難以行於聖世矣。〔註154〕」諸人接二連三以儒家經典爲立論根據以詰難范縝，其用意不難理解，正是在於儒家教化不容干犯。而以此詰難范縝，也使范縝難以應對，如范縝在辯說「鬼」時稱：

> 有禽焉，有獸焉，飛走之別也；有人焉，有鬼焉，幽明之別也。人滅而爲鬼，鬼滅而爲人，則未之知也。〔註155〕

對「鬼」的這種解釋，正暴露出范縝的爲難，此正如任繼愈先生所述：

> （范縝）在哲學理論上雖然堅決反佛，但不敢公開反對儒家經典中關於鬼神的記載。所以，當佛教徒利用儒家經典中的鬼神故事來反對神滅論時，他的答覆就不夠堅決了。他不得不在反對人死變爲鬼的同時，承認有一種與人不同的生物叫做鬼。〔註156〕

雖然范縝的理論有其缺點，但瑕不掩瑜，范縝在論爭時以體用方法完成形神一元論，的確超越了前此主張形神二元的諸人，這可謂爲一大突破。范縝〈神滅論〉云：

> 神即形也，形即神也，是以形存則神存，形謝則神滅也。……形者神之質，神者形之用，是則形稱其質，神言其用，形之與神，不得相異也。……神之於質，猶利之於刀；形之於用，猶刀之於利。利之名非刀也，刀之名非利也，然而捨利無刀，舍刀無利。未聞刀沒而利存，豈容形亡而神在？〔註157〕

范縝此段文字常爲學者所引用，因此段文字較爲集中地顯示出范縝最重要的思想，即形與神爲「名殊而體一〔註158〕」的體用關係，但是形爲體、神爲用，正如實際存在的是刀，而利則是刀之作用而已。以之比擬形神關係，則形是實質的存在，神則僅爲形之用，換言之，形外無神，故而形滅則神自

〔註154〕馬元和〈答釋法雲書「難范縝神滅論」〉，同上，卷五十六，頁573。

〔註155〕范縝〈神滅論〉，同上，卷四十五，頁450。

〔註156〕任繼愈主編《中國哲學史（第二冊）》（北京：人民出版社，1990 八刷），頁308。

〔註157〕見〔清〕嚴可均輯；陳延嘉等校點《全上古三代秦漢三國六朝文·全梁文（第七冊）》卷四十五，頁448。

〔註158〕范縝〈神滅論〉，同上。

然不存。

　　謝如柏先生指出，在范縝之前「所有涉入形神生滅論爭者，不論主張神滅還是神不滅，基本上都抱持『形神二元』的想法」，亦即將形與神假定爲兩種不同的存在。而范縝則把神化約爲形的作用，這種一元論在論證形盡神滅上顯然是有利的，因爲主張形神二元者，必須費心證明在形體消亡時，尚有一無法被感知的神繼續存在，並且也有形、神二者如何相互作用的問題待說明，而「這在理論的簡潔性與論證的難易度上都不如范縝」〔註159〕。正因范縝之論有其優越性，故得以「辯摧衆口，日服千人」〔註160〕。可以說，范縝成功地將體用觀運用於形神問題的討論，使得形神問題不再涉入死後有無靈魂的辯論，並因此以其形神一元的觀點突破了形神二元的困難，成就其〈神滅論〉在古代思想史中的地位。

　　然范縝的體用觀，卻是強調其「不得相異」的部分，這便與前此之體用觀頗有差異，如前文所引「本固無二」、「逗極無二」、「成體之性必一」、「處一數而無數」等等，雖然諸人標明諸教、萬事萬物之歸爲「一」，這自然使萬事萬物不離「一」，但是萬事萬物皆有限，與無限之「一」自不能無間。正如王弼所謂「無形無名者，萬物之宗也。不溫不涼，不宮不商。……故能爲品物之宗主，苞通天地，靡使不經也。若溫也則不能涼矣，宮也則不能商矣。形必有所分，聲必有所屬。故象而形者，非大象也；音而聲者，非大音也」〔註161〕，具有一定質性的事物，以其有限，只能是由「一」而來之「用」，不得等同於無限之「一」。簡言之，用雖不離於體，但二者也不能即此完全等同，體用關係固有其不離之一面，但也有其不即之一面。

　　由此可知，體用觀念雖已被廣泛運用，但仍未達到方法自覺的地步，因此參與神滅辯論諸人，對體用的不即不離關係，似乎已有一定的意識，但是卻也尚未清晰，如蕭琛〈難范縝「神滅論」並序〉所謂：

　　　　至今所持者形神，所誦者精理。……唯可於形神之中，辯其離合。脫形神一體，存滅咸異，則范子奮揚蹈厲，金湯逾然。如靈質分途，興毀區別，則予克敵得俊，能事畢矣。……予今據夢以驗形

<hr>

〔註159〕謝如柏〈梁武帝「立神明成佛義記」──形神之爭的終結與向佛性思想的轉向〉，頁223～224。

〔註160〕蕭琛〈難范縝「神滅論」並序〉，收入〔清〕嚴可均輯；陳延嘉等校點《全上古三代秦漢三國六朝文・全梁文（第七冊）》卷二十四，頁253。

〔註161〕〔三國魏〕王弼著；樓宇烈校釋《老子周易王弼注校釋》，頁195。

　　神不得共體。〔註162〕

　　蕭琛已自覺二論之關鍵區別在「一體」或「分途」，但蕭琛仍只是專注於辯說形神二者之可分，因此只是力圖以夢境論證形神分途之不誤，未能更深入反省所運用的方法，也就未能對體用關係進一步析論。

　　曹思文則已注意及范縝「神即形也，形即神也」中，單只強調二者關係「即」的方面爲非：

> 　　形非即神也，神非即形也，是合而爲用者也，而合非即矣。生則合而爲用，死則形留而神逝也。〔註163〕

　　曹思文的觀點，是認爲形神二端或說體用二端「合」而爲用，這種「合」的觀點，自然是已先強調兩端可「分」，因而方有可「分」可「合」的不同狀態。這固然凸顯了范縝過於重視「即」之一面，但是卻也相對彰顯了本身過於強調「分」。也就是說，曹思文之論雖然是在反駁范縝，但卻也突出了體用觀不離、不即的兩個方面，而雙方則各自強調其一面。

　　隨著論辯的繼續進行，在體用觀念的性質日漸清晰之下，也直接對體用方法進行反省，梁武帝蕭衍〈立神明成佛義記並沈績序注〉即爲其中重要的成果〔註164〕。沈績〈序〉云：

> 　　夫神道冥默，宣尼固已絕言；心數理妙，柱史又所未說。非聖智不周，近情難用遠語故也。……故惑者聞識神不斷，而全謂之常；聞心念不常，而全謂之斷。云斷則迷其性常；云常則惑其用斷。因用疑本，謂在本可滅；因本疑用，謂在用弗移。莫能精求，互起偏執，乃使天然覺性，自沒浮談。〔註165〕

〔註162〕見〔清〕嚴可均輯；陳延嘉等校點《全上古三代秦漢三國六朝文・全梁文（第七冊）》卷二十四，頁253～254。

〔註163〕曹思文〈難范縝「神滅論」〉，見同上，卷五十四，頁552。

〔註164〕梁武帝此文以「無明神明」之「心」爲體，而「無明」、「神明」則爲「心」的染、淨兩種狀態，「無明」狀態之「心」所生之一切生滅變化則爲用，然「心」作爲體則永恆不變。因此心與外境及其變化並非截然對立者，而爲梁武帝以體用關係將之結合。梁武帝此作及沈績序、注中所蘊含的體用思想，或有佛教啓發之處，未必全來自對神滅之辯的反省，然無論其思想來源，在促進體用觀的發展上，此文則有重要貢獻。另外，此文在終結靈魂的討論，將形神之爭轉向佛性思想上，也有重要意義，甚且，在推進理論思維的發展與深度上，梁武帝的成就可以說超越了范縝。以上論點，參謝如柏〈梁武帝「立神明成佛義記」——形神之爭的終結與向佛性思想的轉向〉，頁211～244。

〔註165〕〔梁〕僧佑《弘明集》卷九，頁401～402。

此〈序〉起始即先表態尊重孔、老的聖人地位，認爲二聖雖未曾對佛教之生滅輪迴之說置論，但「非聖智不周，近情難用遠語故也」。緊接著就指向當時辯論激烈的形神之爭，認爲執持神不滅者，便「全謂之常」，因而「惑其用斷」；執持神滅者，便「全謂之斷」，因而「迷其性常」。因此二者皆有所偏失。而此偏失產生之因，乃在於世人不明「本」、「用」，也就是「體」、「用」的關係。十分明顯，這段文字表明此作有意全面檢討神滅、神不滅雙方體用觀的缺失。然則蕭衍、沈績的體用觀如何？在沈績注蕭衍「而無明體上有生有滅，生滅是其異用，無明心義不改」時云：

> 既有其體，便有其用。語用非體，論體非用。用有興廢，體無
> 生滅者也。〔註166〕

亦即心物雖爲一元，爲體用關係所結合，但體用之間的區別仍是存在的，故「用有興廢」、「體無生滅」，二者明顯不同。與范縝「不得相異」、「名殊而體一」的體用觀點相較，范縝更重視的是體用之間的一致、等同關係，而蕭、沈則在主張體用一元時，仍重視體用二者的差異，正是在此處，蕭、沈批評了范縝體用觀念的缺失。蕭衍「將恐見其用異，便謂心隨境滅，故繼無明名下加以住地之目。此顯無明即是神明，神明性不遷也」沈績注：

> 惑者迷其體用，故不能精。何者？夫體之與用，不即不離。離
> 體無用，故云不離；用義非體，故云不即。見其不離，而迷其不即；
> 迷其不即，便謂心隨境滅。〔註167〕

這正是批評了范縝不解「不即不離」的道理，因此范縝「見其不離」，便忽略了尚有「不即」的一面，也因此范縝才會得出「心隨境滅」（「形謝則神滅」）的結論。

沈績對范縝〈神滅論〉的批評，並不涉及其文中的具體內容，只聚焦於其體用方法，這自然更加清晰地突出范縝體用觀的不足，同時也顯示出本身觀點轉勝於范縝。因此就體用關係而言，蕭、沈的觀點受到後代普遍的重視，「此種『體用』、『不即不離』的說法，在隋唐佛學與宋明理學之中被普遍使用，幾乎成爲後世論述『體用關係』的標準套語；但在玄學家中，甚至直到范縝爲止，皆不見有類似論法」〔註168〕。可以說，透過南朝諸人的論爭，

〔註166〕同上，頁405。
〔註167〕同上，頁405～406。
〔註168〕謝如柏〈梁武帝「立神明成佛義記」——形神之爭的終結與向佛性思想的轉

由於其中體用觀的不斷運用，因而達到了對體用思維高度自覺的地步。

對體用思維的高度自覺，意味著對其中所包含的不離不即關係也能兼顧，而這既是「內學外學所共許」、「諸教之所共認」，可說是已成爲時人論述世界時的共同語言。於是，以道、一爲體，因此在「不離」的這一面言，聖人體道而生的跡用，以其不離於道，從而也皆具有道、一的神聖崇高性；在「不即」的這一面言，道又不等同於跡用，任何跡用始終不能佔有道、一的超越性地位，因此聖人之跡用彼此之間不具有互相隸屬的關係。

這樣的體用觀念，實際上是使得「事」的地位大增，凡所遇之「事」不同，聖人即能因應「事」之不同性質，而成就其最適切的、不同的跡用。這種遇「事」不同，因而跡用不同的觀念，在時人之爭論中俯拾皆是。如前文引顧歡〈夷夏論〉：「道濟天下，故無方而不入；智周萬物，故無物而不爲。其入不同，其爲必異。各成其性，不易其事。」即是認爲聖人因應不同性質之事物，故而「其爲必異」，因此自然成就不同之跡用。其他佛教的支持者，也持同樣的觀點：

> 朱昭之〈與顧歡難「夷夏論」〉：夫聖道虛寂，故能圓應無方。以其無方之應，故應無不適。……但華夷殊俗，情好不同，聖動常因，故設教成異。〔註169〕

> 劉勰〈滅惑論〉：是以一音演法，殊譯共解；一乘敷教，異經同歸。經典由權，故孔、釋教殊而道契；解同由妙，故梵、漢語隔而化通。但感有精粗，故教分道俗；地有東西，故國限內外。其彌綸神化，陶鑄群生，無異也。〔註170〕

而朱廣之則強調聖人因應不同之「事」而生之不同跡用「俱是聖化」，因此「道符累等，又誰美誰惡」？於是跡用之間自然是不必互相替代，也是無須計較其高下的，其云：

> 至道虛通，故不爵而尊；俗無不滯，故不黜而賤。賤者不能無累，尊者自然天足。天足之境既符，俗累之域亦等，道符累等，又誰美誰惡？故俱是聖化，唯照所惑，惑盡明生，則彼我自忘，何煩

向〉，頁 231。
〔註169〕見〔清〕嚴可均輯；陳延嘉等校點《全上古三代秦漢三國六朝文‧全宋文（第六冊）》卷五十七，頁 539。
〔註170〕同上，《全梁文（第七冊）》卷六十，頁 618。

遲遲捨效之際，耿介於華夷之間乎？〔註171〕

　　順此觀念推展，便可發現世界得以無盡區分的原則也蘊含在其中。這在皇侃〈論語義疏敍〉中也有清楚的表述：「夫聖人應世，事跡多端，隨感而起，故爲教不一。〔註172〕」亦即跡用的差別，乃因「事」不同而來，各種不同之「事」致使聖人「爲教不一」。而不一之教既皆是聖人的作爲，自然也就皆是至當的跡用，這就爲面對不同之「事」而相應採取不同的應對方式建立了正當性。換言之，萬事萬物只要被確認爲屬於一「事」的領域，就具有此領域所通行的適切應對方式，並且因體用思維中之不即不離觀念，便使應對之跡用具有崇高性及不可替代性。於是面對難解的、矛盾的事物，只消承認其屬於不同之「事」的領域，並在此「事」的領域採取相應的原則、應對方式等等，便可無礙世界的和諧歸「一」。

四、事物的定性及類別優先性的世界觀

　　體用觀的發展，確立了聖人之跡用，乃針對某一「事」領域的最適切對應方式，更由於是以聖人作爲正當性的保證，這自然使得某一「事」領域的應對方式具有了不可替代性，於是各教得以和諧共存，便與各自針對某一「事」領域的觀念密不可分。因此即便是佛、道爲爭奪信眾而互相吸納對方之內容，但這仍無礙時人以特徵化的角度認知佛、道，並以其特徵爲佛、道定性。以佛、道之互相吸納而言，雖然「這在道教方面表現更爲突出……，大量吸收佛教的因果報應、三世輪迴、地獄天堂等思想」〔註173〕，但是由於神異靈怪易於惑眾，因此即便是佛教徒不斷攻擊道教之「神變化俗，怪誕惑世」〔註174〕，自身卻也同樣不棄靈怪，甚至爲爭奪信眾而強調佛教神異之一面。

　　如「《高僧傳》卷九、卷十爲第三〈神異篇〉，道宣《續高僧傳》三十卷

〔註171〕朱廣之〈咨顧歡「夷夏論」並書〉，同上，卷五十七，頁541～542。
〔註172〕〔三國魏〕何晏集解；〔梁〕皇侃義疏《論語集解義疏》（台北：台灣商務印書館，1966），頁1。
〔註173〕卿希泰先生指出，由於道教所求的長生、成仙難以驗證，佛教所求的來世幸福卻容易引起僥倖心理，故而佛教所宣說之因果報應、三世輪迴、地獄天堂等，取得了更大的影響，故而卿希泰先生舉出道教眾多經典以爲例證，說明道教吸收佛教思想是比較多的。見氏著《中國道教史（第一卷）》，頁497～501。引文見頁497。
〔註174〕明僧紹〈正二教論〉，見〔清〕嚴可均輯；陳延嘉等校點《全上古三代秦漢三國六朝文・全齊文（第六冊）》卷十四，頁759。

則易「神異」爲「感通」，卷數仍爲二卷，可見〈神異篇〉所佔的比例極爲特別。其實《高僧傳》之富於神異色彩，不僅〈神異篇〉而已，其餘篇中的高僧亦多神異事蹟〔註175〕」，可以說「其中興福與神異更幾乎是書中眾多高僧的共有現象」〔註176〕。並且，由於對神異的重視，佛教甚且也在神異領域與道教爭高下。《高僧傳》載拓跋燾下令將釋曇始投以喂虎，而其結果卻是「虎皆潛伏，終不敢近。試以餘師近檻，虎輒鳴吼。燾始知佛化尊高，黃老所不能及」〔註177〕。這正是刻意將佛與道在神異領域中對比，以顯示佛教的神力大於道教。除此之外，同時也將詆毀佛教的道士，置於佛教的地獄中受苦，以顯示佛教的權威：

> 有一人，姓李名通，死而更蘇云：「見祖法師在閻羅王處，爲王講《首楞嚴經》，云：『講竟，應往忉利天。』又見祭酒王浮，一云道士基公，次被鎖械，求祖懺悔。」昔祖平素之日，與浮每爭邪正。浮屢屈，既瞋不自忍，乃作《老子化胡經》，以証謗佛法，殃有所歸，故死方思悔。〔註178〕

此則故事之用意不難理解，正是在宣揚道士亦難逃佛教地獄的制裁，而佛教的權威也就不證自明。除此之外，佛徒所造的神異故事，也暗含只要一心向佛即可超越政府律法的意味。南朝宋釋僧洪，爲營建佛像而觸犯鉛禁，按律當死，然僧洪於被拘期間：

> 唯誦《觀世音經》，一心歸命佛像。夜夢所鑄像來，手摩洪頭。問佈不。洪言自念必死。像曰無憂。見像胸方尺許，銅色燋沸。會當行刑，府參軍監殺，而牛奔車壞，因更剋日。續有令從彭城來云，未殺僧洪者可原，遂獲免。還開模，見像胸前果有燋沸。〔註179〕

這固然是宣揚佛教的神力足以使遭刑者得免，但也儼然有佛教地位高於現實政權的意義，因此在一心向佛之下，即便干犯禁令亦可全身而退。在佛教徒頻頻攻擊道教威脅現實政權之際，事實上自身也不免宣揚佛教神力優於

〔註175〕李豐楙《誤入與謫降：六朝隋唐道教文學論集》（台北：台灣學生書局，1996），頁 315～336；引文見頁 324。

〔註176〕王美秀〈論中古高僧的外學與身分建構的關聯──以《高僧傳》爲依據〉，《漢學研究集刊》第三期（2006.12），頁 286。

〔註177〕慧皎撰；湯用彤校點《校點高僧傳（下）》（台北：佛光文化事業有限公司，2001），卷十，〈釋曇始傳〉，頁 169。

〔註178〕同上，上冊，卷一，〈帛遠傳〉，頁 47～48。

〔註179〕同上，下冊，卷十三，〈釋僧洪傳〉，頁 283～284。

政治權威，以擴大影響力。當然，在儒家爲皇權基礎因而具有不容挑戰地位的情況下，這種宣揚也僅止於強調自身地位崇高的作用而已，無論是佛是道，都是避免與儒家及其所代表的皇權正面對決的，故僧洪之得免，仍有待於「有令從彭城來」。

因此在吸納信眾的要求下，諸教重疊之處難免，但時人在接受諸教之時，重疊之處往往在有意無意間被忽略，時人仍主要是以定性的特徵認知諸教，故南朝之前即已將老易周孔劃歸「世教」範圍，從而與佛教之被劃歸「方外」，分屬性質不同之領域。如東晉孫綽〈喻道論〉云：

> 纏束世教之內，肆觀周孔之跡，謂至德窮於堯舜，微言盡乎老易，焉復睹方外之妙趣，寰中之玄照乎？

> 周孔救極弊，佛教明其本耳，共爲首尾，其致不殊。〔註180〕

孫綽此論之意雖在崇佛，但既然承認「其致不殊」，可見孫綽仍是不敢貶低周孔的聖人地位，但二者依然有「救極弊」、「明其本」的偏重差異。因此旨在救時世之弊者，自然屬於「世教」之性質，而佛教之精華則在其「妙趣」、「玄照」，因而其專擅之領域在於與「世教」有別之「方外」。

時至南朝，佛教之「方外」則被更清晰地定位在「三世因果」之特徵上，甚至以此爲佛教的代稱。宋文帝云：

> 朕少來讀經不多，比日彌復無暇，三世因果未辯厝懷，而復不敢立異者，正以卿輩時秀，率所敬信故也。范泰、謝靈運常言六經典文，本在濟俗爲治。必求靈性眞奧，豈得不以佛經爲指南耶？……
> 若使率土之濱，皆敦此化，則朕坐致太平，夫復何事。〔註181〕

即便宋文帝「讀經不多」，對佛教頗爲生疏，但文化領導者如范泰、謝靈運之流，確定佛教所長在「靈性眞奧」領域，對「濟俗爲治」的皇權領域不形成挑戰，甚且是有助於帝王「坐致太平」，如此，則接受之何妨？換言之，皇權領域是以「六經典文」爲基礎，目標在「濟俗爲治」，而佛教則是以「三世因果」爲特徵，所求在「靈性眞奧」，二者分屬了不相犯的領域，因此接受佛教並不阻礙皇權的貫徹。此中尚可注意的是，宋文帝正是以「三世因果」的角度接受佛教，思及佛教則逕以此代稱之，佛教幾與「三世因果」

〔註180〕二引文，見〔清〕嚴可均輯；陳延嘉等校點《全上古三代秦漢三國六朝文·全晉文（第四冊）》卷六十二，頁641、642。

〔註181〕慧皎撰；湯用彤校點《校點高僧傳（下）》卷七，〈釋慧嚴傳〉，頁9～10。

爲等同用語〔註182〕。

而謝鎭之則將孔、老歸爲「有涯之制」，爲著眼於一身一世之內的「形教」，佛教則爲超越此生之「道教」，二者針對之領域明顯有異。其〈重與顧歡書並頌〉云：

> 余以三才均統，人理是一，俗訓小殊，法教大同。
>
> 夫道者一也，形者二也。道者眞也，形者俗也。眞既猶一，俗亦猶二。盡二得一，宜一其法。滅俗歸眞，必反其俗。是以如來制軌，玄劫同風。假令孔、老是佛，則爲韜光潛導，匡救偏心，立仁樹義，將順近情。是以全神守祀，恩接六親，攝生養性，自我外物，乃爲盡美，不爲盡善。蓋是有涯之制，未鞭其後也，何得擬道菩提，比聖牟尼。〔註183〕

謝鎭之將教化區分爲「道」與「形」（「眞」與「俗」）兩類，認爲孔、老「全神守祀，恩接六親，攝生養性，自我外物」，是侷限於一生身形之內的「有涯之制」，此自是「形教」。而能「鞭其後」、能論述此生身形之外的佛教，自然是不拘於「形」，因而是更爲優越的「道教」。這種觀點雖是崇佛，但是區分孔、老屬形俗領域，佛教則以三世之說而屬道眞領域，卻是十分明顯的。

類似的觀點也在明僧紹〈正二教論〉中出現，但卻有更清晰的區分。此論以孔、老專擅於「經世」領域，但單稱老子時，則又意指道教的「全生」領域。此二聖之所以連稱，固然是由於名教與自然已然融合的結果，但連稱、單稱之別，也意味著儒、道不能混淆。其云：

> 夫佛開三世，故圓應無窮，老止生形，則教極澆淳。
>
> 則夫學鏡生靈，中天設教，觀象測變，存而不論，經世之深，孔、老之極也。爲於未有，盡照窮緣，殊生共理，練僞歸眞，神功

〔註182〕這並非由於宋文帝「讀經不多」，因而對佛教陌生所致，其時之碩儒如皇侃也是以「三世」作爲佛教與周孔之教的分辨要素。如《論語·先進第十一》：「季路問事鬼神。子曰：『未能事人，焉能事鬼。』」皇侃義疏曰：「外教無三世之義，見乎此句也。周孔之教，唯說現在，不明過去未來。」（見〔三國魏〕何晏集解；〔梁〕皇侃義疏《論語集解義疏》（台北：台灣商務印書館，1966），卷六，頁149。）可以說，在時人普遍的認知中，「三世之義」是爲佛教的特徵所在。

〔註183〕二引文，見〔清〕嚴可均輯；陳延嘉等校點《全上古三代秦漢三國六朝文·全宋文（第六冊）》卷五十六，頁538。

之正，佛教之弘也。是乃佛明其宗，老全其生；守生者蔽，明宗者
通。然靜止大方，乃雖蔽而非妄，動由其宗，則理通而照極。〔註184〕

　　佛教對應的領域在於「三世」，而儒家（指孔老連稱、名教與自然已然融
合的儒家）在於「經世」，道教則在「全生」。這種三教各有其專擅領域的觀
點，在此論中是不難辨明的。

　　但是在時人眼中，除「全生」為道教之領域外，也將神怪歸屬於道教，
雖然佛教支持者言及神怪時語帶鄙視，但如前所述，佛教實際上也自造神怪
以與道教爭奪信眾。雖說如此，但神怪仍是被歸之於道教，故明僧紹此論又
云：「今之道家所教，唯以長生為宗，不死為主。……雖大乖老、莊立言本
理，然猶可無違世教。……至若張、葛之徒，又皆離以神變化俗，怪誕惑世，
符咒章劾，咸托老君所傳。〔註185〕」於是道教又被區分為三，即「老、莊
立言本理」、「長生」、「神變化俗，怪誕惑世」三部分。對道教的這種劃分，
自然不是明僧紹單獨的意見，劉勰〈滅惑論〉也持相同觀點：

　　　　道家立法，厥品有三：上標老子，次述神仙，下襲張陵，太上
　　　為宗。尋柱史嘉遯，實為大賢，著書論道，貴在無為，理歸靜一，
　　　化本虛柔。然而三世弗記，慧業靡聞。斯乃導俗之良書，非出世之
　　　妙經也。若乃神仙小道，……張陵米賊，……今述李叟，則教失如
　　　彼；憲章神仙，則體劣如此。上中為妙，猶不足算，況效陵、魯，
　　　醮事章符？〔註186〕

　　劉勰此論與明僧紹大同小異，皆是將道教分為三部分，其中老子之說因
「三世弗記」，故為「導俗之良書」而歸屬於世教之領域，從而與佛教「出世
之妙經」判然有別。至於「神仙」、「醮事章符」兩部分，則分別與「長生」、
「神變化俗，怪誕惑世」相對應。可以說，「老、莊立言本理」、「貴在無為，
理歸靜一，化本虛柔」部分，以其與儒家教化形成體用關係，因此在儒家地
位不容挑戰之下，即便是佛教支持者也未敢深責，只能以其論述未及三世而
抬高佛教地位，但這實際上已是將老莊視為儒家教化的思想根據，也因此孔、
老（莊）屢屢為時人連用並稱。這種連用並稱，固然為道教取得「聖人」所
制之榮耀，但以儒家事涉皇權之根基，道教亦不敢因孔、老並稱，而以老子

〔註184〕二引文，見同上，《全齊文（第六冊）》卷十四，頁758、760。
〔註185〕同上，頁759。
〔註186〕同上，《全梁文卷六十（第七冊）》，頁618。

之後繼者的身分侵奪皇權領域。故時人所認知之道教，雖溯源至老子，但實際上主要是將道教定位在「神仙（長生）」、「醮事章符」兩領域。

這種領域區分觀念也表現在所遇之事不同，因而所採之應對方式亦隨之不同的時代現象上。換言之，由於某一類「事」之領域，自有其最爲適切之應對方式，故無論本身主要之信仰爲何，面對一「事」所採取的行動，應以此「事」領域所專擅的思想爲依歸。如蕭統「亦素信三寶，遍覽眾經。乃於宮內別立慧義殿，專爲法集之所。招引名僧，自立二諦、法身義。普通元年四月，甘露降於慧義殿，咸以爲至德所感」。由此可見蕭統對於佛教之敬信。但是即便蕭統崇佛，亦有「埋鵝事件」：

> 初，丁貴嬪薨，太子遣人求得善墓地，將斬草，有賣地者因閹人俞三副求市，若得三百萬，許以百萬與之。三副密啓武帝，言太子所得地不如今所得地於帝吉，帝末年多忌，便命市之。葬畢，有道士善圖墓，云「地不利長子，若厭伏或可申延。」乃爲蠟鵝及諸物埋墓側長子位。……帝密遣檢掘，果得鵝等物。大驚，將窮其事。徐勉固諫得止，於是唯誅道士，由是太子迄終以此慚慨，故其嗣不立。〔註187〕

可見蕭統雖然奉佛甚篤，但是此類人世禍福、壽夭之「事」，在蕭統眼中依然是屬於「道術」的範圍，因而所採的應對方式即是道教之法術，這與是否篤信佛教關係不大，重要的是此領域的最適切應對之法在於道術，因而自當以「道術」應對之。而蕭衍「末年多忌」、「大驚」、「誅道士」，亦可見即便蕭衍佞佛過於其子，但也並不將道術視爲無稽之談。而沈約之事也甚可注意，其家世奉道，也爲齊竟陵王蕭子良佞佛行動的追隨者。但沈約晚年得罪梁武帝之後，因心神不寧而夢見神怪之事，既遇神怪之事，即以道術解決之：

> 因病，夢齊和帝以劍斷其舌。召巫視之，巫言如夢。乃呼道士奏赤章於天，稱禪代之事，不由己出。〔註188〕

無論沈約是奉道、奉佛，但爲訴之於天以開脫罪責，採用的即是道教之

〔註187〕蕭統素信三寶及此段引文，見《（新校本）南史》卷五十三〈梁武帝諸子‧蕭統傳〉，頁1312～1313。又，「埋鵝事件」之眞僞亦有疑者，但主要集中在此事與立嗣關係之上，「埋鵝事件」容或有誇大之處，但大致可信。說見曹道衡《蘭陵蕭氏與南朝文學》（北京：中華書局，2004），頁135～136。並見林大志《四蕭研究：以文學爲中心》（北京：中華書局，2007），頁47～53。

〔註188〕《（新校本）梁書》卷十三〈沈約傳〉，頁243。

法術，因此領域正爲道教所專擅的領域。由沈約之作爲可知，此領域之事自當採此領域之法以解決之，這種觀念是十分深入人心的。

此外，尚有須辨明之處，即雖然諸教爭勝之處難免，但諸教爭勝的方法，卻也顯示出體用本末思維及以此思維安置事物秩序的觀念，而這正突出著事物各有定性，因而在世界各佔有一定位置的時代預設。

以南朝諸教爭勝的方式而言，除前文已述及之借用儒家及其所代表之皇權以否定對手外，至少有以下三種：其一爲與聖人之關係；其二爲與道之「距離」；其三爲修養之難易。而這三者皆是奠基於體用關係之上，尤其是本體優於跡用的觀念之上。以下分論之：

首先，以與聖人之關係而言，大抵在否定對手與聖人之直接關係，從而貶低其地位。如前所引〈三破論〉之所述：「蓋聞三皇、五帝、三王之徒，何以學道並感應而未聞佛教？爲是九皇忽之，爲是佛教未出？若是佛教未出，則爲邪僞，不復云云。」這明顯是認爲佛教不出於聖人之所制，因此必爲「邪僞」，而佛教之地位、教義也就不必再論。而護佛者也以同樣的思維方式貶低道教，如明僧紹〈正二教論〉中所說：「老子之教，蓋修身治國，絕棄貴尙，事止其分；虛無爲本，柔弱爲用；內視反聽，深根寧集；……安取乎神化無方，濟世不死哉！〔註189〕」此論分析了老子學說的種種內容，但仍不見道教「神化無方，濟世不死」之說，如此，道教既非聖人體道之所得，自成無根之學，則其地位之低下也就不辯自明。除此之外，與聖人之關係尙有以「源出」論優劣者。此說湯用彤先生已有說明：如道士以孔子曾學於老聃，而依老子化胡之說，則浮屠亦在其教化之列；佛家以老子聞道於竺乾古先生，古先生者，佛也。另，佛教尙有孔子、顏淵、老子俱爲佛弟子之故事〔註190〕。這類「源出」故事，雖未否定他教與聖人之關係，但這種傳授源流關係，卻也顯現出利用本源高於支流以爭勝的觀念。

其次，以與道之「距離」而言，所涉形質愈少，則被視爲愈近於道，地位自然也愈高。這種觀念自然不始自南朝，如王弼《老子道德經注》中已時時可見，其云：「無形無名者，萬物之宗也。」此中「萬物之宗」即是所謂的道，而其特性則是「無形無名」，因此所涉及之形質愈少，便愈近於道，而能

〔註189〕見〔清〕嚴可均輯；陳延嘉等校點《全上古三代秦漢三國六朝文・全齊文（第六冊）》卷十四，頁759。

〔註190〕見湯用彤《漢魏兩晉南北朝佛教史（下冊）》，頁34、37。

更近於道，則其地位自然更高，因此王弼又云：「自然者，無稱之言，窮極之辭也。用智不及無知，而形魄不及精象，精象不及無形，有儀不及無儀，故轉相法也。」這種「不及」的思想，正是以近道者爲優。此外，王弼更以樹木的形象性爲這種思想作說明：「自然之道，亦猶樹也。轉多轉遠其根，轉少轉得其本。」可以說，在王弼的思想中，已可清楚見出以與道之「距離」定萬物高下的觀念〔註191〕。

既然所涉形質之多少可定地位之高下，故諸教在爭勝之間，便難免以此爲論。如前引東晉孫綽〈喻道論〉以「纏束世教之內」對比於「方外之妙趣」，其以「纏束」論儒家周孔之跡，則「方外」遠離於被「世教」所「纏束」之形質甚明，其右佛之意也就不待辨明。宋文帝稱范泰、謝靈運以儒家「本在濟俗爲治」，而佛教則在「求靈性眞奧」，此自然是以佛教爲高。其他爲抬高佛教之地位者，也往往以佛教更爲玄遠、所涉之形質更少爲說，如前文已言及之明僧紹〈正二教論〉以孔、老「經世之深」對比於佛教之「爲於未有」；「佛明其宗」對比於「老全其生」。劉勰〈滅惑論〉以《老子》爲「導俗之良書」，非如佛教乃「出世之妙經」。這都顯示出佛教由於超越形質，因此地位更爲優越的意涵。崇佛諸人之論，正是以佛教之更爲玄遠、更近於道而抬高佛教地位。

至於道教，因其求長生、成神仙之理論不能免除與練形之關係，這涉及之形質成分也就難免多於佛教。但這並不礙道教徒也以近道與否之思維與佛教爭勝，因此道教徒以道經之「少」對比於佛經之「多」，並以此與佛教爭勝。如顧歡〈夷夏論〉云：

> 佛教文而博，道教質而精。精非麤人所信，博非精人所能。佛言華而引，道言實而抑。抑則明者獨進，引則昧者競前。佛經繁而顯，道經簡而幽。幽則妙門難見，顯則正路易遵。此二法之辨也。
> 〔註192〕

此中之用語，如「精」、「麤」、「明」、「昧」等已寓有價值高下的意義，當然，價值高者自是歸屬於道教。然而不論二教之內容，如何辨其下？實際上即在於以「少」、「多」隱含高下之分，此即王弼樹木之喻：「轉多轉遠其

〔註191〕本段所引王弼之說，分見〔三國魏〕王弼著；樓宇烈校釋《老子周易王弼注校釋》，頁32、65、56。

〔註192〕《（新校本）南齊書》卷五十四〈顧歡傳〉，頁932。

根，轉少轉得其本。」而道教徒正是以其「少」而近「本」，從而自視高於佛教。

其三，以修養之難易言，則是將對手之理論置於本身教義之較低階段，成爲完成本身終極理想之一過程。如道教之《洞玄靈寶自然九天生神章經》載：「夫學上道，希慕神仙，及得尸解，滅度轉輪，終歸仙道。〔註193〕」這是吸納佛教所謂之輪迴過程，將之歸屬爲道教成仙之步驟。而《太上靈寶昇玄內教經中和品述義疏》則載：「泥丸滅度，得免地官，魂神澄正，得生天堂，或補仙品，或生聖王，更相轉輪，儲積德行，行滿福立，雲輿乃迎。受度積功，非唯一生，志意不倦，尅成仙王。〔註194〕」如此，則佛教之修行、儒家之聖王，皆只是成爲道教仙王的一個階段。當然，佛教也會有類似的作法，陳代僧人慧思〈南嶽思大禪師立誓願文〉云：「今故入山，懺悔修禪，學五通仙，求無上道，願先成就五通神仙，然後乃學第六神通，受持釋迦十二部經及十方佛所有法藏。〔註195〕」這將道教之成仙理想，置於佛教修行之較低階段是十分明顯的。

佛、道互相吸納對方的理論，這固然是佛、道融合的一種表現，但仍有可注意之處，即在融合的過程中依然免不了競爭。因此，雖承認對手之價值，但將之置於本身理想之下，此自然意味著對手離「本」、「道」更遠，自身地位更爲優越的結論也就呼之欲出了。此中，以離「本」、「道」距離遠近區分價值高下的思想，在南朝已成爲一種深入人心的思維方式，其意義十分重大，本文名之爲「本根末葉式思維」，下文將再有分論，此處爲免論述歧出先不贅。

以上三種爭勝方式，除純粹以聖人有言未言、傳授之源流次序（包含偽造經典以爲例證）外，大抵上皆須確立自身及對手之性質以爲立論根據，如明僧紹〈正二教論〉必須確立道教「神化無方，濟世不死」之性質，方能考察此說與老子之教導的同異；以與道之「距離」言，必須先確立儒道「世教」或「全生」之性質、佛教「方外」或「靈性」之性質，才能論述與道之遠近；以修養難易言，必須先確立對手以及本身各自之性質，才能斷定其與本教終極理想不同，從而安置對手所歸屬之修養階段。凡此皆可見在爭勝的雙方中，

〔註193〕《正統道藏》（台北：新文豐出版股份有限公司，1995三刷），第十冊，頁5。
〔註194〕同上，第四十一冊，頁616。
〔註195〕見《大正新脩大藏經》（台北：新文豐出版股份有限公司，1983修訂版一版），第四十六冊，頁789上。

其實都已承認自身及對手各自具有不同之性質。並且在承認各自不同之性質時,彼此也都承認某些領域是屬於對手所專擅,即便是將對手降至較低階段,但也並非認爲自身即可替代對手。如上舉之慧思雖將求長生、神仙,視爲佛教之一較低過程,但一言及長生、神仙,所思及的仍是道教之芝草、神丹、外丹、內丹〔註196〕。這顯然是將道教之理想及其修練之法作爲一獨立領域看待,無論自身理想是否更高,在道教長生領域即是以道教之法爲說,亦即在某一領域即當服從此領域最適切之應對方式。由諸教之爭勝可知,雖然以體用本末思維爭奪地位之高下,但在承認各自性質不同、各有專擅領域、不可替代等的觀念下,世界終將被區分成各個相對獨立的領域,而各領域各安其位,便組成了一幅和諧的世界圖像。

與這種和諧的世界圖像密切相關的觀念,即統攝世界的終極眞理──所謂的「一」──實際上是虛懸的,亦即「一」的實質內容並未曾被提出,只成爲對世界必然統一、和諧的預設。也就是說,實際上並無高於眾領域的終極指導原則,因此時人所共認的最高眞理,以其爲無實質內容、虛懸的「一」,並不具有否定或支持世界區分方式的力量。於是無論如何切割世界、區分世界,都不會妨礙世界必爲和諧的「一」〔註197〕。而這就爲與現實妥協的作爲大開方便之門,凡是現實中出現難以解決的矛盾,便可將之區分爲相對獨立的「事」領域,而各自適用不同的原則,於是矛盾便消失了,世界便可再度回復和諧的「一」。

正是在這種觀念之下,各種領域雖然可以爭勝,但卻無法互相否定、互相替代,因此在面對形形色色的世界諸領域時,實際上是各種領域的知識皆需要。這也使得二教或三教兼通之士,成爲一種普遍現象,如謝靈運、范泰、鄭鮮之、顏延之、雷次宗、宗炳、劉遺民、周續之、徐伯珍、蕭子良、張融、周顒、梁武帝、周弘正、張譏等皆是。其他如梁元帝蕭繹「諸僧重招提琰法

〔註196〕慧思〈南嶽思大禪師立誓願文〉:「願諸賢聖佐助我,得好靈芝及神丹,療治眾病除饑渴。……借外丹力修內丹,欲安眾生先自安。」同上,頁791下。

〔註197〕這種世界無盡區分亦不礙和諧之「一」的觀念,實際上也已蘊含在「一」生萬物的傳統思想中。劉長林先生指出:「由於萬事萬物都是由原始的『一』衍生出來,因此,在原始的『一』中,應當潛涵著後來萬事萬物的全部屬性,否則不可能由『一』過渡到『萬』。」見氏著〈中國系統思維的三種模式〉,收入楊儒賓、黃俊傑編《中國古代思維方式探索》(台北:正中書局,1996),頁358。換言之,萬事萬物無論如何演變、如何區分,皆不可能具有足以反對「一」的新生性質,「一」的和諧統一狀態是永恆存在的。

師，隱士重華陽陶貞白，士大夫重汝南周弘正」〔註198〕、馬樞「講《維摩》、《老子》、《周易》，同日發題，道俗聽者二千人」〔註199〕。這可以清楚地見出，對於時人而言，兼而通之並沒有矛盾的疑慮。因此即便是以佞佛著稱的梁武帝，在天監三年捨道之後，其實並未與道教斷絕關係。如天監十二年欲招陶弘景至都下，弘景辭以疾；天監十三年專爲陶弘景築朱陽館以居之；天監十五年又爲之建太清玄壇，以「均明法教」。此外，對道教徒鄧郁也同樣「敬信殊篤」，天監四年徵鄧郁至都，後給藥具令還山營合〔註200〕。而梁武帝對待儒家，也是態度始終不變，洪順隆先生將梁武帝對儒家的措施歸納爲四點：一、爲政一依儒家禮教，推行德治終生不休。二、施教全遵儒家教育理念，一生推行經典教學。三、在位期間遵行儒家禮儀活動，從未間斷。四、家族教育以儒家經典爲主，一生著作多儒家類典籍〔註201〕。可以說，爲政、施教、禮儀、家族等範圍爲儒家領域，梁武帝雖然佞佛，但也只是將佛教歸屬於人生價值領域，至於現實政教則歸屬於儒家領域。與此作爲相較，一旦以一領域之原則取代另一領域，則往往爲時人所不取。如顏延之信佛且曾與釋慧琳同爲劉宋彭城王義眞所寵，二人應有舊識之情，但當慧琳以文學爲宋文帝所賞愛，「每召見，常升獨榻，延之甚疾焉。因醉白上曰：『昔同子參乘，袁絲正色。此三台之坐，豈可使刑餘居之。』上變色」〔註202〕。佛教與政教二領域劃然有分之意顯然。而這也並非僅爲少數人的觀點，可以說正是興論之所在，因此蕭子良「與文惠太子同好釋氏，甚相友悌。子良敬信尤篤，數於邸園營齋戒，大集朝臣眾僧，至於賦食行水，或躬親其事，世頗以爲失宰相體」〔註203〕。其中所謂之「世頗以爲失宰相體」，正顯示出時人對蕭子良混淆了政治身份與宗教身份的非議，而此亦爲其時將世界區分爲各有領域之例。

　　至於顏之推則具體地展現了知識份子區分世界領域、各領域自有其適用原則的觀念：在個人性命的領域，採道家長生之說；在人生價值的領域，採佛教三世之說；在政教的領域，則採儒家仁孝之說。如《顏氏家訓·養生》

〔註198〕《（新校本）南史》卷三十四〈周弘正傳〉，頁899。
〔註199〕同上，卷七十六〈隱逸下·馬樞傳〉，頁1907。
〔註200〕以上梁武帝與道士往來之事，卿希泰先生有簡要敘述，見氏著《中國道教思想史綱》（台北：木鐸出版社，1986），頁245。
〔註201〕洪順隆〈梁武帝作品中的「儒佛會通」論〉，《國立編譯館館刊》第28卷第1期（1999.06），頁83～84。
〔註202〕《（新校本）宋書》卷七十三〈顏延之傳〉，頁1902。
〔註203〕《（新校本）南齊書》卷四十〈蕭子良傳〉，頁700。

云：

> 神仙之事，未可全誣。但性命在天，或難鍾值。……若其愛養
> 神明，調護氣息，慎節起臥，均適寒暄，禁忌食飲，將餌藥物，遂
> 其所稟，不爲夭折者，吾無間然。諸藥餌法，不廢世務也。〔註204〕

以個人性命領域言，在「不廢世務」的範圍下，不妨接受道教長生之法，並且經顏之推親身驗證，也自認確有實效〔註205〕。而在人生價值的領域，顏之推則採佛教三世之說，《顏氏家訓・歸心》云：

> 三世之事，信而有徵，家世歸心，勿輕慢也。……汝曹若顧俗
> 計，樹立門戶，不棄妻子，未能出家；但當兼修戒行，留心誦讀，
> 以爲來世津梁。人生難得，無虛過也。〔註206〕

此中敬信「三世」、「來世」之說，已然有清楚的表明，不待再敘。

在長生神仙、三世來世二領域，顏之推各以道、佛之所專擅爲說，但在政教領域，則以儒家爲原則。因此以儒家原則視生死，則所重便非長生，而是儒家之仁孝，於是顏之推也說：「夫生不可不惜，不可苟惜。……行誠孝而見賊，履仁義而得罪，喪身以全家，泯軀而濟國，君子不咎也。〔註207〕」此正是儒家殺身成仁之意。而若以儒家視佛教，則「若能誠孝在心，仁惠爲本，須達、流水，不必剃落鬚髮；豈令罄井田而起塔廟，窮編戶以爲僧尼也？〔註208〕」儒家仁孝的原則又高過「出家」之義。

這種領域區分的世界觀，使世界成爲互不干擾、各有適用原則的諸領域所組成。既互不干擾，則知識份子自可優遊於各領域而不覺矛盾；既各有適用原則，於是作爲一個傑出的人才，重要的是熟知各領域最爲適切的原則。這正如梁元帝蕭繹《金樓子・立言》所述：

> 余以孫武爲營壘，以周孔爲冠帶，以老莊爲歡宴，以權實爲稻
> 糧，以卜筮爲神明，以政治爲手足，一圍之木持千均，五寸之楗制

〔註204〕〔北齊〕顏之推著；王利器集解《顏氏家訓集解》（台北：明文書局，1984
再版），頁327。
〔註205〕顏之推同時舉出庾肩吾、鄴中朝士、自身之例，爲道教長生之法的效用現身
說法。同上。
〔註206〕同上，頁335、364。又，「汝曹若顧俗計」之「顧」字原作「觀」，依王利器
之說改。
〔註207〕同上，頁333。
〔註208〕同上，頁360。

開闔，總之者明也。〔註209〕

此中「一圍之木持千均，五寸之楗制開闔」之說，即是以少總多的觀念，但這實際上即是有一最高的原則可以總括萬物的另類說法，可見世界必爲「一」的觀念也同樣深植於蕭繹心中。而由蕭繹的觀念也可知，這「一圍之木」、「五寸之楗」實際上是什麼，並沒有界說，正如「一」沒有實質內容一般。因此真正重要的是世界已實際被區分成「孫武」、「周孔」、「老莊」……等領域，而世界既區分成各種相對獨立的「事」領域，而各「事」領域又各有其最適切的應對原則，其間又無法互相替代，因此一個「明者」、傑出的人才便要能夠「總之」，方能最正確地對待世界。換言之，世界並無最高的指導原則以規範各領域的是非，世界實際上有的是各個領域及其最適切的原則。面對領域各異的世界，只有兼而明之才能應對無窮。

以上雖是以領域爲言，但是事實上也影響到對個別事物的認知。亦即正確地對待萬事萬物，方能使萬物各得其所，達至和諧的「一」。然而應當如何對待萬事萬物，卻必須先將之安置於一領域中，方能有足以適用的原則以正確對待之，故而領域的原則，地位便十分顯著。由於一事物首先被置於一領域以認知，因此個別事物的差異性在領域原則下被省略，因爲不斷強調其個別性、差異性，領域的原則將不能適用，也就是說將不能安置此事物。於是領域的特性成爲個別事物的特性，或說類的共性壓抑了個別事物的殊性，於是「類」的優先性觀念更趨鞏固。如此，世界成爲類別化的世界。事物，首先是某一類事物。

第四節　小　結

東晉時代士族得以與皇權「共治」，從而形成門閥政治的局面，此實有賴於士族所掌握的軍權。而這種挾軍權以控朝政的作爲，正是東晉士族強而有力的根本原因。然而淝水之戰後，寒人的力量已隱隱浮現，劉裕已清楚認知透過軍事力量，便足以自立、對抗士族的事實。於是東晉末期，劉裕在崛起的過程中便已積極掌握軍權，篡位以後，諸劉皆封王，且雄據重要州郡，這也就使得士族無力與皇權對抗，從而也漸失對朝政的控制能力。劉宋之後，齊、梁、陳諸君一仍宋制，南朝寒人執政的局面於焉形成。

〔註209〕見郁沅、張明高編選《魏晉南北朝文論選》，頁366。

　　劉裕執政之後，即刻意伸張皇權，因此透過種種措施削弱士族勢力，但對於士族卻也不是一味打壓，尤其是皇權仍須借重士族的社會影響力以鞏固政權，因此宋初仍有不少高門士族居於權力核心。但士族一旦有意干預皇權運作、違背帝王意志，則皇權的打擊也絕不遲疑，甚且皇權對於士族的防範，已幾乎至杯弓蛇影的地步，這自然使士族難以有積極的作為。但即便士族無積極作為，卻仍可在皇權的保障下「安流平進」，這終於形成了高門大族「風流相尚，罕以物務關懷」的風氣。然而「罕以物務關懷」卻又能為政權所需，其因即在於國家制度的訂定，仍須仰賴士族的文化資源，於是士族以其文義能力參議朝章大典，便成為首要的參政途徑，此更促使與禮制相關的學問大受重視，這勢必使士族相應地抬高禮的地位，而禮的「名分」秩序精神自然受到張揚，因而分類觀念也在各領域得到強化。

　　正是由於重禮，「以類視人」的分類精神，在南朝也受到普遍的重視，且因這種「以類視人」的分類觀是士庶共識，因此在南朝士族強化這種區分事物、人物類別，以安置世界秩序的分類觀時，並不會遇到多少阻力，從而也就成為士族面對困難時的解決方式。

　　就其實際的展現而言，百家譜的出現便具有重要意義。南朝寒人不斷混入士族行列，於是便有了檢籍的需要，然而嚴厲檢籍的結果，卻會有招來社會動亂的風險，於是梁朝君臣解決此困難問題的方式，便是在士族之中進行再分類，亦即在士族之中確立高門甲族的範圍，視之為國家所承認的士族、視之為特殊的一類，而其他的沒落士人，就聽其與庶民同類。而這正是百家譜所呈顯的分類意義及其實際效用。

　　此外，在官制的變革上，也顯現了區分的世界觀的作用。雖然士族的影響力無庸置疑，但士族對南朝的新形勢也不得不妥協，於是在既承認寒人勢力，又極力維護自身特權的狀況下，士族所採取的方法便是在既有的制度中，再度區分類別。如此，使得新進的寒庶有其所屬類別，而士族則又自成其類，兩者各循其類仕進。分析梁代官制便可知，新官制事實上是在九品的基礎上，對士庶之別及其相應的官職，予以更明確的劃分。亦即：門地二品的士族，依十八班任官；中正三品以下的寒微士人，依流外七班任官；尚未有中正品第者，則擔任蘊位、勳位諸官。可以說，南朝後期自梁武帝建立十八班制後，士族與皇權在政權組織中的妥協，基本已臻穩定，而這正是以區分類別，並「恰當」地安置每一類人所達成的。

　　而常爲學者所言及的官制清濁，也是皇權與士族在區分觀念下妥協的結果。亦即清官因士族名位而取得價值，此使清官的意義相對獨立於皇權，但士族不要求官職愈清者官品愈高，由此迴避了以士族價值秩序凌駕皇權秩序所引發的衝突，這正是皇權與士族的平衡點，而這也是以區分類別、安置各類別位置的方法完成的。

　　由士族所進行的分類事實可知，分類主要是依歷史現實而非邏輯原則，類別的成立，更多的是表現爲對所遭遇的現實及其差異的承認。而士族這種分類的作爲，在體用觀念的籠罩下，並不成爲分類實踐的困難，因此士族一旦面對現實世界的矛盾，便可透過區分類別的方式，使矛盾的部分各自歸屬成不同的類別，並賦予各類別各自的意義。同時，在世界必爲「一」的信念下，無庸憂慮世界可能因各種性質不同的區分方式介入而分裂，世界終因「一」能統攝萬物而形成和諧。

　　既然體用觀念在南朝之地位顯然，因此也使體用觀在南朝發展至前所未有的理論高度，這使得其中所包含的不離不即關係成爲理論自覺。於是，以道、一爲體，在「不離」的這一面言，聖人體道而生的跡用，以其不離於道，從而也皆具有神聖的崇高性；在「不即」的這一面言，道又不等同於跡用，任何跡用始終不能佔有道、一的超越性地位，因此聖人之跡用，彼此之間不具有互相隸屬的關係。

　　這樣的體用觀念，實際上是使得「事」的地位大增，凡所遇之「事」不同，聖人即能因應「事」之不同性質，而成就其最適切的、不同的跡用。隨之所形成的，是萬事萬物只要被確認爲屬於一「事」的領域，就具有此領域所通行的適切應對方式，並且因體用思維中之不即不離觀念，便使應對之跡用具有崇高性及不可替代性。於是面對難解的、矛盾的事物，只消承認其屬於不同之「事」的領域，並在此「事」的領域採取相應的原則、應對方式等等，便可無礙世界的和諧而歸於「一」。與這種和諧的世界圖像密切相關的觀念，即統攝世界的終極眞理──所謂的「一」──實際上是虛懸的，亦即「一」的實質內容並未曾被提出，只爲時人對世界必然統一、和諧的預設。

　　由於「一」無實質內容，因此並不具有否定或支持世界區分方式的力量，於是無論如何切割世界、區分世界，都不會妨礙世界必爲和諧的「一」。而這就爲士族與現實妥協的作爲大開方便之門，凡是現實中出現難以解決的矛盾，便可將之區分爲相對獨立的「事」領域，而各自適用不同的原則，於是

矛盾便消失了，世界便可再度回復和諧的「一」。

這在南朝儒、道、佛的爭論中，即有著清晰的表現。以儒家而言，由於佛教、道教皆有不干犯儒家政教領域的自覺，因此對於儒家政教，無論佛、道皆承認其不容否定的地位，故而或以種種方式，強調自身義理、教法與儒家不相違背；或主張自身適足以助成之。即便是抬高自身，也仍然是強調「玄化同歸」，不敢否定儒家是聖人「觸感圓通」的教化所在。既然儒家政教所具有的神聖地位不可挑戰，而佛、道自身之教義及教法又不能拋棄、不能隸屬於他者之下，這其實就注定了必須區分自身及儒家的專屬領域，以安置自身及儒家在世界中的位置。此尤以顏之推的觀念最為典型，《顏氏家訓》具體地展現了知識份子區分世界領域、各領域自有其適用原則的觀念：在個人性命的領域，採道家長生之說；在人生價值的領域，採佛教三世之說；在政教的領域，則採儒家仁孝之說。這種領域區分的世界觀，使世界成為互不干擾、各有適用原則的諸領域所組成。既互不干擾，則知識份子自可優遊於各領域而不覺矛盾；既各有適用原則，於是作為一個傑出的人才，重要的是熟知各領域最為適切的原則，方能最正確地對待世界。

這種區分的世界觀，也深切影響時人對個別事物的認知，使得一事物，首先是被連類於一領域以認知，因此個別事物的差異性在領域原則下被省略，於是領域的特性成為個別事物的特性，或說類的共性壓抑了個別事物的殊性，於是「類」的優先性觀念更趨鞏固。如此，世界成為類別化的世界。事物，首先是某一類事物。

第三章　元嘉三大家的類別分化及其政治象徵意義

　　劉宋宗室之文化修養普遍較爲淺薄，因此史書上時時可見宗室才學鄙拙的紀錄，如《宋書·劉道憐傳》載劉裕之弟長沙景王劉道憐「素無才能，言音甚楚，舉止施爲，多諸鄙拙」〔註1〕。劉道憐之子劉義綦亦「凡鄙無識知」，《宋書·劉義綦傳》云其「元嘉六年，封營道縣侯。凡鄙無識知，每爲始興王浚兄弟所戲弄。浚嘗謂義綦曰：『陸士衡詩云：營道無烈心。其何意苦阿父如此？』義綦曰：『下官初不識，何忽見苦。』其庸塞可笑類若此」〔註2〕。其他宗室短於才學的紀錄尚多，如劉義宣，「人才素短」〔註3〕；劉休祐「素無才能，強梁自用」〔註4〕；劉禕「尤凡劣」、劉休範「素凡訥，少知解」〔註5〕；劉述「甚庸劣」、劉退「人才甚凡」〔註6〕等。相對於士族之才堅學飽，劉宋初年帝室的文化能力普遍遠遜於士族，是十分明顯的。

　　由於政權及其運作，需仰賴士族的文化資源以論證其合法性、正當性，故文化能力頗成爲士族用以自矜身份的標誌。因此無論士族對待政權的態度爲何，在文化上，士族往往表現出不肯下於皇權的姿態。如《宋書·鄭鮮之傳》之例：

〔註1〕《（新校本）宋書》卷五十一，1462。
〔註2〕同上，頁 1470。
〔註3〕同上，卷六十八〈南郡王義宣傳〉，頁 1798。
〔註4〕同上，卷七十二〈晉平剌王修祐傳〉，頁 1879。
〔註5〕俱見同上，卷七十九〈盧江王禕傳〉，頁 2038、2046。
〔註6〕俱見《（新校本）南史》卷十三〈宋宗室及諸王傳上〉，頁 355、356。

　　　　高祖（劉裕）少事戎旅，不經涉學，及為宰相，頗慕風流，時
　　或言論，人皆依違之，不敢難也。鮮之難必切至，未嘗寬假，要須
　　高祖辭窮理屈，然後置之。高祖或有時慚恧，變色動容。〔註7〕

　　而袁淑則代表士族面對缺乏文化修養的帝室的另一態度：揶揄、嘲諷。
《南史・劉義康傳》載：

　　　　義康素無學術，待文義者甚薄。袁淑嘗詣義康，義康問其年，
　　答曰：「鄧仲華拜袞之歲。」義康曰：「身不識也。」淑又曰：「陸機
　　入洛之年。」義康曰：「身不讀書，君無為作才語見向。」其淺陋若
　　此。〔註8〕

　　袁淑用鄧仲華之典，義康已表不知，再用陸機之典，則顯然是刻意的作
為，而其用意，正在於諷刺「待文義者甚薄」的劉義康「淺陋若此」。

　　甚至僧人也堅持自己的文化優越性，在不願屈從於帝王宗室上，也是與
士族同調的。《高僧傳・竺道生傳》載：

　　　　宋太祖嘗述生頓悟義，沙門僧弼等皆設巨難，帝曰：「若使逝者
　　可興，豈為諸君所屈。」〔註9〕

《高僧傳・慧叡傳》載：

　　　　宋大將軍彭城王義康請以為師，再三乃許。王請入第受戒，睿
　　曰：「禮聞來學，不聞往教。」康大以為愧，乃入寺虔禮。〔註10〕

　　此皆可見在文化之事上，僧人亦不肯屈居於皇權之下，其中玄暢的觀
點，在僧人之中尤其具有代表性。《高僧傳・玄暢傳》載宋文帝請玄暢為太
子師，暢再三固讓，並向其弟子說：「此可與智者說，難與俗人言也。〔註11〕」
將「智者」與「俗人」對比，並將文化修養不高之帝王宗室視作俗人，其鄙
夷之意是溢於言表的。

　　當然，內心中的鄙夷，並不礙在行動上與政權妥協合作，故陳橋生先生
據《高僧傳》統計，其中直接提及受帝王欽賞或禮供的名僧，宋文帝時有 18
位；宋孝武帝時有 22 位；宋明帝時有 14 位，並且，肯定尚有眾多未被提及

〔註7〕《（新校本）宋書》卷六十四，頁 1696。
〔註8〕《（新校本）南史》卷十三，367。
〔註9〕〔南朝梁〕慧皎撰；湯用彤校點《校點高僧傳（下）》（台北：佛光文化事業
　　　有限公司，2001），卷七，頁 3。
〔註10〕同上，頁 8。
〔註11〕同上，卷八，頁 74～75。

者〔註 12〕。即如上文所舉，對劉裕言論「難必切至」的鄭鮮之，據本傳所載也是「盡心高祖」，並且也頗得高祖之親遇、信任。《宋書・鄭鮮之傳》：

> 鮮之盡心高祖，……自中丞轉司徒左長史，太尉咨議參軍，俄而補侍中，復爲太尉咨議。十二年，高祖北伐，以爲右長史。鮮之曾祖墓在開封，相去三百里，乞求拜省，高祖以騎送之。……尤爲高祖所狎，上嘗於内殿宴飲，朝貴畢至，唯不召鮮之。坐定，謂群臣曰：「鄭鮮之必當自來。」俄而外啓：「尚書鮮之詣神虎門求啓事。」高祖大笑引入，其被親遇如此。〔註 13〕

這種態度的分化，同時也表現在當代的文學現象上。以當時聲名最著的元嘉三大家謝靈運、顏延之、鮑照而言，即表現出明顯的不同傾向〔註 14〕。

第一節　元嘉三大家的類別分化

一、謝靈運

山水甚早便與隱逸、玄遠之意義相連，以文學作品而言，「在漢賦中已經表現了隱逸與山水的密切關係，而且仲長統的〈述志詩〉已將隱逸與玄虛對舉」，至玄風熾盛的魏、晉時代，便「正式肯定了隱逸山水是追求老、莊玄遠的媒介」〔註 15〕。雖然朝隱觀的興起，使「山林生活與隱逸乃逐漸脱離關

〔註 12〕陳橋生《劉宋詩歌研究》（北京：中華書局，2007），頁 53。

〔註 13〕《（新校本）宋書》卷六十四，頁 1695～1698。

〔註 14〕鮑照並非士族，然本章並論之，因此對作家之身分（階級地位）問題，有必要予以説明：本文以士族的特殊地位（門第維持）爲觀察對象，因此觀察的範圍自然及於士族與皇權拉拒及平衡的狀態。而文學場域作爲社會空間的一環，其場域中諸種文化資本重要性的調整，也就成爲觀察士族與皇權爭奪文學場域領導權的線索。因此個別作家所代表的是諸種資本重要性在文學場域中變化的意義，並非著重在其身份（階級地位）。於是在權力場域衝擊文學場域的背景下，鮑照與顏、謝相同，代表的是文學、政治場域交錯時，文化資本所呈現的不同面向。換言之，諸人所代表的，是諸種價值觀及文學品味在文學場域中的力量對比，並非其人之身份。當然，身份（階級地位）在文學問題上仍具有十分重要的意義，如在獲得重要的文化資本上，階級地位之不同，便往往顯示出難易程度的差別。因此階級地位，仍是在場域中成功難易的顯著因素。但此爲成功難易度的問題，與此處論文學場域中諸種文化資本重要性變化的問題，有相當的差異，故此處不具論之。相關問題，見第六章第一節「一、博學與士族現實處境」部分。

〔註 15〕王國瓔《中國山水詩研究》（北京：中華書局，2007），頁 87。

係，……如謝安東山之遊，王羲之蘭亭之聚，接近山林反成貴族雅事，這些
貴族的訪遊，使山林不再是隱遁之所，而成遊樂之處」〔註16〕。將山林視作
「遊樂之處」，確實是東晉士族十分普遍的態度，如謝安之作爲，即相當具有
代表性：

> 寓居會稽，與王羲之及高陽許詢、桑門支遁游處，出則漁弋山
> 水，入則言咏屬文，無處世意。……安雖放情丘壑，然每游賞，必
> 以妓女從。……又於土山營墅，樓館林竹甚盛，每攜中外子侄往來
> 遊集，肴饌亦屢費百金，世頗以此譏焉，而安殊不以屑意。〔註17〕

謝安遊集而「屢費百金」，這無疑是將山林作爲遊樂之所。然而這「遊樂
之處」所具有的遠超於人事、朝廷的象徵意義，仍是十分明顯的。因此即便
對於物議「不以屑意」的謝安，面對時人對其仕與隱的諷刺，也往往不能不
無愧色。謝安本傳亦載：

> 征西大將軍桓溫請爲司馬，將發新亭，朝士咸送，中丞高崧戲
> 之曰：「卿累違朝旨，高臥東山，諸人每相與言，安石不肯出，將如
> 蒼生何！蒼生今亦將如卿何！」安甚有愧色。〔註18〕

《世說新語・排調第二十五》載：

> 謝公始有東山之志，後嚴命屢臻，勢不獲已，始就桓公司馬。
> 於時人有餉桓公藥草，中有「遠志」。公取以問謝：「此藥又名『小
> 草』，何一物而有二稱？」謝未即答。時郝隆在坐，應聲答曰：「此
> 甚易解：處則爲遠志，出則爲小草。」謝甚有愧色。桓公目謝而笑
> 曰：「郝參軍此過乃不惡，亦極有會。」〔註19〕

這是對謝安既隱而又仕的諷刺，可見朝隱的觀念雖然盛行，但以山林之
隱爲高的思想，對士族仍具有十分重要的影響力，因此謝安之「甚有愧色」，
正是因謝安尚不能坦然接受朝隱觀所致。孫綽「居于會稽，游放山水，十有
餘年，乃作〈遂初賦〉以致其意。嘗鄙山濤，而謂人曰：『山濤吾所不解，吏
非吏，隱非隱，若以元禮門爲龍津，則當點額暴鱗矣。』〔註20〕」〈遂初賦〉

〔註16〕陳昌明《沈迷與超越：六朝文學之感官辯證》（台北：里仁書局，2005），頁
220。
〔註17〕《（新校本）晉書》卷七十九，頁2072～2076。
〔註18〕同上，頁2073。
〔註19〕〔南朝宋〕劉義慶撰；余嘉錫箋疏《世說新語箋疏》（台北：華正書局，1984），
頁803～804。
〔註20〕《（新校本）晉書》卷五十六〈孫綽傳〉，頁1544。

已佚，劉孝標注《世說新語》引〈遂初賦敘〉云：「余少慕老莊之道，仰其風
流久矣。卻感於陵賢妻之言，悵然悟之。乃經始東山，建五畝之宅，帶長阜，
倚茂林，孰與坐華幕擊鐘鼓者同年而語其樂哉！〔註21〕」孫綽對於「吏非吏，
隱非隱」不滿，可見對朝隱也是頗不以爲然，而其「游放山水」，也是與「少
慕老莊之道」密不可分。至於鄧粲之事例，亦甚爲典型：

> 鄧粲，長沙人。少以高潔著名，與南陽劉驎之、南郡劉尚公同
> 志友善，並不應州郡辟命。荊州刺史桓沖卑辭厚禮請粲爲別駕，粲
> 嘉其好賢，乃起應召。驎之、尚公謂之曰：「卿道廣學深，眾所推懷，
> 忽然改節，誠失所望。」粲笑答曰：「足下可謂有志於隱而未知隱。
> 夫隱之爲道，朝亦可隱，市亦可隱。隱初在我，不在於物。」尚公
> 等無以難之，然粲亦於此名譽減半矣。〔註22〕

鄧粲爲其應召辯護的理由，明顯便是當時流行的朝隱觀：「隱之爲道，朝
亦可隱，市亦可隱。隱初在我，不在於物。」雖然劉驎之、劉尚公等人難以
辯駁，但是「粲亦於此名譽減半」，以其涉及「名譽」，這就不只是劉驎之、
劉尚公等少數人的評論而已，而是時人的公論。

凡此皆可見在朝隱觀興起後，時人對於山林的玄遠、隱逸價值，仍是十
分重視的，因而朝與隱也始終具有一定的對立意義。正是這種仕隱的矛盾、
朝野的對立，以及未能全然地接受朝隱，成爲謝靈運對「心跡猶未并〔註23〕」
念念不忘的背景。

謝靈運以其山水詩在中國文學史上奠定地位，若以山林在傳統中所具有
的對立於朝，且超越於朝的意義看待謝靈運的山水詩，則謝靈運在其山水詩
中藉遨遊山水、隱居以實踐超越於廟堂的象徵性對抗意義，便十分明顯。

《宋書・謝靈運傳》對謝靈運事蹟的記載，可見在謝靈運的恣意遨遊之
中，已蘊含了對朝廷的忿忿不平之氣：

> 靈運爲性褊激，多愆禮度，朝廷唯以文義處之，不以應實相許。
> 自謂才能宜參權要，既不見知，常懷憤憤。廬陵王義眞少好文籍，
> 與靈運情款異常。少帝即位，權在大臣，靈運構扇異同，非毀執政，
> 司徒徐羨之等患之，出爲永嘉太守。郡有名山水，靈運素所愛好，

〔註21〕〔南朝宋〕劉義慶撰；余嘉錫箋疏《世說新語箋疏・言語》，頁140。
〔註22〕《（新校本）晉書》卷八十二〈鄧粲傳〉，頁2151。
〔註23〕謝靈運〈初去郡〉，見〔南朝宋〕謝靈運著；顧紹柏校注《謝靈運集校注》（台
　　　　北：里仁書局，2004），頁144。

　　出守既不得志，遂肆意游遨，遍歷諸縣，動逾旬朔，民間聽訟，不
復關懷。所至輒為詩咏，以致其意焉。在郡一周，稱疾去職，從弟
晦、曜、弘微等並與書止之，不從。〔註24〕

　　謝靈運之肆意遊遨，自然有其「素所愛好」的因素，但本傳中「出守既
不得志，遂肆意游遨」顯然是將「不得志」與「遊遨」視作因果關係。其後
謝靈運再被召，仍因不得志而「意不平」：

　　既自以名輩，才能應參時政，初被召，便以此自許，既至，文
帝唯以文義見接，每侍上宴，談賞而已。王曇首、王華、殷景仁等，
名位素不逾之，並見任遇，靈運意不平，多稱疾不朝直。穿池植援，
種竹樹堇，驅課公役，無復期度。出郭游行，或一日百六七十里，
經旬不歸，既無表聞，又不請急，上不欲傷大臣，諷旨令自解。靈
運乃上表陳疾，上賜假東歸。將行，上書勸伐河北。〔註25〕

　　此中也可見謝靈運遊遨無度所具有的對抗意義：初被召，謝靈運即自許
為「才能應參時政」，其雄心壯志可知，但「文帝唯以文義見接」，這自然使
謝靈運大失所望，因此靈運東歸之前上書勸伐河北，就頗具有向文帝展示才
幹的意味，這同時也隱含著對文帝用人不當的抗議。而其中「王曇首、王華、
殷景仁等，名位素不逾之，並見任遇，靈運意不平，多稱疾不朝直」一事甚
可注意，這正是東晉以來，士族以其「名位」價值凌駕「官位」價值之觀念。

　　《世說新語·方正》載王坦之不為尚書郎，其理由為：「自過江來，尚書
郎正用第二人，何得擬我！〔註26〕」其中之第一人、第二人觀念，正是士族
的聲價所形成的名位觀，國家的官位（如此例中之尚書郎）高下等第，則被
要求必須符應士族的名位。並且，士族對此名位觀是認真以對的，《晉書·王
羲之傳》載「王述少有名譽，與羲之齊名」，但後來王羲之位遇不如王述，「羲
之恥為之下」，甚至在父母墓前發誓不再為官〔註27〕。王羲之這種作為，事實
上正是以士族間所形成的價值秩序（即名位），作為秩序的正當性根據，而官
位則是此士族價值秩序的物質化顯現，安排官位的政權如果違背此價值秩
序，則是政權之失德，因此王羲之憤而立志不再為官。名位為士族間的聲價，
是士族間不成文的自定等級，但卻要求朝廷官位秩序符合士族名位秩序，此

〔註24〕《（新校本）宋書》卷六十七，頁1753～1754。
〔註25〕同上，頁1772。
〔註26〕〔南朝宋〕劉義慶撰；余嘉錫箋疏《世說新語箋疏》，頁323。
〔註27〕《（新校本）晉書》卷八十〈王羲之傳〉，頁2100～2101。

顯見在士族價值高於皇權的觀念上，謝靈運與王羲之何其相似！謝靈運對名位素不如己的諸人「並見任遇」心懷不平，正可見其心中欲以士族名位對抗皇權的觀念之強固。謝靈運本傳也另有謝靈運載何長瑜同去的事件，這也為其名位觀念的投射：

> 靈運嘗自始寧至會稽造方明，過視惠連，大相知賞。時長瑜教惠連讀書，亦在郡內，靈運又以為絕倫，謂方明曰：「阿連才悟如此，而尊作常兒遇之。何長瑜當今仲宣，而飴以下客之食。尊既不能禮賢，宜以長瑜還靈運。」靈運載之而去。〔註28〕

謝靈運載何長瑜同去的理由，是「尊既不能禮賢」，換言之，何長瑜未能得到與其相稱的位遇。既如此，則不如與謝靈運一同隱居，實踐超越於政權的價值。

謝靈運這種以士族價值凌駕於皇權的觀念，展現在其山水詩中，則其詩中親歷身觀的特徵，也就蘊含了一層以山林對立於廟堂的象徵性對抗意義。

學者早已指出，謝靈運山水詩的一個重要特徵，便是歷歷如繪地寫其親身經歷。如林文月先生指出：

> （謝靈運）常以個人登山涉水的經驗入詩，……更歷歷如繪地寫出山水遊歷者的冒險（如「苔滑誰能步，葛弱豈可捫」）與好奇（如「企石挹飛泉，攀林摘葉卷」），故而謝靈運筆下的山山水水，不僅僅是供人賞心悅目的自然美景，更是可以遊歷體驗的真實世界。〔註29〕

正是由於謝靈運所寫為其親身經歷的真實世界，故謝靈運的山水詩「不僅模山範水，歌詠自然，往往更寫詩人本身在山水中的情形」〔註30〕。不僅如此，陳怡良先生也指出謝靈運詩的一項特徵：

> 某些詩題更明白指出遊覽之路線與重點，如〈於南山往北山經湖中瞻眺〉。有者指出遊覽之順序者，如〈遊赤石，進帆海〉。有者對詩中山水地理環境幽美處，已作生動之描述者，如〈石門新營所住四面高山迴溪石瀨茂林脩竹〉。有者指出遊覽之時間者，如〈晚出

〔註28〕《（新校本）宋書》卷六十七〈謝靈運傳〉，頁1775。

〔註29〕林文月〈從游仙詩到山水詩〉，收入氏著《山水與古典》（台北：三民書局，1996），頁22。

〔註30〕林文月〈中國山水詩的特質〉，收入同上注，頁34。

　　西射堂〉等。〔註31〕

　　亦即透過謝靈運詩題中，遊覽的時間、路線、順序等的具體表出，讀者即可領略謝靈運之所寫，乃其親歷親遊之所見所感。

　　若與玄言詩比較，則大謝真實在山水中的意義便更為突出。玄言詩中之山水，以其對立於朝、超越於朝的定性認知，因此僅粗陳山水之輪廓，便可與玄遠、隱逸等意義相連。所以玄言詩中山水之「知解」性質甚為強烈，以山水所具有之「野」、「隱」的象徵意義，便可表達人在山水之中的超越性意義，故不必細寫山水之美，僅標明有山水便可大談悟理、在其中暢玄。此類詩作不少，茲舉數首題名〈蘭亭詩〉者為例，如：

　　　　茫茫大造，萬化齊軌。周悟玄同，競異標旨。平勃運謀，黃綺
　　隱几。凡我希仰，期山期水。（孫統）

　　　　望巖懷逸許，臨流想奇莊。誰云真風絕，千載把餘芳。（孫嗣）

　　　　時來誰不懷，寄散山林間。尚想方外賓，迢迢有餘閑。（曹茂之）

　　　　在昔暇日，味存林嶺。今我斯遊，神怡心靜。（王肅之）〔註32〕

　　這種觀念與玄學將「道」設定為「自然」密切相關：由於山林非人為所造，故而它之所以呈顯如此樣貌，乃無關於人之意志的「自然如此」，因而所謂的「道」的最佳顯現場所，即是自然山林。這種認知，實際上已經預設「道」與「人的意志」對立，有了這種認知之後，以此先在的觀念面對自然山林，故於自然山林中之體會、領悟所得，已然被設定為是一種遠離人事、政治、社會的內容。對山林的這種先在的、定性的認知，同時也就限定了作為山林對立物的政治社會（以「朝」為代表）的意義，也因此使朝廷廟堂與自然山林始終存在一定的對立意義。而正是透過山林象徵意義的預認，於是對山林所具有之超越性的「知解」，便可間接襯托人的超越性，即使是仿擬自然的園林山水，也是如此。如《世說新語‧言語》載：

　　　　簡文入華林園，顧謂左右曰：「會心處，不必在遠。翳然山林，
　　便自有濠、濮閒想也。覺鳥獸禽魚，自來親人。」〔註33〕

────────────

〔註31〕陳怡良〈陶謝兩家理趣詩之比較〉，收入氏著《田園詩派宗師：陶淵明探新》（台北：里仁書局，2006），頁177。

〔註32〕四詩，分見逯欽立輯校《先秦漢魏晉南北朝詩》（台北：木鐸出版社，1988），頁907、908、909、913。

〔註33〕〔南朝宋〕劉義慶撰；余嘉錫箋疏《世說新語箋疏》，頁120～121。

　　東晉簡文帝的觀點，清晰地表達了在一象徵環境中，所產生的文化空間區隔感。由此可見玄言詩中略述山水的作用：藉著點出人在山水之中，便可輕易地指向暢玄悟理。故玄言詩重在「有山水」，而不重在「寫山水」。

　　謝靈運則改造之，其山水詩突出逼眞的感官經驗，而其所塑造之效果，即是詩人在山林中的眞實感。而山林在玄言詩的閱讀傳統中，已然具有超越於「朝」的象徵性意義，如此，謝靈運的山水詩便將山林與「朝」對立的知解意義，轉成眞實體驗、實踐的意義。亦即感官的逼眞性，使山林之象徵性不再只是高懸於人外的想像，而是一種眞實的實踐，於是也就使人之超越性變得眞實。士族所具有的超越於「朝」的價值，也因此成爲謝靈運正在實踐的價值。

　　以此角度觀謝靈運〈山居賦〉，其以大賦鋪張揚屬的風格來寫隱居之事，這種前所未有的作法，就將呈顯出另一番風貌。

　　大謝〈山居賦〉是賦史上第一篇自注賦，可見謝靈運對此賦之重視。而自注的目的，自然是爲了使讀者容易理解，這也可見大謝急於讓讀者「見到」他所在的環境，讓讀者知道他確實在山中。這種動機，自然也促使大謝此賦「逼眞化」的書寫同於其山水詩。固然，自東漢以來，大賦已漸趨於寫實，自「〈兩都賦〉寫作以後，大賦的面貌便發生了變化，西漢賦家擅長於誇張、幻想的賦法，漸漸趨向於寫實。班固以後，張衡的〈西京賦〉也是如此，至於左思〈三都賦〉，更是批評前人的『侈言無驗，雖麗非經』，而主張『其山川城邑，則稽之地圖，其鳥獸草木，則驗之方志；風謠歌舞，各附其俗，魁梧長者，莫非其舊』〔註34〕」。謝靈運此賦逼眞化的寫實，可謂前有所承而變本加屬，畢竟「稽之地圖」、「驗之方志」等，仍非如謝靈運之親歷。謝靈運之所以如此在意親歷，據謝靈運本傳，可知除文學傳統的傳承外，同時也正是爲向時人傳達謝靈運眞實在山中的訊息。

　　《宋書・謝靈運傳》云：

>　　靈運父祖並葬始寧縣，並有故宅及墅，遂移籍會稽，修營別業，傍山帶江，盡幽居之美。與隱士王弘之、孔淳之等縱放爲娛，有終焉之志。每有一詩至都邑，貴賤莫不競寫，宿昔之間，士庶皆遍，遠近欽慕，名動京師。作〈山居賦〉並自注，以言其事。〔註35〕

〔註34〕傅剛《「昭明文選」研究》（北京：中國社會科學出版社，2000），頁236。
〔註35〕《（新校本）宋書》卷六十七〈謝靈運傳〉，頁1754。

　　在謝靈運山水詩作「名動京師」之後，再創作〈山居賦〉並自注「以言其事」，這顯然就是一種爲了與山水詩相應的刻意作爲。而這作爲之目的，除如其山水詩所慣有的對老莊所代表的玄遠之「道」的追求外〔註36〕，正是用以表達謝靈運的眞實生活環境，換言之，是眞有其事、其境。

　　除此之外，以「賦」這種文體的形式意義，也可以看出謝靈運在其作品中所隱含的與「朝」對抗的意識。

　　日人塚本信也先生指出：當時的文體意識相當清晰，因此大謝選擇「賦」這種文體，一定是經過周密思考的。在大謝生活的時代，賦已趨於小賦、詠物賦，從這一角度說，〈山居賦〉因篇制過大而表現出不同的特質。有一說認爲〈山居賦〉是擬潘岳〈閑居賦〉，但潘作篇制短小、呈顯希求閑居的格調，而〈山居賦〉中很難看出這些。實際上〈山居賦〉是假設成京都賦來寫的。「不可否認，在對山野、草木的反複描寫中始終存在著對京都、宮觀之存在的強烈對抗意識。對謝靈運來說，不徵引傳統的賦爲例證，便無法確認自己目前存在的理由和〈山居賦〉的價值」〔註37〕。

　　換言之，謝靈運透過京都大賦的形式意義，將原本爲世界中心的京都、廟堂，悄悄替換爲山林，於是最能體認「道」之價值的士族，也在這種替換中突顯出其優越於皇權的地位。因此，此賦的寫法與京都大賦相同：近東則……、近南則……、近西則……、近北則……、遠東則……、遠南則……、遠西則（下缺）、遠北則……〔註38〕。但是價值中心，則在謝靈運所居的山水之中〔註39〕。

〔註36〕　〈山居賦〉對於山水之美的態度，一如其山水詩，旨在玄遠的境界：「陵名山而屢憩，過嚴室而披情，雖未階於至道，且緬邈於世緣。」句見〔南朝宋〕謝靈運著；顧紹柏校注《謝靈運集校注》，頁 460。

〔註37〕　〔日〕塚本信也著；宋紅譯〈謝靈運的「山居賦」與山水詩〉，收入宋紅編譯《日韓謝靈運研究譯文集》（桂林：廣西師範大學出版社，2001），頁 151～172。引文見頁 159。

〔註38〕　賦見〔南朝宋〕謝靈運著；顧紹柏校注《謝靈運集校注》，頁 449～484。方位之描述見頁 452～454。

〔註39〕　透過大賦的形式意義以呈顯出謝靈運自居「中心」、相對於廟堂的意味，也屢屢爲學者自不同角度述及，如康達維（David R. Knechtges）〈中國中古文人的山嶽觀——以謝靈運〈山居賦〉爲主的討論〉引 Frank Westbrook 對此賦結構特點的評價：「謝靈運以此（即方向模式）作爲其賦語言魅力的一部份，並在修辭上將他的住所放在宇宙的中心——漢賦作家也是這麼寫皇帝朝廷的。謝靈運將自己的別墅營造成了一個縮微的宇宙。」見劉苑如主編《遊觀——作爲身體技藝的中古文學與宗教》（台北：中研院文哲所，2009），頁 34。而鄭

由於這種價值意識，使得謝靈運不斷實現山水之遊，並且其山水之遊也顯得十分積極。如謝靈運擔任永嘉太守時重要名作〈登江中孤嶼〉即是其例，其中「江南倦歷覽，江北曠周旋〔註40〕」的急切態度，顯現了對於未曾親見的耿耿於懷，因為這正代表了實踐。如非實踐，則與枯坐齋中遐想山水以悟理者，又有何區別？是以謝靈運強調心跡當並，因而親歷山水便不僅在賞心、悟理，其中的實踐意義也成為關鍵所在。

李豐楙先生分析六朝詩人外在之遊與內在之遊的關係，認為：

> 山水之遊的空間感與行旅之遊遊歷所經的空間實感，其實也是行遊者內在之遊的外顯，其外在景象即是內心景象的延伸，其遊之動機即是為了遊離一個困阨的生存空間。〔註41〕

謝靈運「既不見知，常懷憤憤」、「出守既不得志，遂肆意游遨」、「靈運意不平，多稱疾不朝直」，現實對於謝靈運而言難免是困阨的，其遊自然也具有明顯的消憂性質，雖然並不總是成功〔註42〕。然而如果轉換至更積極的角度看待謝靈運的山水之遊，則除了消憂、游離困阨的生存空間之外，謝靈運也呈顯出自己正在實踐對立於「朝」，且更優於「朝」的價值，而這也符合謝靈運狂傲的性格。《宋書・謝靈運傳》載：

> 太守孟顗事佛精懇，而為靈運所輕，嘗謂顗曰：「得道應須慧業，丈人生天當在靈運前，成佛必在靈運後。」顗深恨此言。〔註43〕

毓瑜〈身體行動與地理種類──謝靈運〈山居賦〉與晉宋時期的「山川」、「山水」論述〉一文認為，大賦體式「備列山川」的書寫規範，使〈山居賦〉富有比擬於、相對於宮苑廟堂的意味，因此〈山居賦〉中備列山野名物，「這無疑暗示了謝靈運希企也擁有足與宮苑聲色相比擬的山野名物組合」、「『備列山川』的要求，促使〈山居賦〉採用如漢大賦一般完備的名物類聚作為論述的基礎，而『山川清曠』，則要求透過實際的創建經營（不是絕俗棄世），讓山野名物流露相對於廟堂的清曠意味」。鄭文收入同上書，引文見頁83。由此可知，〈山居賦〉採漢大賦的體式創作，因而在閱讀傳統中，其體式所具有的形式意義，便不斷在〈山居賦〉與漢大賦間形成參照、對立，也由此開拓了廣大的詮釋空間。故二文雖未強調朝與野的對抗意義，但標舉出〈山居賦〉「中心」、「相對於廟堂」的意義，也甚具啟發性。

〔註40〕　同上，頁123。

〔註41〕　李豐楙〈嚴肅與遊戲：六朝詩人的兩種精神面向〉，收入衣若芬、劉苑如編《世變與創化──漢唐、唐宋轉換期之文藝現象》（台北：中央研究院中國文哲研究所籌備處，2000），頁21。

〔註42〕　如〈登上戍石鼓山〉，在一番遊覽之後，仍歸結為末句之「佳期緬無像，騁望誰云愜！」詩見〔南朝宋〕謝靈運著；顧紹柏校注《謝靈運集校注》，頁102。

〔註43〕　《（新校本）南史》卷十九，頁540。

以這種自視不凡的性格而言，則謝靈運豈甘於下人、豈甘於承認拔擢名位不如己者之政權的正當性？

正是對於這種士族所掌握的、超越於「朝」之價值的實踐，再加上士族名位觀中的等級秩序，因此使謝靈運不斷表現出自己爲實踐此超越價值之「第一人」。亦即謝靈運不斷突出自己所實踐者，不但是最高的價值，且是他人所未能實踐的最高價值。於是人所未至的絕境，在謝靈運詩中也就具有了獨特的象徵意義，象徵著謝靈運是人所未能至的「第一人」。因此，學者也已指出：

> 謝靈運遊覽山水，好搜剔深遠，取人所罕至的深山大壑。他詩中描繪的山水，亦窅冥迥深，呈生新幽奇之美。在他的筆下，山多險峻連綿：「連嶂疊巘崿」（〈晚出西射堂〉），「巖峭嶺稠疊」（〈過始寧墅〉），「雲生嶺愈疊」（〈登上戍石鼓山〉）；谷多幽深窅冥：「浮舟千仞壑」（〈還舊園作，見顏范二中書〉），「谷幽光未顯」（〈從斤竹澗越嶺溪行〉）；洲渚縈回：「洲縈渚連綿」（〈過始寧墅〉），「川渚屢逕復」（〈從斤竹澗越嶺溪行〉）；澗水淒迷：「澗委水屢迷」（〈登永嘉綠嶂山〉）；密林陰鬱：「林密蹊絕蹤」（〈於南山往北山經湖中瞻眺〉），「披林豈見天」（〈發歸瀨三瀑布望兩溪〉）。總之，一山一水，無不反映出謝靈運對生新之境、幽奇之景的偏愛。〔註44〕

在這種絕境之中，透顯出的便是謝靈運能使未爲人知的美景得以爲人賞愛，而他就是唯一能親歷此美景，並成爲此山水美景知音的人，如其〈石室山〉：

> 清旦索幽異，放舟越坰郊。莓莓蘭渚急，藐藐苔嶺高。石室冠林陬，飛泉發山椒。虛泛徑千載，崢嶸非一朝。鄉村絕聞見，樵蘇限風宵。微我無遠覽，總笄羨升喬。靈域久韜隱，如與心賞交。合歡不容言，摘芳弄寒條。〔註45〕

大謝至人所未能至之處，於其中領略了無人能見的山水之美，但隨即出現的往往是他人未能及見，此情此景唯有自己可賞的孤獨感〔註46〕。因此

〔註44〕詹福瑞《走向世俗：南朝詩歌思潮》（天津：百花文藝出版社，1995），頁57～58。

〔註45〕〔南朝宋〕謝靈運著；顧紹柏校注《謝靈運集校注》，頁107。又，「微我」原作「微戎」，依顧紹柏之說改，見本詩注12，頁109。

〔註46〕謝詩中的孤獨感，早經學者指出，見林文月〈陶謝詩中孤獨感探析〉一文，

謝靈運多次在山水詩中表現他的孤身一人以及對知己的渴望，如「不惜去人遠，但恨莫與同。孤遊非情嘆，賞廢理誰通〔註47〕」、「結念屬霄漢，孤景莫與諼〔註48〕」、「妙物莫爲賞，芳醑誰與伐？美人竟不來，陽阿徒晞髮〔註49〕」等等。換言之，謝靈運在領略美景之際，隨即所喚起的往往便是他人之不在場的意識，於是他人自然無法與之共同領略如此之「理」。因此隨其遊山、共見絕境美景之僕從門生不足論〔註50〕，能與之共論此「理」的智者，也無法企及其遊蹤，此正是「匪爲眾人說，冀與智者論〔註51〕」之意。故能親歷絕境美景且又爲「智者」，唯謝靈運一人而已。大謝感嘆寂寞、渴望知己，同時也隱含他的寂寞是因爲自己是人皆不及的「第一人」之故。

由於謝靈運對待山水的這種態度，所以在謝詩中，常有意無意流露出以自身爲主體，而山水只是讓讀者「看見」詩人在山水中的背景。因此謝詩中情與景難有密切交融，山水美景始終是被作爲客體對象看待〔註52〕。於是在謝靈運的山水詩中，主體的地位便隱然優於作爲客體對象的山水美景，這也顯現出詩人對於山水美景的關注，遠不如對於自身的關注。此正如王瑤先生所述：

> （謝靈運）結隊群從，像是要以英雄的姿態來征服山水似的，所以處處有主觀，處處把山水當作欣賞和作詩底對象。……這些詩當然是胸襟遠大，氣象壯闊，但主要是一種物我對立，而且物役於我的境界。〔註53〕

收入氏著《山水與古典》，頁67～97。

〔註47〕〈於南山往北山經湖中瞻眺〉，〔南朝宋〕謝靈運著；顧紹柏校注《謝靈運集校注》，頁175。

〔註48〕〈石門新營所住四面高山，迴溪石瀨，修竹茂林〉，同上，頁256。

〔註49〕〈石門巖上宿〉，同上，頁269。

〔註50〕《（新校本）宋書》卷六十七〈謝靈運傳〉載：「靈運因父祖之資，生業甚厚。奴僮既眾，義故門生數百，鑿山浚湖，功役無已。尋山陟嶺，必造幽峻，巖嶂千重，莫不備盡。登躡常著木履，上山則去前齒，下山去其後齒。嘗自始寧南山伐木開徑，直至臨海，從者數百人。臨海太守王琇驚駭，謂爲山賊，徐知是靈運乃安。」（頁1775）可見謝靈運之出遊，往往勞師動眾，非僅孤身一人。故其詩中之孤獨感，首先是排除了這些僕從門生爲其同遊者的角色。

〔註51〕〈石門新營所住四面高山，迴溪石瀨，修竹茂林〉，〔南朝宋〕謝靈運著；顧紹柏校注《謝靈運集校注》，頁256。

〔註52〕這種對待外物的態度，自然與其時之「物感說」相關，「物」獨立於人的客體意義，顯然是被強化了的。其說詳下文。

〔註53〕王瑤〈玄言‧山水‧田園──論東晉詩〉，收入氏著《中古文學史論‧中古文

林文月先生也指出：

> （謝靈運）視山水爲山水，我爲我，物我既對立，而我更是山水大自然的鑑賞者，甚或征服者。〔註54〕

因此，即使謝靈運以各種身體動作，展現詩人自身在深山密林之中與山水景物實際交會的狀況，但是仍是主客分立。謝靈運此類描寫玩賞景物的動作頗多，如：

> 採蕙遵大薄，搴若履長洲。（〈東山望海〉）
>
> 川渚屢逕復，乘流翫迴轉。……企石挹飛泉，攀林摘葉卷。（〈從斤竹澗越嶺溪行〉）
>
> 心契九秋幹，目翫三春葰。（〈登石門最高頂〉）
>
> 㳂江免風濤，涉清弄漪漣。（〈發歸瀨三瀑布望兩溪〉）
>
> 朝搴苑中蘭，畏彼霜下歇。暝還雲際宿，弄此石上月。（〈石門岩上宿〉）〔註55〕

其中之「採」、「搴」、「翫」、「挹」、「摘」、「弄」等，皆是詩人顯示親近山水時常有的動作。雖其中或有因採擷芳草的動作，而與屈原有不遇、寂寞等連類的意義，但更多的是詩人賞玩之情的具體情狀。「然而，無論這些動作是暗示不遇的蕭索，抑或遊賞的欣喜，詩人的自我皆是永遠的聚焦所在，自然的一切美景只是居於烘托的地位〔註56〕」。因此，在謝靈運詩中，始終可見一個孤獨地在深山大壑之中，實踐士族所尊奉的超越價值的「第一人」。

既然這種「第一人」的意識，與親歷人跡罕至之境的象徵意義密切相連，對於重視「跡」的謝靈運而言，就引發了「樵隱俱在山〔註57〕」的焦慮。

在朝之時，謝靈運有「心跡猶未并」的質疑，而最終選擇了以「跡」來呈顯其「心」之超逸。然而這種以特定場所顯現其「心」的實踐觀，便必須排除同在此場所的「樵」，否則「樵」之日常生活已是「隱」，卑微如樵者的

學風貌》（台北：長安出版社，1986三版），頁77。

〔註54〕林文月〈鮑照與謝靈運的山水詩〉，收入氏著《山水與古典》，頁117。

〔註55〕分見〔南朝宋〕謝靈運著；顧紹柏校注《謝靈運集校注》，頁99、178、262、266、269。

〔註56〕蘇怡如〈中國山水詩表現模式之嬗變——從謝靈運到王維〉，國立台灣大學中文系博士論文，2008，頁186～187。

〔註57〕〈田南樹園激流植援〉，〔南朝宋〕謝靈運著；顧紹柏校注《謝靈運集校注》，頁168。

日常生活已實踐了士族所認定的絕高價值，則士族之價值又有何過人之處？於是謝靈運除了強調其「跡」爲打柴割草之人所不能至之外〔註58〕，同時也強調了「樵隱俱在山，由來事不同」，於是謝靈運之「跡」便與其「事」更加明確地連結。此「事」便是謝靈運隱居之理由：歸隱山林自然不是如樵蘇般爲了生存而躬耕，也不只是爲了一種生活情趣，更重要的是爲了在其中悟「道」，而此「道」則是超越於朝的價值。於是謝靈運以其「跡」，表達了他的實踐，他是實踐對立於朝且超越於朝之價值的「第一人」。

總之，謝靈運沿襲了區分朝與隱爲兩類不同價值領域的觀念，同時也延續了東晉以來的士族價值秩序觀念，要求皇權歸屬於士族的領導，亦即士族的價值凌駕於皇權，唯有遵從士族價值意識的政治秩序才具有正當性。但是謝靈運在沿襲傳統當中，也強化了其中廟堂與山林的對立意義，二者在謝靈運對「跡」所具有的實踐意義的強調中，更明確地切分成了兩個不同的領域，這就與在書齋中遐想、在園林中優遊以生「濠、濮閒想」有相當大的不同，從而也就否定了朝隱觀的價值。謝靈運所強化的，是實踐也應當有其特定場所的觀念，換言之，客觀世界的各個場所自有其意義。這種觀念也與其山水詩所強化的世界客觀性觀念相應：由於外物客觀自存，其本然之存在狀態、本然之美，自然也是獨立於我而存在〔註59〕。

雖然謝靈運詩「貴賤莫不競寫，宿昔之間，士庶皆遍，遠近欽慕，名動京師」，在當代具有極大的影響力，但是在皇權伸張的南朝時代，謝靈運山水詩中的對抗意識注定是難以爲繼的，但其中所具有的玄遠、超越性質，始終在士族之中佔有一席之地。除此之外，爲謝靈運山水詩所強化的外物客觀自存、實踐有其特定場所的觀念，在南朝也持續地發揮十分重大的作用〔註60〕。

〔註58〕如前引〈石室山〉：「鄉村絕聞見，樵蘇限風霄。」

〔註59〕林文月〈鮑照與謝靈運的山水詩〉評論謝靈運與鮑照山水詩的特色：「因爲詩人以冷靜之眼光觀察景物，以細膩寫實之筆法摹臨自然。當我與外景對立時，我不移情入景，景亦不染我之情思，故其狀態音色，皆爲景物本然。」見氏著《山水與古典》，頁127。

〔註60〕這當然不意味謝靈運完全拋棄了混同外物的「心」的作用，如其〈山居賦序〉所言：「言心也，黃屋實不殊於汾陽。即事也，山居良有異乎市塵。」〔南朝宋〕謝靈運著；顧紹柏校注《謝靈運集校注》，頁449。但以其人之行事及其山水詩而言，客觀化的世界觀及對「跡」的重視更爲明顯。

二、顏延之

顏延之的思想儒道佛俱存。就顏延之的著作而言，今存〈釋何衡陽達性論書〉、〈重釋何衡陽書〉、〈又釋何衡陽書〉，皆爲與何承天之佛教論辯文字〔註61〕，而顏延之與僧人之往來亦十分頻繁，與其交往者有慧琳、竺道生、釋慧亮、釋慧嚴、釋慧靜、求那跋陀羅等，除慧琳諂佛且干政爲顏延之所詬外，顏延之對其餘僧人皆執禮甚恭、推崇備至〔註62〕。凡此皆可見顏延之思想中的佛教傾向。

然就其〈庭誥〉言，其寫作目的據《南史‧顏延之傳》載，是顏延之「閑居無事，爲〈庭誥〉之文以訓子弟〔註63〕」，則此文是家訓性質之作，因此應是顏延之所認可的爲人處世準則，而此文對於「士之上」者的描述是：

> 言高一世，處之逾默，器重一時，體之滋沖，不以所能干眾，
> 不以所長議物，淵泰入道，與天爲人者，士之上也。〔註64〕

這種觀點與儒家甚爲相近，《論語‧泰伯》：「曾子曰：『以能問於不能，以多問於寡，有若無，實若虛，犯而不校。昔者吾友嘗從事於斯矣。』〔註65〕」兩相比較，可見其中之思想頗爲近似，因此錢志熙先生評論顏延之，認爲顏氏實際上「所嚮往的是一種中庸的人格」〔註66〕。

但就史傳所載顏延之的言行而論，卻與其文所標榜的爲人處事準則，有著極大的不同，顏延之狂放不羈的性格所顯現出來的，顯然是一派名士風習，由此可見玄學對他的重大影響。

顏延之爲人狷介狂傲，對於其「不護細行」、「每犯權要」之事蹟，可以說是史不絕書：

> 飲酒不護細行，年三十，猶未婚。

> 尚書令傳亮自以文義之美，一時莫及，延之負其才辭，不爲之

〔註61〕 有關其論辯的背景，可溯源至慧琳之作〈白黑論〉，而顏、何之辯，在於「何不信殺生受報。其論之根據，在謂人體仁義，不能比性於畜類。顏則謂得生之理，皆是陰陽。品量雖不同，稟氣那得異。二君之爭點，蓋在人與萬物之差異也」。見湯用彤《漢魏兩晉南北朝佛教史（下冊）》（台北：台灣商務印書館，1979），頁3～8。引文見頁8。

〔註62〕 顏延之與僧道之往來，見黃水雲《顏延之及其詩文研究》（台北：文史哲出版社，1989），第三章第三節「與僧道之交遊」，頁86～88。

〔註63〕 《（新校本）南史》卷三十四，頁879。

〔註64〕 《（新校本）宋書》卷七十三，1894。

〔註65〕 《論語》十三經注疏本（台北：藝文印書館，1989十一版），卷八，頁71。

〔註66〕 錢志熙《魏晉詩歌藝術原論》（北京：北京大學出版社，2005），頁341。

下，亮甚疾焉。

　　元嘉三年，羨之等誅，徵爲中書侍郎，尋轉太子中庶子。頃之，領步兵校尉，賞遇甚厚。延之好酒疏誕，不能斟酌當世，見劉湛、殷景仁專當要任，意有不平，常云：「天下之務，當與天下共之，豈一人之智所能獨了！」辭甚激揚，每犯權要。謂湛曰：「吾名器不升，當由作卿家吏。」湛深恨焉，言於彭城王義康，出爲永嘉太守。延之甚怨憤，乃作〈五君詠〉以述竹林七賢，山濤、王戎以貴顯被黜，詠嵇康曰：「鸞翮有時鎩，龍性誰能馴。」詠阮籍曰：「物故可不論，途窮能無慟。」詠阮咸曰：「屢薦不入官，一麾乃出守。」詠劉伶曰：「韜精日沉飲，誰知非荒宴。」此四句，蓋自序也。湛及義康以其辭旨不遜，大怒。

　　晉恭思皇后葬，應須百官，湛之取義熙元年除身，以延之兼侍中。邑吏送札，延之醉，投札於地曰：「顏延之未能事生，焉能事死！」

　　沙門釋慧琳，以才學爲太祖所賞愛，每召見，常升獨榻，延之甚疾焉。因醉白上曰：「昔同子參乘，袁絲正色。此三台之坐，豈可使刑餘居之。」上變色。〔註67〕

　　另外，據《南史》本傳，尚有「文帝嘗召延之，傳詔頻不見，常日但酒店裸袒挽歌，了不應對，他日醉醒乃見」、「（何）尚之爲侍中在直，延之以醉詣焉。尚之望見便陽眠，延之發簾熟視曰：『朽木難彫。』尚之謂左右曰：『此人醉甚可畏。』」、「延之性既褊激，兼有酒過，肆意直言，曾無回隱，故論者多不與之，謂之顏彪。」、「嘗與何偃同從上南郊，偃於路中遙呼延之曰：『顏公！』延之以其輕脫，怪之，答曰：『身非三公之公，又非田舍之公，又非君家阿公，何以見呼爲公？』偃羞而退。」〔註68〕

　　這種凌忽當世的性格與謝靈運頗有相似之處，同時，顏延之對其「狂」也是自覺的，《南史》本傳載：

　　帝嘗問以諸子才能，……何尚之嘲曰：「誰得卿狂？」答曰：「其狂不可及。」〔註69〕

〔註67〕以上見《（新校本）宋書》卷七十三〈顏延之傳〉，頁1891、1892、1893、1893、1902。

〔註68〕以上見《（新校本）南史》卷三十四〈顏延之傳〉，頁879～881。

〔註69〕同上，頁879。

　　無論顏延之是佯狂或者性格如此，由其回應中可以見出，顏延之是十分清楚自己之「狂」，而這與其玄學思想自然關係密切。

　　顏延之與謝靈運類同，受玄學的影響很深，也因此對於「遺物事外」者，如王球、陶淵明，皆能情款交好。《宋書・顏延之傳》載：「中書令王球名公子，遺務事外，延之慕焉；球亦愛其材，情好甚款。延之居常罄匱，球輒贍之。〔註70〕」《宋書・隱逸・陶潛傳》載：「顏延之爲劉柳後軍功曹，在尋陽，與潛情款。後爲始安郡，經過，日日造潛，每往必酣飲致醉。臨去，留二萬錢與潛，潛悉送酒家，稍就取酒。〔註71〕」而元嘉四年（427）陶淵明卒後，顏延之撰〈陶徵士誄〉，更可見對其人之欽慕敬重。

　　此外，由張鏡、關康之之事例，也可見出顏延之面對其所欽慕的玄學之士、隱逸高人，十分容易就收斂其「狂」。《南齊書・張岱傳》載：

　　　　（張）鏡少與光祿大夫顏延之鄰居，顏談議飲酒，喧呼不絕；
　　而鏡靜默無言聲。後延之於籬邊聞其與客語，取胡床坐聽，辭義清
　　玄，延之心服，謂賓客曰：「彼有人焉。」由此不復酣叫。〔註72〕

《南史・隱逸・關康之傳》載：

　　　　特進顏延之等當時名士十許人入山候之，見其散髮被黃布帊，
　　席松葉，枕一塊白石而臥，了不相眄。延之等咨嗟而退，不敢干也。

　　〔註73〕

　　由張鏡事之「不復酣叫」、關康之事之「不敢干」，不但可見顏延之敬重玄學之士、隱逸高人，也可知顏延之行事狂放，與其自視高人一等有關。此與謝靈運之孤傲，但又能與隱士結交共遊頗類似。

　　但是顏延之較早領悟與權勢妥協的道理，也頗能調整行事風格。《宋書・盧陵孝獻王義眞傳》載：

　　　　義眞聰明好文義，而輕動無德業。與陳郡謝靈運、琅琊顏延之、
　　慧琳道人並周旋異常，云得志之日，以靈運、延之爲宰相，慧琳爲
　　西豫州都督。〔註74〕

〔註70〕同上，頁1893。
〔註71〕同上，卷九十三，頁2288。
〔註72〕《（新校本）南齊書》卷三十二，頁579～580。
〔註73〕《（新校本）南史》卷七十五，頁1871。
〔註74〕《（新校本）宋書》卷六十一，頁1635～1636。

　　但劉義眞只是說者無心，故同傳又載，義眞曰：「靈運空疏，延之險薄，魏文帝云鮮能以名節自立者。但性情所得，未能忘言悟賞，故與之遊耳。〔註75〕」雖然謝靈運深以爲念，終生都感懷劉義眞〔註76〕，但卻未見顏延之有感懷之紀錄。而顏延之也頗能調整處事原則，甚且也有與權勢妥協的事蹟。如《南史》本傳載有其子顏峻貴盛後，顏延之的告誡之辭：

　　　　峻既貴重，權傾一朝，凡所資供，延之一無所受。器服不改，
　　宅宇如舊，常乘羸牛車，逢峻鹵簿，即屏住道側。又好騎馬遨游里
　　巷，遇知舊輒據鞍索酒，得必傾盡，欣然自得。嘗語峻曰：「平生不
　　喜見要人，今不幸見汝。〔註77〕」見峻起宅，謂曰：「善爲之，無令
　　後人笑汝拙也。」表解師職，加給親信二十人。嘗早候峻，遇賓客
　　盈門，峻方臥不起，延之怒曰：「恭敬撙節，福之基也。驕倨傲慢，
　　禍之始也。況出糞土之中，而升雲霞之上，傲不可長，其能久乎。」
　　〔註78〕

又，《南史·何尚之傳》載：

　　　　有人嘗求爲吏部郎，尚之嘆曰：「此敗風俗也。官當圖人，人安
　　得圖官？」延之大笑曰：「我聞古者官人以才，今官人以勢，彼勢之
　　所求，子何疑焉？」〔註79〕

　　由此二事可見出顏延之行事風格的調整、與權勢的妥協。而從其調整、妥協，也側面反映出顏延之對於士族的現實處境有較清楚的認知，因而顏延之雖未曾放棄士族以其文化修養而優越於權勢的價值觀，但也尋求可妥協之處，而此正是南朝士族的主流心態，顏延之可謂爲當時士族的一種典型。於是，顏延之的妥協形態，即以文化修養維持高貴，但同時以之服務皇權，這種方式既符合了士族優越於皇權的自我價值感，又能不虞禍患地參與政權，終至普遍爲士族認可，發展成士族「朝章大典方參議焉」的形態。而展現在

〔註75〕同上，頁1636。
〔註76〕今尚可見謝靈運之〈廬陵王墓下作〉、〈與廬陵王義眞箋〉、〈廬陵王誄〉等，
　　　　見〔南朝宋〕謝靈運著；顧紹柏校注《謝靈運集校注》，頁193、435、494。
〔註77〕王瑤先生曾引《南史》卷二十一〈王僧佑傳〉、卷二十四〈王秀之傳〉指出，
　　　　「不與公卿遊」、「未嘗詣一朝貴」也被視爲「隱」（朝隱）的作爲，則顏延之
　　　　此語亦有自述其「隱」之意。見王瑤〈論希企隱逸之風〉，收入氏著《中古文
　　　　學史論·中古文人生活》，頁99。
〔註78〕《（新校本）南史》卷三十四，頁881。
〔註79〕同上，卷三十，頁785。

文學上，便成就其爲人所重視的廊廟之作，可以說，這正是服務於朝章大典的文學形態。

　　具體而言，顏延之的廊廟之作，自然與符應於國家制度所需的目的密不可分。以江淹〈雜體詩三十首〉所摹擬之詩作而言，其中摹擬顏延之者，題作〈顏特進延之侍宴〉〔註80〕，可見「侍宴」在顏延之詩作中的代表性。再以《文選》遊覽類所收詩觀察，此類所收詩最多者爲謝靈運，共有九首；其次則爲顏延之與沈約，各有三首。其中謝靈運及沈約應命而作者各有一首，其餘皆爲謝、沈個人遊覽之作，然所選錄的顏延之三首詩作，分別爲〈應詔觀北湖田收〉、〈車駕幸京口侍遊蒜山作〉、〈車駕幸京口三月三日侍遊曲阿後湖詩〉〔註81〕，均爲侍遊之作，這說明顏延之之作可視爲是侍遊詩的典範，與江淹的認知相同。然無論是侍宴或侍遊，皆蘊含了君臣身份或國家制度的意義在內，換言之，在時人眼中，顏延之的代表詩作與「公」的性質是分不開的〔註82〕。

　　於是就顏延之所具有的代表性而言，其公宴詩與前代之作自有其不同之處〔註83〕，此固然與其辭藻、用典、對仗等文學成就密切相關〔註84〕，但是

〔註80〕詩見逯欽立輯校《先秦漢魏晉南北朝詩》，頁1578。

〔註81〕所選錄的謝靈運詩作，分別爲〈從遊京口北固應詔〉、〈晚出西射堂〉、〈登池上樓〉、〈遊南亭〉、〈遊赤石進帆海〉、〈石壁精舍還湖中〉、〈登石門最高頂〉、〈於南山往北山經湖中瞻眺〉、〈從斤竹澗越嶺溪行〉。所選沈約者則爲〈鍾山詩應西陽王教〉、〈宿東園〉、〈遊沈道士館〉。見〔梁〕蕭統編；〔唐〕李善注《昭明文選》（台北：漢京文化事業有限公司，1983），目錄，頁8。

〔註82〕侍宴、侍遊俱可屬於公宴範圍，而不必定然涉及飲食宴樂方可稱爲公宴，如《文選》所收劉公幹〈公宴詩〉，全寫其「遊」而不及「宴」，然亦題名「公宴」。見〔梁〕蕭統編；〔唐〕李善注《昭明文選》，頁283。

〔註83〕黃亞卓先生依據《文選》公宴類所收之十三人十四首詩分析，認爲「漢魏六朝公宴詩便是漢魏六朝文人以歌詠帝王公卿主持的宴會爲主題，描寫宴會場景或情感及相關內容的詩」。但是作者卻將「文人雅集」所作的詩也歸入公宴詩。針對「文人雅集」之屬，筆者以爲將之視爲公宴詩，則將排除了「公」所具有的朝廷制度或君臣上下身份意義，以致於家族內部的文會，如《宋書・謝弘微傳》所載之謝氏家族「戚戚皆親侄」的「烏衣之遊」，也將成爲「公」宴，這應是不宜的。故，公宴詩中之制度、身份意義雖或隱或顯，但仍不應完全排除。黃氏之說，見所著《漢魏六朝公宴詩研究》（上海：華東師範大學出版社，2006），頁6。

〔註84〕黃亞卓先生描述以顏延之爲代表的劉宋公宴詩特徵有三：一爲尊神頌美的主題傾向，二爲整練工巧的筆法（實則主要論對仗），三爲藻麗典雅的辭采。同上，頁82～83。

尤其不能忽略顏延之公宴詩的表現形態，這正代表了時人心目中典型的公宴詩的性質。

以顏延之前代的公宴詩而言，至少有兩種發展方向，其一爲建安七子所謂「憐風月，狎池苑，述恩榮，敍酣宴，慷慨以任氣，磊落以使才〔註85〕」之作；其二爲西晉應貞〈晉武帝華林園集詩〉所代表的頌美風格〔註86〕。

以前者而言，建安的公宴詩對於遊宴的場景多所著墨，詩中所抒發的，也多是個人的情志。如：

> 曹植〈公宴詩〉：公子敬愛客，終宴不知疲。清夜遊西園，飛蓋相追隨。明月澄清景，列宿正參差。秋蘭被長坂，朱華冒綠池。潛魚躍清波，好鳥鳴高枝。神飆接丹轂，輕輦隨風移。飄颻放志意，千秋長若斯。

> 王粲〈公宴詩〉：昊天降豐澤，百卉挺葳蕤。涼風撤蒸暑，清雲卻炎暉。高會君子堂，並坐蔭華榱。嘉肴充圓方，旨酒盈金罍。管絃發徽音，曲度清且悲。合坐同所樂，但愬杯行遲。常聞詩人語，不醉且無歸。今日不極懽，含情欲待誰。見眷良不翅，守分豈能違。古人有遺言，君子福所綏。願我賢主人，與天享巍巍。克符周公業，奕世不可追。

> 劉楨〈公宴詩〉：永日行遊戲，懽樂猶未央。遺思在玄夜，相與復翱翔。輦車飛素蓋，從者盈路傍。月出照園中，珍木鬱蒼蒼。清川過石渠，流波爲魚防。芙蓉散其華，菡萏溢金塘。靈鳥宿水裔，仁獸遊飛梁。華館寄流波，豁達來風涼。生平未始聞，歌之安能詳。投翰長歎息，綺麗不可忘。〔註87〕

以上三詩，皆可見對於遊宴所見的景色或場景的大段描寫，同時也抒寫了詩人在宴會中的個人感受，除王粲之作末尾的祝願外，頌美的意味十分淡薄。甚至應瑒〈侍五官中郎將建章台集詩〉：「朝雁鳴雲中，音響一何哀。問子遊何鄉，戢翼正徘徊。言我寒門來，將就衡陽棲。往春翔北土，今多客南淮。遠行蒙霜雪，毛羽日摧頹。常恐傷肌骨，身隕沈黃泥。簡珠墮沙石，何能

〔註85〕《文心雕龍・明詩》語，見〔梁〕劉勰著；周振甫注《文心雕龍注釋》，頁84。

〔註86〕李善注此詩：晉武帝幸華林園，命群臣賦詩，據孫盛《晉陽秋》載，時人以「散騎常侍應貞詩最美」。見〔梁〕蕭統編；〔唐〕李善注《昭明文選》，頁286。

〔註87〕以上三詩，見同上，頁282～283。

中自諧。欲因雲雨會，濯翼陵高梯。良遇不可値，伸眉路何階。……〔註88〕」
明顯可見其中自敘情志的內容。因此鄭毓瑜先生認爲，以建安遊宴生活爲背
景，才顯現了鄴下諸子任氣使才的磊落情懷，也才有「君子壯志」的自命與
自視〔註89〕。觀以上「飄颻放志意」、「常聞詩人語，不醉且無歸。今日不極
懽，含情欲待誰」、「輦車飛素蓋，從者盈路傍」等詩句，的確也透顯出了詩
人意氣風發的個人情志。

　　然而應貞被視爲「最美」的〈晉武帝華林園集詩〉，則不但未見宴會的場
面，也不見有個人情志的抒發。全詩分爲九章，出之以古雅的語言及典重的
四言句式，除第八章涉及宴會，其他皆爲尊神頌美的內容。而其第八章事實
上也僅是藉「射禮」來強調宴會的禮儀性意義：

　　　　貽宴好會，不常厥數。神心所受，不言而喻。於時肆射，弓矢
　　斯御。發彼五的，有酒斯飮。〔註90〕

　　至於本詩卒章顯志部分，實際上所表達的也不是作者的個人情志，而是
傳統的勸誡內容：

　　　　文武之道，厥猷未墜。在昔先王，射御茲器。示武懼荒，過亦
　　爲失。凡厥群后，無懈於位。〔註91〕

　　可以說，應貞此詩所表達的，全然是「公」領域的儀式性意義，屬於「私」
人情感的部分，是完全被排除在外的，這與建安公宴詩的區別可謂一目了然。
而顏延之所繼承的，正是應貞式的公宴詩。

　　顏延之今存之公宴詩有〈應詔讌曲水作詩〉、〈皇太子釋奠會作詩〉、〈三
月三日詔宴西池詩〉、〈爲皇太子侍宴餞衡陽南平二王應詔詩〉、〈應詔觀北湖
田收詩〉、〈車駕幸京口侍遊蒜山作詩〉、〈車駕幸京口三月三日侍遊曲阿後湖
作詩〉等〔註92〕，可分屬於「曲水宴詩、餞宴詩、遊宴詩、釋奠宴詩不同類
型，但卻無一例外地都表現出以尊天敬祖、頌揚君主明德和功業爲重心的傾

〔註88〕同上，頁283〜284。
〔註89〕說見鄭毓瑜〈試論公讌詩之於鄴下文士集團的象徵意義〉，收入氏著《六朝情
　　　　境美學綜論》（台北：台灣學生書局，1996），頁171〜218。又，此文同時也
　　　　在鄴下公宴詩創作的背景下，論述文學創作本身之價値、文人生命意義等議
　　　　題，但本文此處著重在突出鄴下公宴詩中，表達個人情志之特徵，其他議題
　　　　暫不具論。
〔註90〕〔梁〕蕭統編；〔唐〕李善注《昭明文選》，頁287。
〔註91〕同上。
〔註92〕詩見逯欽立輯校《先秦漢魏晉南北朝詩》，頁1225〜1228、1230〜1231。

向〔註93〕」，而其中尤以曲水宴詩最能見出顏延之對於公宴詩的態度。

西晉公宴詩雅化的傾向已十分明顯，以頌美風格爲主。但也「有意識考慮到了宴會本身的特點和氛圍，根據宴會性質和目的的不同來把握詩歌風格〔註94〕」，尤其曲水宴「本有男女相與遊樂的風情，或是彈琴飲酒賞春景的逍遙，或是文人聚會談玄、詩文唱和的雅致〔註95〕」，所以西晉之曲水宴詩，即便是帝王在側之公宴，也顯得較輕鬆，多有移目於景物的描寫，如張華〈太康六年三月三日後園會詩〉：

> 暮春元日，陽氣清明。祁祁甘雨，膏澤流盈。習習祥風，啓滯
> 導生。禽鳥翔逸，卉木滋榮。纖條被綠，翠華含英。〔註96〕

又，閭丘沖〈三月三日應詔詩二首〉其一：

> ……微風扇穢，朝露澤塵。上陰丹幄，下藉文茵。臨川挹盥，
> 濯故潔新。俯鏡清流，仰睇天津。藹藹華林，嚴嚴景陽。業業峻宇，
> 奕奕飛梁。垂陰倒景，若沈若翔。〔註97〕

二詩雖俱爲四言，風格也仍頗爲典雅，但詩中已有較多清新的寫景，與應貞〈晉武帝華林園集詩〉相比，筆調也較爲輕鬆。

但顏延之〈應詔讌曲水作詩〉則一本其公宴詩之嚴肅性，全詩八章僅在第七章言及曲水宴中之活動，且仍是一派典重風格：

> 郊餞有壇，君舉有禮。幙帷蘭甸，畫流高陛。分庭薦樂，析波
> 浮醴。豫同夏諺，事兼出濟。〔註98〕

而其他各章則依舊是莊重典雅的頌美，儀式的嚴肅性十分明顯，這自然是顏延之對於公宴詩儀式性質的強調所致。

顏延之公宴詩隸屬於國家儀式的觀點，當以其〈三月三日曲水詩序〉反映得最爲充分：

> 夫方策既載，皇王之跡已殊；鐘石畢陳，舞詠之情不一。雖淵
> 流遂往，詳略異聞，然其宅天衷，立民極，莫不崇尚其道，神明其

〔註93〕黃亞卓《漢魏六朝公宴詩研究》，頁82。
〔註94〕同上，頁68。
〔註95〕同上，頁81。
〔註96〕逯欽立輯校《先秦漢魏晉南北朝詩》，頁616。又，此詩雖未言及應詔所作，但詩中云「於皇我后，欽若昊乾。順時省物，言觀中圃。讌及群辟，乃命乃延」。可見亦爲公宴所作。
〔註97〕同上，頁749。
〔註98〕同上，頁1226。

位，拓世貽統，固萬葉而為量者也。有宋函夏，帝圖弘遠。高祖以
聖武定鼎，規同造物；皇上以叡文承歷，景屬宸居。……選賢建戚，
則宅之於茂典；施命發號，必酌之於故實。大予協樂，上庠肆教。
章程明密，品式周備。國容視令而動，軍政象物而具。……加以二
王於邁，出餞戒告，有詔掌故，爰命司歷，獻洛飲之禮，具上巳之
儀。……然後昇秘駕，緹騎搖，搖玉鸞，發流吹，天動神移，淵旋
雲被，以降於行所，禮也。……方且排鳳闕以高遊，開爵園而廣宴。
並命在位，展詩發志，則夫誦美有章，陳信無愧者。〔註99〕

在此序中，無不處處顯示著國家的威儀，因此帝王出遊所顯示的盛大儀
式，皆須遵照儒家「章程明密，品式周備」的禮儀規範。而此中之「展詩發
志」，可想而知，必須符合禮儀的嚴肅性，詩作也就有賴於「茂典」、「故實」
的經典語言以成其莊重。而這都是國家制度的要求所致。

顏延之此序傳布甚廣，甚且流播於北朝，《南齊書·王融傳》載：「十一
年，使兼主客，接虜使房景高、宋弁。弁……因問：『在朝聞主客作〈曲水
詩序〉。』景高又云：『在北聞主客此製，勝於顏延年，實願一見。』〔註100〕」
這雖讚美了王融之作，但也反映出顏延之此序在當時甚受重視。因此《文選》
顏、王二序並收，雖王序篇制更為宏大，但強調國家禮儀的制度性則與顏序
無異。

公宴必須遵照國家禮儀規範的要求，可說是顏延之對公宴場合自具獨立
性質的認知所致，因此顏延之在其他場合中，其詩作也能出之以迥異於公宴
詩的典重風格，而以平易、自然的詩風為人稱道，如毛先舒《詩辯坻》卷四
引鍾惺所言：

謝靈運「初日芙蓉」，顏延之「鏤金錯采」，顏終身病之。乃〈秋
胡詩〉、〈五君詠〉，清真高逸，似別出一手。若屏卻顏諸詩，獨標此
數首，向評為妄語矣。〔註101〕

葉矯然《龍性堂詩話》也以為：「顏擅雕鏤，而〈秋胡行〉、〈五君詠〉不
減芙蕖出水。〔註102〕」可見顏延之並非不能表現得「清真高逸」，也由此可見

〔註99〕〔梁〕蕭統編；〔唐〕李善注《昭明文選》，頁645～647。

〔註100〕《（新校本）南齊書》，卷四十七，頁821。

〔註101〕見郭紹虞編選；富壽蓀校點《清詩話續編》（上海：上海古籍出版社，1999
二刷），頁85。又，此段引文之後，毛先舒又加「此論非也」之案語，則毛
氏並不贊同鍾惺所論。但因二氏之爭論非本文重點，不具論。

〔註102〕同上，頁959。

公宴詩「錯采鏤金」的詩風，爲顏延之自覺的選擇。而這種選擇，以此序觀之，可知正是爲了符合國家禮儀嚴肅性的需要。

這種國家制度所要求的儀式性行爲，以其具有彰顯皇權威儀的作用，於是儀式的參與者必須服從儀式章程，故而無論能與不能皆當賦詩，因此也就有了代作之事。如謝朓〈三日侍華光殿曲水宴代人應詔〉、〈三日侍宴曲水代人應詔〉〔註103〕，又如何遜代梁西封侯蕭正德所作的〈九日侍宴樂游苑爲西封侯作〉〔註104〕。甚至也有「敕代」之事，鮑照〈侍宴覆舟山〉二首即「敕爲柳元景作」〔註105〕，謝朓也有〈侍宴華光殿曲水奉敕爲皇太子作詩〉〔註106〕。由此可見，在這種儀式場合下，重在參與作詩的儀式性行爲，而非作者的眞情實志。在「代作」，尤其「敕代」的現象中，公宴的「朝章大典」儀式性行爲自然十分明顯，於是公宴詩必須遵從儀式嚴肅性要求的形式、內容寫作，也就順理成章了。

因此劉宋詩人雖對建安鄴下文士抒寫歡宴場面及君臣情感交流的公宴詩並不陌生，如謝靈運即有〈擬魏太子鄴中集八首〉之作，其中〈擬應瑒〉甚且有「調笑輒酬答，嘲謔無慚沮〔註107〕」的描寫，可見時人對鄴下文士公宴的遊樂性質，有著清楚的認知，此正如梅家玲先生所指出的：「的確，鄴下的公燕諸作對宴飲場面的強調，正是〈擬鄴中〉所極力仿擬者。〔註108〕」雖對鄴下公宴詩風熟悉，但是時人所推崇的，卻是與鄴下形成強烈對比的顏延之式公宴詩，亦即包含曲水宴詩、遊宴詩等在內，各類型的公宴詩皆當符合禮儀性的典重要求，以順應國家制度之「公」的性質。

因此江淹〈雜體詩三十首〉摹擬顏延之者，題作〈顏特進延之侍宴〉；摹擬曹丕者，題作〈魏文帝曹丕遊宴〉，顯然將建安的遊宴與顏延之的侍宴視作兩類不同的詩作，這應是南朝時人普遍的共識。而正是因時人將公宴詩作爲一種特別的類型，因此其頌美、典雅、莊重等等要求，乃是此類詩作之儀式性要求如此，是其場合、文體「應當如此」，從而與作者個人眞實的情志狀態無關。於是以廊廟體知名的顏延之，其極力頌美朝廷之作，自然可與前文所

〔註103〕二詩，見逯欽立輯校《先秦漢魏晉南北朝詩》，頁1422～1424。
〔註104〕同上，頁1680～1681。
〔註105〕同上，頁1281。
〔註106〕同上，頁1421～1422。
〔註107〕詩見〔南朝宋〕謝靈運著；顧紹柏校注《謝靈運集校注》，頁223。
〔註108〕梅家玲《漢魏六朝文學新論——擬代與贈答篇》（北京：北京大學出版社，2004），頁34。

述顏延之的形象、性格大不相同，詩作只是因儀式性的場合「應當如此」，而顏延之則以其詩作扮演指導者的角色。

顏延之這種以扮演指導者角色而與皇權妥協的方式，在南朝具有十分重大的意義：既然是指導朝廷「正確的」用詩方式，這同時也就是承認了朝廷有其自成範圍的價值表現形式而必須遵從，這意味著場域不同，其所實踐之「理」亦不同，但是皆合理存在，於是不必以其一，強制規限其另一，亦即不必再如謝靈運凌駕式的思維，從而可使皇權、士族形成平行地位〔註109〕。

這種區分士族與皇權的價值，使其各有範圍的觀念，雖然侷限了士族的權力，但同時也節制了皇權的擴張，使二者在妥協中達到了一定的平衡，因而這種觀念在南朝有極大的影響力，一個甚具典型性的例子，即是齊武帝對待張緒的態度。張緒以玄言知名，袁粲言其「有正始遺風」，其人「忘情榮祿，朝野皆貴其風。……緒每朝見，世祖目送之。謂王儉曰：『緒以位尊我，我以德貴緒也。』〔註110〕」由此可見士族不以其文化素養凌駕皇權，皇權也不以其勢位壓制士族，齊武帝之言，正可見「位」與「德」平行並立、各有範圍之觀念的深入人心。

故而士族無妨其高蹈玄遠、追求隱逸，成為一相對獨立於「朝」的特殊類別，同時又以其文化素養高踞於廟堂。這維持了士族高貴的自我價值感，同時又能在不干實權之下積極介入政權，可以說，顏延之所代表的，正是南朝士族「朝章大典方參議焉」的文學表現形式。而這也正符合南朝士族的現實處境。

三、鮑　照

《南齊書·文學傳論》對源出鮑照之體，論之為：「發唱驚挺，操調險急，雕藻淫豔，傾炫心魄，亦猶五色之有紅紫，八音之有鄭衛，斯鮑照之遺

────────────

〔註109〕人物的觀念、行為自然不宜單一化，謝靈運也並非沒有如顏延之式的「指導」政權如何實踐的觀念。如謝靈運〈從遊京口北固應詔〉：「玉璽戒誠信，黃屋示崇高。事為名教用，道以神理超。」這正是表示玉璽、黃屋作為名教誠信、崇高價值的象徵，在名教領域便有其必要性。雖然「道以神理超」，但並不表示道與名教對立，而是名教亦為「道」所顯現的領域，自有其在世界中合理存在的正當性，既有其存在的正當性，則名教所「用」的事物（玉璽、黃屋）及其「用」的正確方式也不可或缺。由於有正確表現方式的要求，這便隱含著擁有文化條件者，足以「指導」政權如何實踐的觀念。由此可見謝靈運與顏延之相近的一面，只是謝靈運的主要傾向不在此。

〔註110〕《（新校本）南齊書》卷三十三〈張緒傳〉，頁600～601。

烈也。」此與《詩品》卷中對鮑照的評語頗爲近似，二者可以合觀：「不避危仄，頗傷清雅之調。故言險俗者，多以附照。〔註111〕」由此二引文可知，在時人眼中，鮑照之作的一項顯著特徵即其「險俗」。

王鍾陵先生認爲，「『險俗』二字，基礎是一個『俗』字。『俗』首先是一個表現內容的問題」，因此鮑照詩中反映的一些下層人民生活，如〈代東武吟〉寫一個還家窮老的戰士，〈擬古詩〉其六之寫「束薪」、「刈黍」的勞動生活等等，「特別是他的詩對於寒士淒涼的生活境遇、宦遊行旅的辛勞以及其曲折複雜心理之色調豐富的反映，這些內容都是那些高等士族文人所未曾表現，也不屑於表現的」，因此鮑照詩之「俗」，主要便是與下層人民生活之內容有關。而鮑照詩的「險」，則與其「俗」的內容密不可分，其「險」的特徵「正是他急以怨寒士心理在藝術上的反映」，因而「『險』是『俗』的一種特定的表達方式」。另外，鮑照也大力發展體小而俗的七言詩，對於「高級士族文人來說，這眞是俗不可耐了」〔註112〕。除此之外，曹道衡、沈玉成先生也認爲，鮑照作品「所謂的『俗』，從內容方面看，就是指他大量地寫作了征夫、思婦以及像他自己那樣在仕途上極不得志的下層士人的思想、感情和生活」〔註113〕。

但是學者也已指出，鍾嶸所論以五言爲範圍，因此鍾嶸對鮑照的「險俗」之評，應在鮑照之五言詩而不包含七言詩〔註114〕。而鮑詩之俗也應非指其詩歌中征夫、思婦、下層士人之思想、情感內容，如《詩品・序》中所謂五言之警策、文采之鄧林，其中即有鮑照之「戍邊」詩，既如此讚揚之，則鍾嶸並未視之爲「俗」。再如江淹〈雜體詩三十首〉，其模擬鮑照者題名「戎行」，即爲如〈代東武吟〉之類的戍邊詩，可見時人對鮑照戍邊詩評價甚高。故鮑照詩之所謂「俗」，應與上述詩歌內容無直接關係〔註115〕。

若就形式方面以理解鮑照詩之「險俗」，則王夢鷗先生甚早即已拈出此義，認爲鮑詩遣詞造句之特徵，爲其險急淫艷之由：

〔註111〕見〔梁〕鍾嶸著；陳延傑注《詩品注》，頁27。
〔註112〕王鍾陵之說，見《中國中古詩歌史——四百年民族心靈的展示》（北京：人民出版社，2005），頁414～415。
〔註113〕曹道衡、沈玉成編著《南北朝文學史》（北京：人民文學出版社，2006三刷），頁78。
〔註114〕包含七言詩在內的「俗」體，自也是鮑照「俗」評的由來，且在理解鮑照詩歌上意義重大。說見下文。此處先理解鍾嶸之說，以明在五言詩中鮑照「俗」之所指何在。
〔註115〕蘇瑞隆《鮑照詩文研究》（北京：中華書局，2006），頁288～290。

重要在於縮字換字的修辭法，也就是於用典使事同時還使用這些修辭法使尋常的典故更新面目，如鮑照的「淚竹感湘別，弄珠懷漢遊」（〈登黃鶴磯〉）。然縮字必使語氣短促，而換字也使得印象新奇，所謂險急淫艷，當此之由。〔註116〕

除此處所舉之「淚竹」二句外，王先生並另於他文舉「棧石星飯，結荷水宿」、「慮涕擁心用，夜默發思機」、「華志分馳年，韶顏慘驚節」、「馳霜急歸節，幽雲慘天容」、「旅雁方南過，浮客未西歸」、「限生歸有窮，長意無已年」、「漲島遠不測，岡澗近難分」、「適郢無東轅，還夏有西浮」等等爲例〔註117〕，在說明「鮑詩的詞彙多是壓縮而成的，濃縮古人之語，再推陳出新」上，「都頗貼切」〔註118〕。

茲以「淚竹感湘別，弄珠懷漢遊」二句，說明鮑詩壓縮字句之義：

鮑照此詩作於行經湖北武昌，登黃鶴磯之時，則「湘」、「漢」乃用以指「湘江」、「漢水」，於是以此二水展開典故的聯想。其中「淚竹感湘別」句，用《博物志》事：「堯之二女，舜之二妃，曰湘夫人。舜崩，二妃啼，以涕揮竹，竹盡斑。」鮑照用此事，蓋將「舜崩，二妃啼，以涕揮竹，竹盡斑」之悲戚，縮減爲「淚竹」二字，而以一「湘」字表示「湘夫人」；「弄珠懷漢遊」句，則爲化用張衡〈南都賦〉「游女弄珠於漢皋之曲」句，此句李善注引《韓詩外傳》曰：「鄭交甫將南適楚，遵波漢皋臺下，乃遇二女，佩兩珠，大如荊雞之卵。」則鮑照僅以「珠」、「漢」二字概括此典故之內容〔註119〕。如此，鮑照這類詩句便容易因壓縮文意而使語急氣促，從而有「操調險急」之感。

除縮字換字的修辭法外，鮑詩奇詭的意象，也是其詩「險」的成因。《太平廣記》卷一九八「沈約」條引《談藪》載：

> （吳）均又爲詩曰：「秋風瀧白水，雁足印黃沙。」沈隱侯語之曰：「印黃沙語太險。」均曰：「亦見公詩云，山櫻發欲然。」約曰：

〔註116〕見王夢鷗〈漢魏六朝文體變遷之一考察〉，《中央研究院歷史語言研究所集刊》50 本第 2 分（1979.6），頁 386。

〔註117〕王夢鷗〈魏晉南北朝文學之發展〉，收入羅聯添編《中國文學史論文選集·續編》（台北：台灣學生書局，1985），頁 222～223。

〔註118〕蘇瑞隆《鮑照詩文研究》，頁 291。

〔註119〕以上所引《博物志》、〈南都賦〉及鮑照創作之時機，見〔南朝宋〕鮑照著；錢仲聯增補集說校《鮑參軍集注》（上海：上海古籍出版社，2008 三刷），頁 274 注四、275 注六。另參丁福林、沈維藩對此詩之評介，收入吳小如等撰寫《漢魏六朝詩鑑賞辭典》（上海：上海辭書出版社，1994 三刷），頁 772～774。

「我始欲然，即已印訖。」〔註120〕

　　沈約之意甚明，吳均這種不平常的想像，太過於「險」。而鮑照之詩，具有這種奇詭意象之處甚多，已成其顯著特徵，因此重視以內容視「險俗」的學者，也指出鮑詩奇詭的意象與「險」的關係。如曹道衡、沈玉成先生認為：「所謂『險』，從積極的意義上說，應當是指能用新奇的想像和獨特的語彙創造別開生面的意境。」並舉鮑照〈代出自薊北門行〉一詩，尤其其中之「馬毛縮如蝟，角弓不可張」為例，說明此類句子想像新奇，因而為人稱作「險仄」〔註121〕。王鍾陵先生則較為詳細地說明，認為鮑照「將漢賦的夸飾手法一定程度地融入形狀寫物之中。他的詩風因而顯得更為『奇矯』，表現了他的詩求『險』的特徵」。故而如〈登廬山詩二首〉其二：「嶄絕類虎牙，巑岏象熊耳。埋冰或百年，韜樹必千祀。」以想像之辭誇張其景。〈從登香爐峰〉：「青冥搖煙樹，穹跨負天石。霜崖滅土膏，金澗測泉脈。旋淵抱星漢，乳竇通海碧。谷館駕鴻人，巖棲咀丹客。殊物藏珍怪，奇心隱仙籍。」〈從庾中郎遊園山石室〉：「幽隅秉晝燭，地牖窺朝日。怪石似龍章，瑕璧麗錦質。洞庭安可窮，漏井終不溢。沈空絕景聲，崩危坐驚慄。神化豈有方，妙象竟無述。」此類詩句，皆為鮑照詩「不避危仄，頗傷清雅之調」的例子〔註122〕。當然，鮑詩之夸飾自不僅此，如其〈代苦熱行〉描寫地之至惡，有句「丹蛇踰百尺，玄蜂盈十圍，含沙射流影，吹蠱病行暉」〔註123〕，可謂極盡誇張之能事。這種奇詭怪異的想像，在時人眼中自然也是「險」了。也因此鮑照詩作又因奇而險、因險而俗了。

　　所謂因險而俗，乃因「險」的風格，以其調短氣促、奇異詭怪，因而與「雅」風格的閑雅、雍容極易分辨，故頗可視之為與「雅」相對之「俗」者。這樣的觀念，在《南齊書・文學傳論》中評源出於謝靈運之體，便可見端倪。此論云：

　　　　啟心閑繹，託辭華曠，雖存巧綺，終致迂回，宜登公宴，本非

　　准的。而疏慢闡緩，膏肓之病；典正可採，酷不入情。此體之源，

　　──────────

〔註120〕見〔宋〕李昉等編《太平廣記》（北京：中華書局，1990四刷），頁1483。
〔註121〕曹道衡、沈玉成編著《南北朝文學史》，頁79～80。
〔註122〕王鍾陵《中國中古詩歌史——四百年民族心靈的展示》，頁418。又，〈登廬山詩二首〉其二，〔南朝宋〕鮑照著：錢仲聯增補集說校《鮑參軍集注》別立題作〈登廬山望石門〉，見頁264～265。
〔註123〕詩見〔南朝宋〕鮑照著：錢仲聯增補集說校《鮑參軍集注》，頁184。

出靈運而成也。〔註124〕

　　若不計其中所包含的負面意義，以其中「閑繹」、「迂迴」、「疏慢闡緩」等語以觀，可知此類風格乃「宜登公宴」者，換言之，是屬於雅正者，於是與其相對的驚挺、險急，自然成爲「雅」的對立面，乃屬於「俗」者。因此《詩品》評論鮑詩爲「危仄」，緊接著便認爲鮑詩因此而「傷清雅之調」，可見鮑詩之「險」爲與「雅」對反的風格，因而可與「俗」相連而稱「險俗」。除此之外，《文心雕龍》以句法變化的角度論述風格奇正，亦可於其中發現時人何以視鮑作爲「俗」的痕跡。

　　《文心雕龍・定勢》中論述了「效奇之法」，而所謂的「效奇之法」即是「顛倒文句，上字而抑下，中辭而出外，回互不常」等等新奇的造句法〔註125〕。鮑詩的一項重要特徵既在於文字組構方式的變化，以此觀之，鮑作無疑傾向於「奇」。新奇的造句法自然容易造成新奇的面目，雖然不必定然背於「雅」，然而卻往往形成與「端正」、「雅」距離較遠的印象。尤其是鮑作已爲時人視作「危仄」，則其新奇自是同於《文心雕龍・體性》所云「危側趣詭」之新奇，而此正是劉勰「雅與奇反」的論斷〔註126〕。由此可知，「奇」往往被認爲與「雅」正相對反，亦即在時人眼中，「奇」與「俗」有相似之處，二者皆是作爲「雅」的對立意義而被認知的，因而也往往近「俗」，此所以鮑詩之「俗」與「因險而俗」密切相關。

　　雖然鮑詩以其奇詭之意象爲重要特徵，但是鮑照事實上也擅寫柔美明麗之景物，如其〈代陽春登荊山行〉：

　　　　旦登荊山頭，崎嶇道難遊。早行犯霜露，苔滑不可留。極眺入雲表，窮目盡帝州。方都列萬室，層城帶高樓。奕奕朱軒馳，紛紛縞衣流。日氛映山浦，暄霧逐風收。花木亂平原，桑柘綿平疇。攀條弄紫莖，藉露折芳柔。遇物雖成趣，念者不解憂。且共傾春酒，長歌登山丘。〔註127〕

〔註124〕見郁沅、張明高編選《魏晉南北朝文論選》，頁341。
〔註125〕見〔梁〕劉勰著；范文瀾注《文心雕龍註》（台北：明倫出版社，1971），頁531。新奇自然不只是侷限在形式部分，《文心雕龍・體性》中論「新奇」有云：「擯古競今，危側趣詭者也。」（頁505）此自然也包括內容之新變所造成之新奇。因而范文瀾先生釋之，即分形式與內容兩部分言之：「詞必研新，意必矜劬，皆入此類。」（頁508）。
〔註126〕此二引文出處同上，頁505。
〔註127〕〔南朝宋〕鮑照著；錢仲聯增補集說校《鮑參軍集注》，頁199。

又如其〈三日〉：

氣暄動思日，柳青起春懷，時豔憐花藥，服淨俛登臺，提觴野中飲，爰心煙未開。露色染春草，泉源潔冰苔。泥泥濡露條，嫋嫋承風栽。鳧雛掇苦薺，黃鳥銜櫻梅。解衿欣景預，臨流競覆杯。美人竟何在？浮心空自摧。〔註128〕

二詩雖結以憂愁摧抑的心情，但其中之寫景則是和諧柔美，顯現了鮑照在奇矯詭麗的景色外，也同樣具有描寫平易清麗景物的才能。除寫景外，鮑照也同樣能夠熟練地運用平易流暢的語言，如其甚為時人所讚賞的樂府詩〔註129〕，學者即評為「語言華美卻又自然」〔註130〕、「使用了清楚直接的語言」〔註131〕。

因此可以說，鮑照之不避危仄，是一種自覺的選擇。鮑照這種詩風走向，固然為其情感的藝術表達〔註132〕，然而也與鮑照急切地欲以詩文作為進身之階，有著密切的關係。《南史・宋宗室及諸王上・臨川烈武王道規附鮑照傳》載：

照始嘗謁義慶未見知，欲貢詩言志，人止之曰：「卿位尚卑，不可輕忤大王。」照勃然曰：「千載上有英才異士沈沒而不聞者，安可數哉。大丈夫豈可遂蘊智能，使蘭艾不辨，終日碌碌，與燕雀相隨乎。」於是奏詩，義慶奇之。賜帛二十匹，尋擢為國侍郎，甚見知賞。〔註133〕

鮑照不顧「輕忤大王」的風險，急欲以詩文見知，由此可見鮑照進取之心的強烈。而其作於元嘉二十四年的〈河清頌〉，藉河、濟俱清之祥瑞以頌美文帝，學者也指出，這顯示出鮑照試圖證明「有能力參與國家重典，因此

〔註128〕同上，頁398。
〔註129〕《（新校本）宋書》卷五十一〈宗室・臨川烈武王道規附鮑照傳〉即讚美鮑照「嘗為古樂府，文甚遒麗」。見頁1477。
〔註130〕曹道衡、沈玉成編著《南北朝文學史》，頁78。
〔註131〕蘇瑞隆《鮑照詩文研究》，頁291。
〔註132〕王鍾陵先生即力主以此角度解讀鮑照詩，因此論斷「中下層文人的鮑照，同大莊園主謝靈運在景物刻畫上，有著明顯的區別。我們正是應該從其『人微』的一面入手，方能抓住鮑照詩寫景特徵之所在」。「無論是對於鮑照詩的思想意義還是對其『險俗』的藝術特徵之理解，我們都必須抓住『才秀人微』這四個字來加以認識」。說見氏著《中國中古詩歌史——四百年民族心靈的展示》，頁414～419。引文見頁416、419。
〔註133〕《（新校本）南史》卷十三，頁360。

也有能力擔任要職〔註 134〕」的雄心。這種積極進取的態度自然也會影響他
的作品，其詩文的表現方式也就不能不具有一定的寫作策略，因此鮑照「既
然要以詩文作爲進身的手段，也就不能不仿效當時盛行的文風」〔註 135〕，
於是年輩早於鮑照，且名重當代的謝靈運、顏延之二人，自當爲鮑照所注意、
仿效。顏謝二人文名之高，可謂爲時人公論，因此相關之紀錄頗多，如《宋
書·謝靈運傳論》云：「爰逮宋氏，顏、謝騰聲。靈運之興會標舉，延年之
體裁明密，並方軌前秀，垂範後昆。〔註 136〕」《南史·謝靈運傳》云：「靈
運少好學，博覽群書，文章之美，與顏延之爲江左第一。〔註 137〕」《宋書·
顏延之傳》：「延之與陳郡謝靈運俱以詞彩齊名，自潘岳、陸機之後，文士莫
及也，江左稱顏、謝焉。〔註 138〕」《文心雕龍·時序》：「顏、謝重葉以鳳采。
〔註 139〕」《詩品·序》：「謝客爲元嘉之雄，顏延年爲輔。斯皆五言之冠冕，
文詞之命世也。〔註 140〕」裴子野〈雕蟲論〉：「爰及江左，彼稱顏、謝。〔註
141〕」諸多論述一致推重顏、謝，可見這是顏、謝二人在時人心目中的客觀
評價〔註 142〕，因此二人的成就勢必爲欲以詩文顯名、進身的鮑照所關注。

　　以顏延之而言，鮑照曾評其特徵爲「若鋪錦列繡，亦雕繢滿眼〔註 143〕」，
這評論正反映出時人對顏延之用典繁密之特徵的認識，如《詩品》也評論顏

〔註 134〕 蘇瑞隆對鮑照〈河清頌〉的頌美内容有較爲詳細的分析，見氏著《鮑照詩文
　　　　　研究》，頁 106～114。引文見頁 114。
〔註 135〕 曹道衡〈論鮑照詩歌的幾個問題〉，收入氏著《中古文學史論文集》（北京：
　　　　　中華書局，1986），頁 236。
〔註 136〕 《（新校本）宋書》卷六十七，頁 1778～1779。
〔註 137〕 《（新校本）南史》卷十九，頁 538。
〔註 138〕 《（新校本）宋書》卷七十三，頁 1904。
〔註 139〕 〔梁〕劉勰著；周振甫注《文心雕龍注釋》，頁 816。
〔註 140〕 〔梁〕鍾嶸著；陳延傑注《詩品注》，頁 4。
〔註 141〕 見郁沅、張明高編選《魏晉南北朝文論選》，頁 325。
〔註 142〕 《（新校本）宋書》卷七十三〈顏延之傳〉載顏延之「文章之美，冠絕當時」
　　　　　（頁 1891）。而同書卷六十七〈謝靈運傳〉載謝靈運「每有一詩至都邑，貴
　　　　　賤莫不競寫，宿昔之間，士庶皆遍，遠近欽慕，名動京師」（頁 1754）。可見
　　　　　二人並爲「江左第一」之聲譽，並非僅是身後之名。
〔註 143〕 《（新校本）南史》卷三十四〈顏延之傳〉：「延之嘗問鮑照己與靈運優劣，照
　　　　　曰：『謝五言如初發芙蓉，自然可愛。君詩若鋪錦列繡，亦雕繢滿眼。』」（頁
　　　　　881）。《詩品》所錄與此段文字類似，但作湯惠休之言：「湯惠休曰：『謝詩如
　　　　　芙蓉出水，顏如錯采鏤金。』顏終身病之。」（〔梁〕鍾嶸著；陳延傑注《詩
　　　　　品注》，頁 26。）然無論爲鮑照或湯惠休之言，對顏延之用典繁密的評論，
　　　　　應是時人普遍的認知。

延之「體裁綺密，情喻淵深。動無虛散，一句一字，皆致意焉。又喜用古事，彌見拘束」〔註144〕。並且顏延之好用典故的作風，也形成一股風潮，因此《詩品·序》稱：「顏延、謝莊尤爲繁密，於時化之。故大明、泰始中，文章殆同書抄。近任昉、王元長等，辭不貴奇，競須新事，爾來作者，寖以成俗。遂乃句無虛語，語無虛字，拘攣補衲，蠹文已甚。但自然英旨，罕值其人。詞既失高，則宜加事義。雖謝天才，且表學問，亦一理乎！〔註145〕」這種藉典故以表學問的詩風，也成爲「以才學知名〔註146〕」的鮑照所仿效的對象。陳橋生先生以《文選》所錄宋詩爲例，依李善注對宋詩用事狀況作量化統計表，其平均用事比例高達 55%，而元嘉三大家中，顏 61.5%、鮑 60%、謝 49.6%〔註147〕，可見鮑照在南朝詩用典風氣上，也是積極的推動者，可以說，在藉詩以表學問上，鮑照無疑也是其中的佼佼者。《詩品·序》云：「若乃經國文符，應資博古；撰德駁奏，宜窮往烈。至乎吟詠性情，亦何貴於用事？〔註148〕」用事正是經國、議政之所「應」、「宜」的才能，若結合鮑照以詩文爲進身之階的動機，則鮑照之大量用典，也隱含證明自身才能足參時政的意圖。

再以謝靈運而言，其寫景物的傑出成就無庸置疑。《文心雕龍·明詩》云：

> 宋初文詠，體有因革，莊老告退，而山水方茲；儷采百字之偶，
> 爭價一句之奇，情必極貌以寫物，辭必窮力而追新：此近世之所競
> 也。〔註149〕

這表明了宋初山水詩之興起，促使時人以極貌寫物爲追求方向，這雖不必是謝靈運一人之功，但謝靈運無疑是其中最重要的代表者〔註150〕，因此在謝靈運「每有一詩至都邑，貴賤莫不競寫」的盛名下，鮑照學習、模仿謝

〔註144〕〔梁〕鍾嶸著：陳延傑注《詩品注》，頁 25。

〔註145〕同上，頁 7。

〔註146〕《（新校本）南史》卷七十七〈恩倖傳序〉，頁 1914。

〔註147〕陳橋生《劉宋詩歌研究》（北京：中華書局，2007），頁 155～159。

〔註148〕〔梁〕鍾嶸著：陳延傑注《詩品注》，頁 6。

〔註149〕〔梁〕劉勰著；周振甫注《文心雕龍注釋》，頁 85。

〔註150〕林文月〈鮑照與謝靈運的山水詩〉云：「山水大自然是六朝詩的主要寫作題材之一，而山水詩的最優秀作家當推謝靈運。……齊梁陳以後，雖然也有過不少的詩人模山範水；至唐代，乃與陶淵明系統的田園詩匯合成爲王孟諸人的自然詩，然而，窺情風景，鑽貌草木的山水詩人，幾乎沒有一個人能與謝靈運相比。」收入氏著《山水與古典》，頁 99。

靈運，也就是自然而然的事。林文月先生舉出鮑、謝二人詩句之實例，從鮮麗字眼之選用、雙聲疊韻之善用、第三字之句眼的活用、詩意內涵之近似……等方面，指出鮑照追摹大謝之具體狀況。因此鮑照山水詩「雖未明題擬謝靈運，而事實上，所摹擬之對象則呼之欲出矣」。故而可以說：「鮑照的山水詩，無論遣詞造句，乃至全篇之結構佈局，大體皆沿襲謝靈運之山水詩而來。〔註 151〕」的確，鮑照山水詩刻意追摹謝詩的痕跡，是十分清晰的。

但是鮑照也並非單純地學步謝靈運，就學習謝靈運而言，謝詩由於「巧不可階〔註 152〕」，因此難以藉簡單的學習仿效而超越之，故影響鮑照更大的，恐怕更在於「若無新變，不能代雄〔註 153〕」的「新變」一面，尤其鮑照急切地欲以詩文顯名、進身，透過新變以代雄，自然成爲一種藉詩文追求名聲的必要手段。

然而又應當如何創造「新變」？鮑照所採取的一個重要角度，即是在時人所關注的焦點上更加著力、更顯其突出。以時人之關注而言，景物之描寫自然是重點所在，此正如《文心雕龍・物色》所述：「自近代以來，文貴形似，窺情風景之上，鑽貌草木之中。〔註 154〕」因此，鮑照山水詩所運用的顯著手法，即是將謝靈運詩中寫景的特徵予以推極，亦即更加凸顯詩中景物形象，使之更加極端、更爲醒目。因此鮑照集中力量於使形象突出，甚至不惜大量扭曲語句、語法，以使詩中形象的具體性強烈凸顯〔註 155〕。並且廣泛運用漢代大賦中業已普遍出現的夸飾手法，這使得鮑照詩中的形象，以其奇詭而迅速吸引讀者目光、刺激著讀者的感官。這種推極的塑形造景之法，在鮑照詩中比比皆是，故而成爲鮑照詩的一項顯著特徵，這也已爲學者所指出，如葛曉音先生云鮑照之山水詩，「大多深秀重澀，比謝靈運的山水詩更生奧」〔註 156〕。詹福瑞先生也認爲，鮑照「在生新幽奇的路上，他比謝靈

〔註 151〕同上，頁 103～130。引文見頁 111、130。
〔註 152〕蕭綱〈與湘東王書〉，見郁沅、張明高編選《魏晉南北朝文論選》，頁 352。
〔註 153〕《南齊書・文學傳論》云：「習玩爲理，事久則瀆。在乎文章，彌患凡舊；若無新變，不能代雄。」同上，頁 340。
〔註 154〕〔梁〕劉勰著；周振甫注《文心雕龍注釋》，頁 846。
〔註 155〕有關運用語言學知識，以解析中國山水詩意象創造的方法，王國瓔先生有相當清楚的分析及示例。參氏著《中國山水詩研究》之「中國山水詩的形象模擬」部分，頁 237～289。
〔註 156〕葛曉音《八代詩史（修訂本）》（北京：中華書局，2007），頁 180。

運走得更遠。……鮑照的詩發展了生新幽奇。但由於刻意追求深幽，流入荒老；刻意追求生新，而接近險怪一途。……突出了大自然險峻、怪異、荒老的特點。〔註 157〕」因此可以說，謝靈運擅寫人所未見的幽景異象，鮑照則追摹謝靈運並推極之，雖招致「險俗」之評，但終究也吸引了眾多的追隨者，而成爲蕭子顯《南齊書‧文學傳論》中所承認的一體。就顯名的目的而言，鮑照推極、變本加厲的手法無疑是成功的。

以上所論，爲鮑詩「險俗」之評中「因險而俗」的一面，然除「因險而俗」之外，鮑詩也有不少近於民歌情調的部分，此部分詩作自然也是鮑詩被視爲「俗」的原因。

民歌情調確爲鮑照詩作中的一項顯著特徵，以時人的評論而言，尤其在時人將鮑照與湯惠休連類比觀的現象上，更可見出時人對鮑詩近於民歌的認知。《南史‧顏延之傳》載：

> 延之每薄湯惠休詩，謂人曰：「惠休製作，委巷中歌謠耳，方當誤後生。」〔註 158〕

由顏延之「委巷中歌謠」之評語可知，湯惠休在時人眼中正是以其民歌風格而著稱。以湯惠休今存之詩歌而言，亦可見出其中明顯的民歌情調，如：

> 〈白紵歌三首〉其二：少年窈窕舞君前，容華豔豔將欲然。爲君嬌凝復遷延，流目送笑不敢言。長袖拂面心自煎，願君流光及盛年。

> 〈秋思引〉：秋寒依依風過河，白露蕭蕭洞庭波。思君末光光已滅，眇眇悲望如思何。〔註 159〕

由此可見顏延之對湯惠休的評論，的確不爲無據。雖顏延之此段評論未直指鮑照，然休、鮑往往爲南朝時人所連稱，如《詩品》卷下評湯惠休云：「惠休淫靡，情過其才。世遂匹之鮑照。〔註 160〕」《南齊書‧文學傳論》云：「顏、謝並起，乃各擅奇；休、鮑後出，咸亦標世。朱藍共妍，不相祖述。〔註 161〕」雖蕭子顯強調個人的成就，但將休、鮑連稱，視爲顏、謝的對立面，其意是相當明顯的。而劉師培先生則直指休、鮑二人之詩歌與民歌的關

〔註 157〕詹福瑞《走向世俗：南朝詩歌思潮》，頁 60～61。

〔註 158〕《（新校本）南史》卷三十四〈顏延之傳〉，頁 881。

〔註 159〕二詩，見逯欽立輯校《先秦漢魏晉南北朝詩》，頁 1244、1245。

〔註 160〕〔梁〕鍾嶸著；陳延傑注《詩品注》，頁 37。

〔註 161〕《（新校本）南齊書》卷五十二，頁 908。

係：

> 晉、宋樂府，如〈桃葉歌〉、〈碧玉歌〉、〈白紵詞〉、〈白銅鞮歌〉，
> 均以淫艷哀音，被於江左。迄於蕭齊，流風益盛。其以此體施於五
> 言詩者，亦始晉、宋之間，後有鮑照，前則惠休。〔註162〕

此處指出鮑照、湯惠休二人在將民歌風格施於五言詩之先導地位，如此，二人自然得以連稱。凡此皆可見鮑照之「俗」，又有因其與當代民歌風格相近之故。

若考察鮑照現存之詩歌，則可見鮑照詩作中屬民歌風格者頗多，此亦可為鮑、休連稱之證：

> 〈代白紵曲〉之一：朱唇動，素腕舉，洛陽少童邯鄲女。古稱
> 淥水今白紵，催絃急管為君舞。窮秋九月荷葉黃，北風驅雁天雨霜，
> 夜長酒多樂未央。
>
> 〈代北風涼行〉：北風涼，雨雪雰，京洛女兒多妍粧。遙豔帷中
> 自悲傷，沈吟不語若有忘。問君何行何當歸，苦使妾坐自傷悲。慮
> 年至，慮顏衰。情易復，恨難追。
>
> 〈擬行路難〉之四：瀉水置平地，各自東西南北流。人生亦有
> 命，安能行嘆復坐愁！酌酒以自寬，舉杯斷絕歌路難。心非木石豈
> 無感？吞聲躑躅不敢言。〔註163〕

其詩例尚多，不贅舉。凡此諸詩，皆可明顯見出其中所蘊含之當代民歌情調，也由此使鮑照此類詩作與湯惠休的「委巷中歌謠」近似，而這自然也就使得鮑照之詩作被冠以「俗」名。

鮑照這種民歌情調的詩作，與帝王宗室之喜愛密不可分。民間樂歌自東晉末以來，其影響即不斷擴大，《世說新語·言語》載：「桓玄問羊孚：『何以共重吳聲？』羊曰：『當以其妖而浮。』〔註164〕」羊孚雖對吳聲表達鄙視之意，但也反映出東晉末吳聲已為時人所「共重」。至南朝，皇族親自參與民歌的制作〔註165〕，更顯示出帝王宗室對民歌的喜愛。以劉宋之帝王宗室

〔註162〕劉師培撰；程千帆、曹虹導讀《中國中古文學史講義》（上海：上海古籍出版社，2000），頁97。

〔註163〕三詩，見〔南朝宋〕鮑照著；錢仲聯增補集說校《鮑參軍集注》，頁221、250、229。

〔註164〕〔南朝宋〕劉義慶撰；余嘉錫箋疏《世說新語箋疏》（台北：華正書局，1984），頁157。

〔註165〕王運熙先生指出，所謂「制作」並非由無到有的創作，「上層階級採擷、潤色

而言，其親自參與者即有宋少帝之制〈懊憹哥〉〔註166〕、宋孝武帝之制〈都護〉、宋臨川王義慶之制〈烏夜啼〉、宋隨王誕之制〈襄陽樂〉等〔註167〕，這正可見隨著寒人稱帝，委巷歌謠同時也在宮廷中迅速擴大其影響力。而鮑照以一介寒士而欲以詩文進身，其順從帝王宗室之喜好以從事創作，便也是十分自然之事。《南史·宋宗室及諸王上·臨川烈武王道規附鮑照傳》載：「上（文帝）好爲文章，自謂人莫能及，照悟其旨，爲文章多鄙言累句。咸謂照才盡，實不然也。〔註168〕」這可見鮑照爲文的順從性，於是投帝王宗室之所好也極其自然，如其〈代白紵舞歌辭四首〉即是奉始興王之命所作〔註169〕。然而在鮑照諸多民歌風格詩作中，尤其以〈中興歌十首〉最能顯示出帝王宗室意志的擴張。

此作無論是爲獻給宋文帝或獻給孝武帝所作〔註170〕，其爲頌美帝王而作則無疑，然而此頌美帝王之作，卻有濃郁的民歌風味，如〈中興歌十首〉：

其四：白日照前窗，玲瓏綺羅中。美人掩輕扇，含思歌春風。

其五：三五容色滿，四五妙華歇。已輸春日歡，分隨秋光沒。

〔註171〕

其餘各首與此二例相同，所採取的都是流行的俗曲（五言四句）形式、流麗的民歌語言，甚且上舉「其四」一首，堪稱爲「艷詩」〔註172〕。

就文學傳統而言，頌美朝廷、帝王之詩作，採用俗曲的形式是極爲不尋常的現象，這或許有文學趣味正在改變的意味，但更重要的是，如果統治者認爲在這樣重要的場合採用俗曲形式是不恰當的，「以鮑照身份之低微，他

民歌，把它譜入音樂，就可稱爲『制作』。」說見氏著《樂府詩述論（增補本）》（上海：上海古籍出版社，2006），頁50。

〔註166〕《（新校本）宋書》卷十九〈樂志一〉：「〈懊憹哥〉者，晉隆安初，民間訛謠之曲。……宋少帝更制新哥，太祖常謂之〈中朝曲〉。」（頁550）。

〔註167〕以上三曲之紀錄，見（後晉）劉昫撰；楊家駱主編《（新校本）舊唐書》（台北：鼎文書局，1976），卷二十九，〈音樂志二〉，頁1065。

〔註168〕《（新校本）南史》卷十三，頁360。

〔註169〕今尚存鮑照〈奉始興王白紵舞曲啓〉，見〔南朝宋〕鮑照著；錢仲聯增補集說校《鮑參軍集注》，頁82。

〔註170〕鮑照〈中興歌〉，有獻給文帝或孝武帝二說，見蘇瑞隆《鮑照詩文研究》，頁258～259。

〔註171〕二詩，見〔南朝宋〕鮑照著；錢仲聯增補集說校《鮑參軍集注》，頁214、215。

〔註172〕林文月先生在論述南朝宮體詩之形成時，即曾舉鮑照此詩爲例，並稱之爲「艷詩」。見氏著〈南朝宮體詩研究〉，收入羅聯添編《中國文學史論文選集（二）》（台北：台灣學生書局，1983再版），頁606。

也絕不敢選擇這樣的形式來創作自己的詩歌」〔註173〕。尤其是此作「其十」之「願君松柏心，采照無窮極」〔註174〕，以民歌常見之雙關手法，藉「采照」一語寄寓希望得到拔擢的用意，則鮑照更不可能以違反帝王意志的方式從事創作。因此鮑照〈中興歌十首〉之意義便十分醒目，顯示出帝王、宗室意志之擴張，而這正意味著所謂之「朝章大典」不再專由士族文化所主導，皇權正積極擺脫士族之介入，欲以自身之意志建立朝廷文化的運作方式。

對比於南朝初期，士族堅持朝章大典的典正風格，更可見出鮑照以民歌頌美帝王的重大意義。《宋書·樂志一》載：

> 順帝昇明二年，尚書令王僧虔上表言之，并論三調哥曰：「自頃家競新哇，人尚謠俗，……排斥典正，崇長煩淫。士有等差，無故不可以去禮，樂有攸序，長幼不可以共聞，故喧醜之制，日盛於廛里，風味之韻，獨盡於衣冠。」〔註175〕

由此可知，在「人尚謠俗」的時代風氣裡，士族對於朝廷之典章制度，仍是堅持「典正」、「樂有攸序」的正當性，這自然不能容許俗曲進入廟堂。然而在皇權擴張之下，帝王之意志可透過寒士之才學伸張，不必處處受制於士族的文化資源，尤其在帝王不信任士族的情況下，皇權與寒士之才學也因此得以形成更緊密的結合。如「〔宋〕孝武親覽朝政，不任大臣，而腹心耳目不得無所委寄」，於是「頗知古今」的戴法興、「涉獵文史」的巢尚之等寒人便受宋孝武帝重用，「凡選授遷轉誅賞大處分，上皆與法興、尚之參懷」〔註176〕。又如徐爰，「便僻善事人，能得人主微旨，頗涉書傳，尤悉朝儀。元嘉初，便入侍左右，預參顧問。長於附會，又飾以典文，故為文帝所任遇。大明世，委寄尤重，朝廷大禮儀，非爰議不行。雖復當時碩學所解過之者，既不敢立異議，所言亦不見從」〔註177〕。由此可見，皇權即使不與士族合

〔註173〕蘇瑞隆《鮑照詩文研究》，頁260。又，蘇瑞隆此書之第七章「劉宋諸王對鮑照詩歌創作的影響」專論劉宋帝王宗室對鮑照的影響（頁 246～271），本文此處多參用之。

〔註174〕〔南朝宋〕鮑照著；錢仲聯增補集說校《鮑參軍集注》，頁216。

〔註175〕《（新校本）宋書》卷十九，頁553。

〔註176〕《（新校本）南史》卷七十七〈恩倖傳〉，頁1915。除此之外，本傳對寒士之才學也多所肯定，如此傳〈序〉亦云：「舍人之任……孝武以來，士庶雜選，如東海鮑照以才學知名，又用魯郡巢尚之，江夏王義恭以為非選。帝遣尚之送尚書四十餘牒，宣敕論辯，義恭乃嘆曰：『人主誠知人。』」（頁 1914）

〔註177〕同上，頁1918。

作，也能借重寒士之才學，以建立附會於皇權的運作模式。

於是在士族逐漸遠離實權的現實環境下，對於宮廷的作爲也不得不妥協，「既不敢立異議，所言亦不見從」，鮮明地表達了士族的無可奈何。既然不能遏止皇權介入宮廷文化的建立，於是只能妥協，而士族的妥協之法，仍是運用分類的觀念，即切分出宮廷中一個「私」的區域，以與「公」相區別。換言之，以顏延之爲代表的，將一切宮廷文化歸屬於朝章大典性質、歸屬於士族文化領導的現象，在皇權擴張之下縮減。這最顯著的現象，便是南朝公宴的儀式化與公宴的私宴化現象共存，亦即二者被視爲分屬於不同場合、不同類別，因而皆得以合理存在。（詳下文）。

可以說，鮑照以其寒士地位，在南朝皇權與士族兩種勢力的拉拒之中，其所代表的意義是多方面的。一方面必須在順從士族的文學好尙、成就中，力求新變以取得在文學場域中的地位；另一方面，又必須順從帝王宗室的文學品味以取得進身之階。這是南朝寒士的文學處境，而以鮑照最爲代表。

就前者而言，鮑照推極士族，尤其謝靈運逼眞的寫景手法，使其寫景取得了傑出的成就、造就了聲名，這不但使謝靈運的對抗意識隱沒，也使時人更加關注於文字組構方式所能形成的審美效果，此正如方東樹對鮑照著名之〈登廬山〉的評論：

> 此不必定見爲廬山詩，又不必定見爲鮑照所作也。換一人，換
> 一山，皆可施用。……然則今何取乎？曰：取其造句奇峭生拗耳。

〔註178〕

這指出了鮑照以「造句奇峭生拗」，造就了寫景的突出，讀者對詩中形象的強烈感受，可以與實況無關。這自然使欲以詩成名者，將眼光轉向詩的文字組構部分，情志在詩中的地位也將逐漸退卻，一如顏延之公宴詩作不表主體之眞情實感，情志乃作者在詩中得以「安排」的項目。

就後者而言，鮑照以其才學，凸顯了南朝類優先性的荒謬，此正是鍾嶸嗟其「才秀人微」所隱含的意義：既然「才秀」但卻「人微」，正因「類」比「才」更具重要性。而鮑照藉其才學與皇權的擴張結合，使宮廷文化出現新形式，在士族無力對抗下，朝廷「公」、「私」領域的劃分，也對南朝文學形成巨大的影響。而這也側面反映出南朝士族以「類」的區分解決問題的強大

〔註178〕〔清〕方東樹著；汪紹楹校點《昭昧詹言》（北京：人民文學出版社，2006
五刷），卷六，頁170。

心理力量。

第二節　仕隱的場所意識

一、「跡」對「隱」的影響

　　南朝強化外在世界的客觀性，使得人的主觀性所具有的建構作用，在外在世界意義的形成過程中被隱蔽了，於是意義彷彿爲外在世界所自有，從而透過人的感知能力而得以揭露。由於萬事萬物皆源於道，因此皆有其合理存在的理由，於是各種不同的事物，以其各自不同的意義，而皆得以在世界中佔有特殊的地位。

　　以此角度考察謝靈運的觀點，便得以推得謝靈運之所以在傳統的仕、隱兩類生活之外，又基於場所之不同，汲汲於再區分隱居及朝市生活之種種類別的原因。因爲就重視「跡」的謝靈運而言，由於「跡」自有其意義，因此對「跡」的細加區分，更能顯示出行動的不同意義。謝靈運〈山居賦（並序、注）〉在其序中開宗明義即標明數種場所差異：

> 古巢居穴處曰巖棲，棟宇居山曰山居，在林野曰丘園，在郊郭曰城傍，四者不同，可以理推。言心也，黃屋實不殊於汾陽。即事也，山居良有異乎市廛。……覽者廢張、左之艷辭，尋臺、皓之深意，去飾取素，儻值其心耳。〔註179〕

　　就「尋臺、皓之深意」而言，可知謝靈運有意藉臺孝威、商山四皓等隱士，引導讀者以隱居的角度接受賦中之深意，因此「巖棲」、「山居」、「丘園」、「城傍」四者，可謂爲隱居的場所之別。與隱居相對的朝市生活，在文中雖未明確指出，但就其所涉及的場所而言，則有「黃屋」與「市廛」兩類。

　　而謝靈運如此劃分類別有何用意？若以「言心也，黃屋實不殊於汾陽」而論，則謝靈運仍是在朝隱觀的籠罩之下，如此，則無處不可，何需細分諸類別？因此就謝靈運「或許是最早指出遠離人寰的山林如何區別於人類社會周邊的詩人〔註180〕」而言，此賦更重要的意義應在於下一句：「即事也，山居良有異乎市廛」，而這正是謝靈運重「跡」之意。在此賦之自注中，謝靈運將此意透露得更清楚：

〔註179〕〔南朝宋〕謝靈運著；顧紹柏校注《謝靈運集校注》，頁449。
〔註180〕蕭馳《詩境與佛法》（北京：中華書局，2005），頁19。

《易》云，上古穴居野處，後世聖人易之以宮室，上棟下宇，

以蔽風雨，蓋取諸《大壯》。……謂巖壑道深於丘園，而不爲巢穴，

斯免□□得寒暑之適，雖是築構，無妨非朝市云云。〔註181〕

　　此段引文雖有缺字，但並不妨礙文義理解。其中「巖壑道深於丘園」的論斷，明顯可知謝靈運對於諸場所的劃分，實際上是寄寓道有淺深之意，此自然與「黃屋實不殊於汾陽」的朝隱觀大異其趣。

　　而「巖壑道深於丘園」又蘊含了距離朝市愈遠，則道愈深之意，於是愈是人所不能至，愈是「幽人憩止之鄉」〔註182〕。此所以謝靈運好遊人所不能至之處，並由此而具有「第一人」的象徵意義。雖然就此而論，巖壑具有更崇高的價值，但謝靈運終究不能選擇「巢居穴處」的「巖棲」，其原因依此賦自注是「性情各有所便，山居是其宜也」〔註183〕，具體言之，真正的原因恐怕是生活過於艱辛。其〈齋中讀書〉：「昔余遊京華，未嘗廢丘壑。矧乃歸山川，心跡雙寂漠。……懷抱觀古今，寢食展戲謔。既笑沮溺苦，又哂子雲閣。執戟亦以疲，耕稼豈云樂。〔註184〕」爲了隱居而艱苦生活，自然不能爲謝靈運所接受。姑無論原因爲何，選擇「山居」便免不了適己之性、個人偏好的因素，而這也就難免主觀任意性。如此，無論選擇何者，都不能突出價值的高下之別，「跡」的分別也將失去意義。爲能解決這種困境，於是聖人便出場了，此即「《易》云，上古穴居野處，後世聖人易之以宮室，上棟下宇，以蔽風雨，蓋取諸《大壯》」。既然是聖人之言，便將主觀任意性排除，棟宇居山就不僅是個人適性的選擇，同時也是聖人教誨的客觀真理。於是棟宇居山雖不如巖棲之極端，但在聖人的支持下，其價值也不必在巖棲之下，也因此道深、道淺的比較，謝靈運是以巖壑、丘園二者作爲比較對象，而不及於其間的山居。其中尤可注意的是「雖是築構，無妨非朝市」，築構棟宇處處皆有，即便丘園、城傍亦是，而謝靈運卻獨獨強調與朝市有別，可見謝靈運所關切的乃是不容與朝市相混，如此念茲在茲，正是堅持隱居對立於朝市的意義。

　　當然，謝靈運也並非單純地唯「跡」是論。若只論「跡」之是否在山，

〔註181〕〔南朝宋〕謝靈運著；顧紹柏校注《謝靈運集校注》，頁450。

〔註182〕此賦謝靈運自注：「千乘燕嬉之所，非幽人憩止之鄉。」見同上，頁451。這明顯是將二者對立，更不會是黃屋不異汾陽之論。

〔註183〕同上，頁451。

〔註184〕同上，頁91～92。

則樵、隱又有何別？因此謝靈運也說「樵隱俱在山，由來事不同」〔註185〕，在「跡」相同之外，尚須分辨其「事」。〈山居賦（並序、注）〉中對「事」之重視也有申明：

　　　銅陵之奧，卓氏充鈆摼之端；金谷之麗，石子致音徽之觀。徒形域之薈蔚，惜事異於栖盤。〔註186〕

卓王孫、石崇雖有形域薈蔚的珍麗之地，但卓氏重在山林資源之掠奪，石氏則視之爲宴樂歡聚之處，二者皆「事異於栖盤」。對於謝靈運來說，隱居應當「選自然之神麗，盡高棲之意得」，卓、石二人雖有神麗之地，但卻無高棲之意。擴而言之，陶淵明式的躬耕隱居，就謝靈運來看是「耕稼豈云樂」，自然也不是在神麗的山水中「盡高棲之意得」〔註187〕。

正因爲重視「意得」，因此謝靈運對「跡」的堅持並不徹底，這也就爲「性情各有所便」留下了廣闊的空間，換言之，不拘於「跡」而重適性逍遙，始終未曾在謝靈運的觀念中退場。但謝靈運既有意以其隱對抗於朝，因此客觀世界的區分及「跡」的不同意義，在謝靈運的觀念中仍佔有更爲突出的地位。但隨著士族認清現實處境，與皇權有了更多的妥協，這自然使士族與皇權的關係改變。尤其士族不干朝政的自保之道，使「性情各有所便」及「意得」觀念的張揚，成爲順理成章之事。「隱」所具有的謝靈運式的對抗意義，也自然隨之消退〔註188〕。但「跡」之意識，卻始終不曾消失，仍或隱或顯地在「隱」中持續發揮影響力。

〔註185〕謝靈運〈田南樹園激流植援〉，〔南朝宋〕謝靈運著；顧紹柏校注《謝靈運集校注》，頁168。又，類似的觀點在南朝應是甚爲流行，《（新校本）南齊書》卷五十四〈高逸傳序〉也說：「不然，與樵者之在山，何殊別哉？」（頁925～926）

〔註186〕〔南朝宋〕謝靈運著；顧紹柏校注《謝靈運集校注》，頁450。

〔註187〕這種認知不僅止於謝靈運，應是其時頗爲流行的觀點，故鍾嶸雖評價陶淵明爲「古今隱逸詩人之宗」，但尚須爲其詩辨明非僅「田家語」而已。而此正可見當時不少人視陶淵明之田家隱居，與高棲隱居尚有一段距離。鍾嶸語，見〔梁〕鍾嶸撰；陳延傑注《詩品注》，頁25。

〔註188〕「隱」當然並不是只具有對抗意義，《後漢書‧逸民傳序》即載有多種隱居動機：「或隱居以求其志，或回避以全其道，或靜已以鎮其躁，或去危以圖其安，或垢俗以動其概，或疵物以激其清。然觀其甘心畎畝之中，憔悴江海之上，豈必親魚鳥、樂林草哉！亦云性分所至而已。」見〔劉宋〕范曄撰；楊家駱主編《（新校本）後漢書》（台北：鼎文書局，1977），卷八十三，頁2755。本文著重在士族與政權的關係，故觀察範圍在對抗、凌駕、妥協之方面，其他種種動機則不具論。

　　於是就出仕的一面看隱居，南朝一如前代，「隱」展現爲不以世務經懷的朝隱形態，也可說是隨處可見的，如張緒「爲尙書倉部郎，都令史諮郡縣米事，緒蕭然直視，不以經懷」；謝朓「在郡不省雜事，悉付綱紀」；王俊「爲侍中以後，雖不退身，亦淡然自守，無所營務」；張率「雖歷居職務，未嘗留心簿領」；王規「不理郡事」〔註189〕。隨之而來，「跡塵圭組，心逸江湖」、「跡屈岩廊之下，神遊江海之上」、「形雖廟堂，心猶江海」、「遊魏闕而不殊江海，入朝廷而靡異山林」之類描述朝隱的用語，也成爲讚美之辭而充斥南朝〔註190〕。

　　但除了這類以無心任事爲「隱」的傳統朝隱形態外，「跡」的意識也進入了朝隱的行爲表現之中，周顒的「休沐之隱」，即是其中一種特殊的在官而隱的形式。《南齊書・周顒傳》載：

> 解褐海陵國侍郎。益州刺史蕭惠開賞異顒，携入蜀，爲屬鋒將軍，帶肥鄉、成都二縣令。轉惠開輔國府參軍，將軍、令如故。仍爲府主簿。……宋明帝頗好言理，以顒有辭義，引入殿内，親近宿直。……轉安成王撫軍行參軍。元徽初，出爲剡令，有恩惠，百姓思之。還歷邵陵王南中郎三府參軍。……轉齊臺殿中郎……建元初，爲長沙王參軍，後軍參軍，山陰令。……爲文惠太子中軍錄事參軍，隨府轉征北。文惠在東宮，顒還正員郎，始興王前軍諮議。直侍殿省，復見賞遇。……顒於鍾山西立隱舍，休沐則歸之。轉太子僕，兼著作，撰起居注。遷中書郎，兼著作如故。常游侍東宮。……清貧寡欲，終日長蔬食。雖有妻子，獨處山舍。……轉國子博士，兼著作如故。……顒卒官時，……官爲給事中。〔註191〕

　　依本傳所述，周顒終身爲仕、遍歷諸官，觀其「有恩惠，百姓思之」，則

〔註189〕 以上分見《（新校本）南齊書》卷三十三〈張緒傳〉，頁 600、《（新校本）梁書》卷十五〈謝朓傳〉，頁 262、《（新校本）梁書》卷二十一〈王俊傳〉，頁 321、《（新校本）梁書》卷三十三〈張率傳〉，頁 478、《（新校本）梁書》四十一〈王規傳〉，頁 582。

〔註190〕 以上用語。分見王融〈爲竟陵王與隱士劉虯書〉（見〔清〕嚴可均輯：陳延嘉等校點《全上古三代秦漢三國六朝文・全齊文（第六冊）》卷十二，頁 742。）、沈約〈謝齊竟陵王教撰「高士傳」啓〉（《全梁文（第七冊)》卷二十八，頁 290）、沈約〈司徒謝朓墓誌銘〉（《全梁文（第七冊）》卷三十，頁 315）、王僧孺〈「詹事徐府君集」序〉（《全梁文（第七冊）》卷五十一，頁 512）。

〔註191〕 《（新校本）南齊書》卷四十一，頁 730～734。

其人也非「不省雜事」、「不理郡事」的朝隱之輩。然至休沐之日，則獨處於山中所立之「隱舍」，可見周顒平日爲官，至休沐則其「跡」在山，這也成朝隱的一種方式。

另外，就不仕的一面看隱居，雖南朝不乏安貧樂道、甘心皋壤者，但依附衣食來源而隱居，在時人眼中亦無愧於「高逸」。《南齊書・高逸・明僧紹傳》：

> 僧紹弟慶符，爲青州，僧紹乏糧食，隨慶符之鬱洲，住弇榆山，栖雲精舍，欣玩水石，竟不一入州城。……慶符罷任，僧紹隨歸，住江乘攝山。太祖謂慶符曰：「卿兄高尚其事，亦堯之外臣。朕雖不相接，有時通夢。」遺僧紹竹根如意，筍籜冠。〔註192〕

明僧紹爲了衣食無虞而依附其弟，並隨其弟之所在而轉移隱居之地，但這並無礙其行之「高尚」、爲帝王所禮遇。至於號稱「山中宰相」的陶弘景，其隱居更是熱鬧非凡，《梁書・處士・陶弘景傳》：

> 乃中山立館，自號華陽隱居。……遍歷名山，尋訪仙藥。每經澗谷，必坐臥其間，吟咏盤桓，不能已已。時沈約爲東陽郡守，高其志節，累書要之，不至。……永元初，更築三層樓，弘景處其上，弟子居其中，賓客至其下，與物遂絕，唯一家僮得侍其旁。……義師平建康，聞議禪代，弘景援引圖讖，數處皆成「梁」字，令弟子進之。高祖既早與之游，及即位後，恩禮逾篤，書問不絕，冠蓋相望。〔註193〕

隱居於山而帝王「恩禮逾篤」，以至於山中「冠蓋相望」，則山居何異於朝市。因此蕭繹〈全德志論〉便可說是時人普遍的心態：

> 物我俱忘，無貶廊廟之器；動寂同遣，何累經綸之才。雖坐三槐，不妨家有三徑；接五侯，不妨門垂五柳。但使良園廣宅，面水帶山。饒甘果而足花卉，葆筠篁而玩魚鳥。九月肅霜，時飧田畯，三春捧繭，乍酬蠶妾。酌升酒而歌南山，烹羔豚而擊西缶。或出或處，並以全身爲貴；優之游之，咸以忘懷自逸。〔註194〕

無論是官是隱，在豐衣足食中欣玩山水、忘懷自逸，這使得山水成爲享

〔註192〕同上，卷五十四，頁 927～928。

〔註193〕《（新校本）梁書》卷五十一，頁 742～743。

〔註194〕〔清〕嚴可均輯；陳延嘉等校點《全上古三代秦漢三國六朝文・全梁文（第七冊）》卷十七，頁 183。

樂的一環，而這正是時人的生活理想。在這樣的心態下，很難說仕與隱有何差別。

雖說如此，但是不仕之隱的地位仍十分崇高，且往往被視爲高於仕，如《梁書・處士・沈顒傳》：

> 顒從叔勃，貴顯齊世，每還吳興，賓客塡咽，顒不至其門。勃
> 就見，顒送迎不越於閾。勃嘆息曰：「吾乃今知貴不如賤。」……天
> 監四年，大舉北伐，訂民丁，吳興太守柳惲以顒從役，揚州別駕陸
> 任以書責之，惲大慚，厚禮而遣之。〔註195〕

沈勃「貴不如賤」之感嘆、柳惲之大慚，都可見不仕之隱的崇高地位。或如《梁書・處士傳序》對諸種「隱」的總結性評論：

> 古之隱者，或恥聞禪代，高讓帝王，以萬乘爲垢辱，之死亡而
> 無悔。此則輕生重道，希世間出，隱之上者也。或托仕監門，寄臣
> 柱下，居易而以求其志，處污而不愧其色。此所謂大隱隱於市朝，
> 又其次也。或裸體佯狂，盲瘖絕世，棄禮樂以反道，忍孝慈而不恤。
> 此全身遠害，得大雅之道，又其次也。〔註196〕

這顯然是以「隱之上者」的不仕，優於「大隱隱於市朝」的朝隱。並且姚察於本傳傳論中說：「世之誣處士者，多云純盜虛名，而無適用，蓋有負其實者。若諸葛璩之學術，阮孝緒之簿閥，其取進也豈難哉？終於隱居，固亦性而已矣。〔註197〕」強調了隱居不仕者，並非其人才學不足，而是依於各人性分的價值選擇。於是隱居的理由，突出了性分的因素，在已然得出不仕優於朝隱的結論下，不仕者的性分自是優於朝隱者。因此朝隱之風雖盛行於南朝，但是「隱之上者」的觀念仍不能不形成壓力。於是就價值選擇而言，既然隱居不仕最爲崇高，這自然也就使在朝、在野之「跡」，仍爲時人所持續關注。

但是艱辛、寂寞的山野隱居生活，卻又非常人所能忍受〔註198〕，如上所言，時人「全德志」的理想，已然是在豐衣足食中欣玩山水的享樂思想，如

〔註195〕《（新校本）梁書》卷五十一，頁745。

〔註196〕同上，頁731。

〔註197〕同上，頁753。

〔註198〕謝靈運即曾表達「謝平生於知遊，栖清曠於山川」、「顧情交之永絕」及「非田無以立」的觀點。見〈山居賦（並序、注）〉，〔南朝宋〕謝靈運著；顧紹柏校注《謝靈運集校注》，頁451、455。

此，自然不願如謝靈運之山居寂寞、更不願如古之隱者的枯槁於巖棲，「隱」
的場所自然位移。《南史·袁粲傳》載：

> 粲負才尚氣，愛好虛遠，雖位任隆重，不以事務經懷。獨步園
> 林，詩酒自適。家居負郭，每杖策逍遙，當其意得，悠然忘反。……
> 嘗作五言詩，言「訪迹雖中宇，循寄乃滄洲」。蓋其志也。〔註199〕

袁粲「雖位任隆重，不以事務經懷」，這與其時盛行之朝隱作風無別，但
卻突出了袁粲另有其逍遙之場所──「家居負郭」。而這並非袁粲恰巧家居於
此，因而便在此逍遙而已，事實上在時人眼中，「家居負郭」乃是實踐「隱」
之價值的恰當場所。如張纘〈謝東宮賚園啓〉，即明確顯示出「郊郭」所具有
的「隱」的價值：

> 性愛山泉，頗樂閑曠。雖復服膺堯門，情存魏闕。至於一丘一
> 壑，自謂出處無辨。常願卜居幽僻，屏避喧塵。傍山臨流，面郊負
> 郭。依林結宇，息桃李之夏蔭；對徑開軒，采桔柚之秋實。〔註200〕

其中「雖復服膺堯門，情存魏闕」、「出處無辨」之說，也是其時朝隱觀
的表達，但尤可注意的是，由其「願」中所呈顯出的價值選擇。張纘自述其
「性愛山泉，頗樂閑曠」，而這種性分最恰當的實踐場所，即是其所「願」
的「面郊負郭」之處。「隱」的最佳場所，明顯已由謝靈運之「山居」位移
至「郊郭」。

雖然就謝靈運重「跡」以分類「隱」的方式而言，「郊郭」爲「隱」的
最低層次，但身在「郊郭」之「跡」，依然歸屬於「隱」，這在時人的認知中，
與身在市朝之「跡」仍有著差別。因此，重視「意得」雖然使得隱居之場所
得以位移，但所在場所具有「跡」之價值的觀念，仍不斷地發揮著影響力，
故而時人強調「恣心所適」以求其「意得」，彷彿可以無入而不自得，但實
際上「跡」的意識，仍在時人「恣心所適」時，拘限著時人的行動。《梁書·
處士·何點傳》載：

> （何）點雖不入城府，而遨游人世，不簪不帶，或駕柴車，躡
> 草屩，恣心所適，致醉而歸，士大夫多慕從之，時人號爲「通隱」。
> 〔註201〕

〔註199〕《（新校本）南史》卷二十六，頁704。
〔註200〕〔清〕嚴可均輯；陳延嘉等校點《全上古三代秦漢三國六朝文·全梁文（第
七冊）》卷六十四，頁665。
〔註201〕《（新校本）梁書》卷五十一，頁732。

強調其「恣心所適」自然就是重視適性意得了，可是尤當注意的是，場所空間的區分、「跡」的意識並不就此消退。因此何點雖然「遨游人世」，但是「不入城府」，這正如前文所言及之明僧紹「竟不一入州城」一般，將自己遨遊的範圍，限制在「城府」、「州城」之外，而這顯然便是「跡」的意識所造成的結果。換言之，雖然看似「恣心」，實際上仍是遷就於「跡」而自限。可見「跡」自有其意義的觀念，依然具有十分重大的影響力。

二、「跡」與仿擬自然山水現象

「跡」自具意義，但又難以寂寞憔悴於山野，於是自然山水便透過形貌的仿擬，被轉移至居家園林之中。而仿擬了山林泉石的形貌，也就仿擬了涉足園林者身在山野之「跡」。固然，在園林中興發玄遠之想者，在南朝前已然，如前已言及之東晉簡文帝。但這種居宅而盛營山水、仿擬自然的現象，在南朝方大量出現，因此南朝相關的紀錄比比皆是，可以說是南朝重要的文化特徵：

《宋書・隱逸・戴顒傳》：桐廬僻遠，難以養疾，乃出居吳下。吳下士人共為築室，聚石引水，植林開澗，少時繁密，有若自然。〔註202〕

《南齊書・文惠太子傳》：開拓玄圃園，與臺城北塹等，其中樓觀塔宇，多聚奇石，妙極山水。〔註203〕

《南齊書・孔稚圭傳》：不樂世務，居宅盛營山水，憑机獨酌，傍無雜事。門庭之內，草萊不剪，中有蛙鳴，或問之曰：「欲為陳蕃乎？」稚圭笑曰：「我以此當兩部鼓吹，何必期效仲舉。」〔註204〕

《南史・齊宗室・蕭鈞傳》：會稽孔珪家起園，列植桐柳，多構山泉，殆窮真趣，鈞往游之。珪曰：「殿下處朱門，遊紫闥，詎得與山人交邪？」答曰：「身處朱門，而情游江海，形入紫闥，而意在青雲。」珪大美之。〔註205〕

《南史・梁宗室下・南平元襄王偉傳》：齊世青溪宮改為芳林苑，

〔註202〕《（新校本）宋書》卷九十三，頁2277。
〔註203〕《（新校本）南齊書》卷二十一，頁401。
〔註204〕同上，卷四十八，頁804。
〔註205〕《（新校本）南史》卷四十一，頁1038。

> 天監初，賜偉為第。又加穿築，果木珍奇，窮極彫靡，有侔造化。
〔註206〕

這種「居宅盛營山水」的現象也擴及至皇家宗室的園林，其目的則在於使所居「有若自然」、「妙極山水」、「有侔造化」以「殆窮真趣」，而推動如此作為的意識不難明瞭：場所及場所所象徵的意義，透過逼真仿擬而位移至居家園林之中。於是其人即使非身處現實的深山野林，但卻也彷彿有身在山林之「跡」，而山林所具有的高貴性象徵意義，也可藉由山林的形貌而得以指涉。這正如沈約《宋書・隱逸傳論》所說：

> 且巖壑閒遠，水石清華，雖復崇門八襲，高城萬雉，莫不蓄壤開泉，髣髴林澤。故知松山桂渚，非止素玩，碧澗清潭，翻成麗矚。掛冠東都，夫何難之有哉。〔註207〕

雖「崇門八襲，高城萬雉」，但也裝飾得「髣髴林澤」，然而就在沈約敘述了豪門大宅中的「松山桂渚」、「碧澗清潭」之後，緊接著就是「掛冠東都，夫何難之有哉」的結論。在沈約的聯想中，山水及山水所指涉的隱居生活，二者的連結極其自然，這在沈約的敘述脈絡中是十分明顯的。也就是說，居家園林中的盛營山水，明顯不只是因為山水之美而已，山水所具有的「隱」的象徵意義，隨著山水形貌的仿擬也進入園林之中。故所面對的即便是人工營造的山水，往往也是興發玄遠的心境、隱逸的情趣。換言之，仿擬自然山水形塑了高樓的場所，即使這場所不在現實的深山野林。

這種藉仿擬自然山水以成其「高樓之意得」的心態，實際上是已預認空間的區分意義，也就是說，現實所居之地、所在的空間不在山野，因此「跡」便落於下乘，所以有必要提升之。而其提升之法，便是仿擬山野的空間特徵，這顯然是預認山野是另一處空間，且是更具有價值的空間。故而南朝士族雖然仍然延續著前代以不經世務為朝隱的風氣，但是「跡」、世界客觀化意識的強化，已經具有不容小覷的影響力，這就使得現實所居之處，有了仿擬他處的必要。表面上看，士族似乎放棄了謝靈運式的山居價值，似乎不再重視謝靈運所強調之「跡」。但事實上，空間區分、「跡」的意識，始終縈繞在時人心中。

由此可知，南朝世界客觀化意識的強化，順理成章地促成世界空間的區

〔註206〕同上，卷五十二，頁1291。
〔註207〕《（新校本）宋書》卷九十三，頁2297。

分，謝靈運切分諸種「跡」以區分各種不同意義，正是這種區分世界空間意識的表現。雖然在現實環境中，士族無法或不願如謝靈運一般，以其山居之「跡」，顯示其人之「道深」，因此轉而更加重視「意得」的部分，但「跡」的空間意識依然深入人心，並不因強調「意得」而消失。於是士族一方面與現實妥協，一方面又維持「跡」的區分意義，這使得仿擬自然山水以入於居宅的現象，在南朝大量出現。雖然實際所處的現實位置不在山野，但仿擬他處的意識，正是空間區分、「跡」自有其意義的表現。

第三節　朝廷的公私領域區分

一、劉宋時代的概況

如前文所言，隨著皇權的伸張，帝王宗室也突出了其文學品味對文學發展的影響。在劉宋時代，顏延之所代表的廊廟詩作，顯現了士族以其難以企及的文化修養，「指導」皇權實踐的文學形式，於是各種形態的公宴詩，一概「朝章大典」化。但隨著皇權的強化及士族依附皇權程度的提高，帝王宗室的意志也得到一定的張揚，於是朝廷的活動並不完全順從士族的「指導」，自然也不一味地「朝章大典」化。前文已言及，鮑照正以其文才，順從帝王宗室的品味創作，「俗」的因素也就堂而皇之地進入「雅」的殿堂，而這原本就是士族不屑為而非不能為的項目。《世說新語・言語》載：

> 桓玄問羊孚：「何以共重吳聲？」羊曰：「當以其妖而浮。」
> 〔註208〕

羊孚批評「共重吳聲」，乃因吳聲「妖而浮」之故，其評論充滿鄙視之意可知，但其中也透露出「共重吳聲」的訊息。而此「共重吳聲」者，在士庶「比門接棟」的情況之下，自然也包含士族在內。《宋書・王弘傳》中記錄了元嘉年間一場士族在里伍中是否應與庶民連坐的辯論，其中王弘針對諸大臣的意見，提出總結性的發言：

> 諸議云士庶緬絕，不相參知，則士人犯法，庶民得不知。若庶民不許不知，何許士人不知。小民自非超然簡獨，永絕塵粃者，比門接棟，小以為意，終自聞知，不必須日夕來往也。……如衰

〔註208〕〔南朝宋〕劉義慶撰；余嘉錫箋疏《世說新語箋疏》，頁157。

陵士人，實與里巷關接，相知情狀，乃當於冠帶小民。〔註209〕

其中王弘「若庶民不許不知，何許士人不知」的詰問，乃用以反駁諸大臣所持「士庶縕絕」，因此士人不知庶民狀況，故不必與庶民連坐的觀點。亦即王弘順諸大臣的觀點反推：若「士庶縕絕」，則不只是士人不知庶民狀況，同時也是「士人犯法，庶民得不知」。若士人因不知而不必連坐，則庶民也可因不知而不需與士人連坐。這結論隱含著庶民與士人地位相等的意義，勢必不能爲諸大臣所接受，但這結論卻是順諸大臣的邏輯而得，諸大臣即便不能接受也難以反駁。

在王弘反駁了諸大臣的論點之後，王弘即揭露實情：所謂的「士庶縕絕」是指社會身份的懸殊，但並不意謂居處的隔絕，士庶仍是可「相參知」的。士庶事實上是「比門接棟」而居，因此小民並非在士人觀察所及的範圍之外，所以庶人的情況只要士人「小以爲意，終自聞知」。更何況那些已經衰陵沒落的士人，實際上已是「冠帶小民」，除仍具有「士」的身份之外與小民無異，則更是與庶人「里巷關接」，更沒有「不相參知」的道理。

本次辯論發言者既多，所涉及之問題亦廣〔註210〕，本段文字自也不脫討論士庶連坐的問題，但卻於其中反映出士族實際上並不與庶民隔絕的現象，由此可知，民間流行的所謂「委巷之歌」，士族事實上也是「小以爲意，終自聞知」，也因此得以有上文所謂「共重吳聲」的風氣。《晉書·王恭傳》載：

道子嘗集朝士，置酒於東府，尚書令謝石因醉爲委巷之歌，

恭正色曰：「居端右之重，集藩王之第，而肆淫聲，欲令群下何所

取則！」〔註211〕

可見謝石對於「委巷之歌」已然熟知，但王恭之批評，也可見堅持典正者，不容許「淫聲」在正式場合出現。

雖然士族對「委巷之歌」採取貶抑的態度，但是也並非全然不能接受，如「士族文人學習民歌作詩，東晉以來，始作俑者是王獻之，獻之作〈桃葉歌三首〉〔註212〕」。此後謝惠連即以「工爲綺麗歌謠，風人第一」知名〔註213〕，

〔註209〕《（新校本）宋書》卷四十二，頁1320。

〔註210〕有關此次士庶連坐的辯論及其中所涉及的身份制度的分析，見李天石《中國中古良賤身份制度研究》（南京：南京師範大學出版社，2003），頁155～168。

〔註211〕《（新校本）晉書》卷八十四，頁2184。

〔註212〕閻采平《齊梁詩歌研究》（北京：北京大學出版社，1994），頁164。〈桃葉歌三首〉見逯欽立輯校《先秦漢魏晉南北朝詩》，頁903～904。

而謝靈運〈東陽谿中贈答〉也爲充滿民歌風味之作：

> 可憐誰家婦，緣流洗素足。明月在雲間，迢迢不可得。
>
> 可憐誰家郎，緣流乘素舸。但問情若爲，月就雲中墮。〔註214〕

但這畢竟只是少數現象，南朝初期士族對於民歌的態度，仍是以貶抑爲主流，尤其在涉及國家禮樂制度上更是如此，其中王僧虔的言論，可謂最爲典型。《宋書・樂志一》載：

> 順帝昇明二年，尚書令王僧虔上表言之，并論三調哥曰：「……自頃家競新哇，人尚謠俗，務在嘽危，不顧律紀，流宕無涯，未知所極，排斥典正，崇長煩淫。士有等差，無故不可以去禮；樂有攸序，長幼不可以共聞，故諠醜之製，日盛於塵里，風味之韻，獨盡於衣冠。」〔註215〕

王僧虔所謂的「士有等差，無故不可以去禮，樂有攸序，長幼不可以共聞，故諠醜之製，日盛於塵里，風味之韻，獨盡於衣冠」，實際上主要表達的是強調「等差」的態度，因此士族應當堅持高貴的「風味之韻」，以區別於塵里的「諠醜之製」。這自然不只是爲了區分「衣冠」與「塵里」的文化差異，其目的主要還是在於要求國家禮樂制度的「典正」。於是，朝廷既是朝章大典的展示之處，朝廷的文化自當莊重典雅。而由王僧虔的論述，尙可推得其中所隱含的觀點：既然「風味之韻，獨盡於衣冠」，朝廷的文化展現形態就當由士族領導，方能與「塵里」的「諠醜之製」有「等差」。由此可以見出，以顏延之爲代表的廊廟詩作，其中所蘊含的朝廷文化概屬朝章大典的觀念，與王僧虔此段言論所述何其相似！

而宋初的朝廷，也頗能接受朝廷文化的典正規範，如劉裕主政即是「嚴整有法度」，《宋書・武帝紀下》載：「上清簡寡欲，嚴整有法度，未嘗視珠玉輿馬之飾，後庭無紈綺絲竹之音。〔註216〕」這自然抑制了諠醜的俗樂在宮廷的發展。宋少帝荒淫無度被廢，皇太后所下廢帝令歷數其罪，其中「至乃徵召樂府，鳩集伶官，優倡管弦，靡不備奏，珍羞甘膳，有加平日〔註217〕」也爲其罪狀，這也反映時人仍不容「優倡管弦」奏於帝廷的意識。

〔註213〕〔梁〕鍾嶸撰；陳延傑注《詩品注》，頁27。
〔註214〕〔南朝宋〕謝靈運著；顧紹柏校注《謝靈運集校注》，頁151。
〔註215〕《（新校本）宋書》卷十九，頁552～553。
〔註216〕同上，卷三，頁60。
〔註217〕同上，卷四〈少帝紀〉，頁65。

　　但隨著皇權的擴張，帝王的意志也介入朝廷文化的建立，如《宋書·樂志一》載：「孝武大明中，以鞞、拂、雜舞合之鍾石，施於殿庭。」上文所引王僧虔於順帝昇明二年上表，即針對此事，認為「大明中，即以宮縣合和鞞、拂，節數雖會，慮乖雅體。將來知音，或譏聖世」〔註218〕。由王僧虔所評可知，這類恐貽將來之譏、有乖雅體的樂舞，在宋孝武帝之時已公然「施於殿庭」。而由大明以至昇明，其間已歷一、二十年，換言之，士族即便不滿也無力改變。再加上「以才學知名」的文士如鮑照者，順應著帝王宗室品味而創作，這自然也提高了「委巷之歌」的文學價值。於是士族面對這樣的局面，在無力對抗之下只能妥協，而士族的妥協之法仍是區分類別，以使之各得其所。如王僧虔雖然堅持朝章大典的莊重典雅，但對上舉有乖雅體的樂舞，卻並不主張廢除，而是給予另一「恰當」的位置，而這也就與顏延之有了差別，顯現了士族對朝廷文化態度的改變：

　　　　　若謂鍾舞已諧，不欲廢罷，別立哥鍾，以調羽俗，止於別宴，
　　不關朝享，四縣所奏，謹依雅則，斯則舊樂前典，不墜於地。〔註219〕

　　雖然有乖雅體，但只要「止於別宴，不關朝享」，自然也就可以合理存在，但是天子殿庭所奏，仍當「謹依雅則」。這就承認了朝廷可區分領域，一者具有「私」領域性質，不妨謠俗；另一則為「公」領域的朝章大典，必須典正。與顏延之堅持朝廷文化全面的朝章大典化相較，王僧虔區分的態度是十分明顯的，而這也正是士族與皇權再度妥協的表現。

　　然而必須強調，這種區分並不只是順應著士族利益而來的作為，事實上皇權也不會淪落成只是俗文化的代表，皇權同樣也力求成為價值分配的中心。故如《南史·文學傳》載：

　　　　　又有吳邁遠者，好為篇章，宋明帝聞而召之。及見曰：「此人連
　　絕之外，無所復有。」〔註220〕

　　吳邁遠在時人眼中，一如鮑照，也是與湯惠休連類比觀的。《詩品》將吳邁遠列入下品，並云：

　　　　　吳善於風人答贈。……湯休謂遠云：「我詩可為汝詩父。」以訪
　　謝光祿。云：「不然爾，湯可為庶兄。」〔註221〕

────────────

〔註218〕二引文，見同上，卷十九，頁552、553。
〔註219〕同上，頁553。
〔註220〕《（新校本）南史》卷七十二，頁1766。
〔註221〕〔梁〕鍾嶸撰；陳延傑注《詩品注》，頁39。

可見吳邁遠之詩應與湯惠休之「委巷歌謠」風格有近似處〔註222〕。故宋明帝「聞而召之」，表現了對文學的重視，但由明帝之評語充滿鄙夷之意亦可知，明帝對於文士才學的要求，有著十分清楚的自覺。這也就意味著皇族並不意圖建立新的、「平易」的朝廷文化，以取代由顏延之所代表的、仰賴士族深厚才學的典重嚴肅式文化。以此觀之，區分朝廷為「公」、「私」二領域，同時也是皇權之所需。於是士族保有以其才學論述朝章大典的領域，也承認朝廷中遊樂之正當性，而這也是皇權展現的結果。可以說，朝廷文化區分為「公」、「私」二領域，是為士族與皇權權力平衡的作為。

二、蕭齊時代的概況

劉宋後期，士族如王僧虔之屬已然承認朝廷「公」、「私」二領域之區分，至蕭齊，士族除朝章大典的參議之外，更進一步參與朝廷「私」領域的文化。當然，這並不表示士族從此便一致承認領域的區分，如至齊世，不容宮廷趨「俗」者尚大有人在。《南史・袁彖傳》載：

> （袁廓之）為太子洗馬。於時何偃亦稱才人，為文惠太子作〈楊畔歌〉，辭甚側麗，太子甚悅。廓之諫曰：「夫〈楊畔〉者，既非典雅，而聲甚哀思，殿下當降意〈簫〉、〈韶〉，奈何聽亡國之響。」太子改容謝之。〔註223〕

「辭甚側麗」、「既非典雅」之作不容於宮廷，即便是「太子甚悅」也如此，於是在批評之後，結果是「太子改容謝之」。這可見將「朝」視為單一領域的觀念，仍具有相當的影響力。

但是區分的心態已成，且逐步強化，以致於帝王也頗能採取區分的態度看待皇權與士族的文化能力，也因此不必挾皇權在文化領域上壓迫士族。《南齊書・王僧虔傳》載：

> 〔宋〕孝武欲擅書名，僧虔不敢顯跡。大明世，常用掘筆書，以此見容。……（齊）太祖（高帝）善書，及即位，篤好不已。與僧虔賭書畢，謂僧虔曰：「誰為第一？」僧虔曰：「臣書第一，陛下

〔註222〕據逯欽立所輯，今存吳邁遠之作有十一首，大多為樂府。見氏輯校《先秦漢魏晉南北朝詩》，頁1317～1321。但吳邁遠今所存詩，其風格則較近於陸機，如陳延傑所論：「吳詩頗似平原，亦自清婉，似不在湯下。」見〔梁〕鍾嶸撰；陳延傑注《詩品注》，頁39。

〔註223〕《（新校本）南史》卷二十六，頁709。

亦第一。」上笑曰：「卿可謂善自為謀矣。」〔註224〕

宋孝武帝擴張皇權之意志不言可喻，即便在文化項目上，也使王僧虔「不敢顯迹」而得「以此見容」，上文所述將有乖雅體的舞樂「施於殿庭」者即為孝武帝，這自然使士族與皇權處在緊張的狀態。但由王僧虔於劉宋末年上表區分宮廷文化之雅、俗，至蕭齊初年之「臣書第一，陛下亦第一」之論，可見至齊世王僧虔已較不擔心得罪帝王，這反映出士族在文化領域上，已較少感受到皇權的壓力，也由此可知區分觀念之逐步清晰。而區分觀再進一步強化，即出現帝王承認「德」、「位」可以二分的現象。《南齊書・張緒傳》：「緒每朝見，世祖（武帝）目送之。謂王儉曰：『緒以位尊我，我以德貴緒也。』〔註225〕」這自然也意味著皇權不以壓制的態度面對士族的文化權〔註226〕。但仍當注意，「陛下亦第一」也是顯著現象，亦即隨帝王宗室文化修養的提高，宮廷文化自不會因帝王默認士族的文化權，便回歸全然由士族領導的局面。

更何況帝王在政權的掌握上，依然未曾放鬆，士族依附於皇權的現象更是逐步增強。《南史・恩倖・茹法亮傳》載：「太尉王儉常謂人曰：『我雖有大位，權寄豈及茹公。』〔註227〕」這正是在政治權力上不容士族染指的表現。於是士族彼此之間相互援引的現象勢必不振，投向有力的皇室成員方為主流。

以王儉而言，齊初即有不少著名文人依附之，如謝朓「轉王儉衛軍東閣祭酒」〔註228〕。蕭衍「遷衛將軍王儉東閣祭酒」〔註229〕。任昉「永明初，衛將軍王儉領丹陽尹，復引為主簿」〔註230〕。蕭琛「儉為丹陽尹，辟為主簿」〔註231〕。另外，王融雖未入王儉幕，但也得到王儉之助，「從叔儉，初有儀同

〔註224〕《（新校本）南齊書》卷三十三，頁 592、596。
〔註225〕同上，頁 601。
〔註226〕皇權的擴張自然不是只針對士族而來，對於有才學的寒人同樣形成壓迫，如鮑照即為其顯例。《（新校本）南史》卷十三〈宋宗室及諸王上・臨川烈武王道規附鮑照傳〉載：「上好為文章，自謂人莫能及，照悟其旨，為文章多鄙言累句。咸謂照才盡，實不然也。」（頁 360）但士族無疑是最主要的文化群體，因此以士族為說。
〔註227〕《（新校本）南史》卷七十七，頁 1929。
〔註228〕《（新校本）南齊書》卷四十七〈謝朓傳〉，頁 825。
〔註229〕《（新校本）梁書》卷一〈武帝紀上〉，頁 2。
〔註230〕同上，卷十四〈任昉傳〉，頁 252。
〔註231〕同上，卷二十六〈蕭琛傳〉，頁 396

之授，融贈詩及書，……尋遷丹陽丞，中書郎」〔註232〕。但蕭子良聲位日隆且廣招賓客之後，諸人便陸續轉投蕭子良，或任其屬官、或爲賓客。《南齊書・武十七王・竟陵文宣王子良傳》云：

> 子良少有清尚，禮才好士，居不疑之地，傾意賓客，天下才學
> 皆游集焉。善立勝事，夏月客至，爲設瓜飲及甘果，著之文教。士
> 子文章及朝貴辭翰，皆發教撰錄。〔註233〕

　　居不疑之地又能禮才好士、傾意賓客，自然是「天下才學皆游集焉」，上舉諸人，後來即名列「竟陵八友」之中〔註234〕。但若以學問及文才而言，王儉無疑在蕭子良之上，《南齊書・武十七王・竟陵文宣王子良傳》對蕭子良文學才能的描述是：「所著內外文筆數十卷，雖無文采，多是勸戒。〔註235〕」而王儉詩雖成就不高，但仍入《詩品》〔註236〕。以此而言，王儉較蕭子良更適於領袖文人，但文人終究是競趨蕭子良，可以說當時幾乎所有優秀文人皆出入於西邸，而這與蕭子良「居不疑之地」的優越政治地位，應是密切相關的。

　　雖然士族依附蕭子良有其政治目的，此可勿論〔註237〕。但是區分觀念的深化，已成固著的文化心態，無論皇權與士族的政治圖謀爲何，面對文化事物都可見區分觀念的逐步清晰，西邸文士的文學活動，也反映了這種現象。

　　在西邸文士諸多的文學活動中，「聲病說」的提出自然是文學史上的大事，有關其文化意義留待後文敘述，此處先述區分觀念呈現的相關問題。

　　首先，劉宋時代鮑照以俗曲的形式創作頌美帝王的〈中興歌十首〉，這種以俗曲入殿庭的作爲，也爲西邸文士繼承並發揚。《南齊書・樂志》載：

> 〈永平樂歌〉者，竟陵王子良與諸文士造奏之。人爲十曲。道

〔註232〕《（新校本）南齊書》卷四十七〈王融傳〉，頁818。

〔註233〕同上，卷四十，頁694。

〔註234〕《（新校本）梁書》卷一〈武帝紀上〉：「竟陵王子良開西邸，招文學，高祖（蕭衍）與沈約、謝朓、王融、蕭琛、范雲、任昉、陸倕等並遊焉，號曰八友。」（頁2）。又，蕭子良所召集之文人甚眾，自然不只此八人，且未必盡爲蕭子良屬官，如謝朓即未見有於西邸任職的紀錄。諸成員於蕭子良幕之仕歷及往來概況，見胡大雷《中古文學集團》（桂林：廣西師範大學出版社，1996），頁120～124。

〔註235〕《（新校本）南齊書》卷四十，頁701。

〔註236〕見陳延傑注《詩品注》，頁37～38。

〔註237〕西邸文人介入帝位爭奪的鬥爭，劉躍進先生有簡要的敘述，見氏著《門閥士族與永明文學》（北京：生活・讀書・新知三聯書店，1996），頁34～39。

人釋寶月辭頗美，上常被之管弦，而不列於樂官也。〔註238〕

〈永平樂歌〉即〈永明樂〉，郭茂倩云：「按此曲永明中造，故曰永明樂。〔註239〕」此次集體創作的規模不小，雖蕭子良、釋寶月之作已不存，但今尚可見王融、謝朓之作各十首以及沈約一首。雖不能說此次集體創作是有意效法鮑照，但是永明諸人所作，卻與鮑照之作有許多類似之處，除「人爲十曲」外，每曲皆以五言四句之俗曲形式創作，且以流麗的語言形成濃厚的民歌風格，這都是鮑照〈中興歌十首〉的特徵。如王融〈永明樂十首〉其九：「總棹金陵渚，方駕玉山阿。輕露炫珠翠，初風搖綺羅。〔註240〕」謝朓同題之作其七：「燕駟遊京洛，趙服麗有輝。歌留上客，妙舞送將歸。〔註241〕」皆爲其例。而沈約今僅存之一首也是如此風格：「聯翩貴遊子，侈靡千金客。華轂起飛塵，珠履竟長陌。〔註242〕」

由這些著名士族直接參與以俗曲創作頌歌的活動可知，士族已正式承認新聲俗曲在殿庭中合理存在的地位，這與劉宋時代范曄的作爲相較，更明顯可見士族態度的轉變。《宋書・范曄傳》：

> （范曄）善彈琵琶，能爲新聲。上（文帝）欲聞之，屢諷以微
> 旨，曄僞若不曉，終不肯爲上彈。上嘗宴飲歡適，謂曄曰：「我欲歌，
> 卿可彈。」曄乃奉旨。上歌既畢，曄亦止弦。〔註243〕

范曄於公宴中，甚且不願爲皇帝彈奏琵琶新聲，仍頗存東晉高士戴逵不下權貴的傲氣〔註244〕。然至蕭齊，士族則步趨劉宋時代寒人之跡，也同樣獻與帝王俗曲風格的頌歌。但士族態度的這種變化，並非放棄了堅持朝章大典的莊重典雅性，而是朝廷文化得以區分爲公、私領域的觀念，已在士族群體中逐步擴大，獻上俗曲風格的頌歌，無須憂慮混入朝章大典之中。

因此〈永明樂〉雖然「上常被之管弦」，但是卻「不列於樂官」，這正是王僧虔所主張的「止於別宴，不關朝享」的實踐。在這種觀念下，「朝享」之

〔註238〕《（新校本）南齊書》卷十一，頁196。

〔註239〕郭茂倩撰《樂府詩集》（台北：里仁書局，1984），頁1063。

〔註240〕逯欽立輯校《先秦漢魏晉南北朝詩》，頁1393。

〔註241〕同上，頁1419。

〔註242〕同上，頁1624。

〔註243〕《（新校本）宋書》卷六十九，頁1820。

〔註244〕《（新校本）晉書》卷九十四〈隱逸・戴逵傳〉載戴逵：「少博學，好談論，善屬文，能鼓琴，工書畫，其餘巧藝靡不畢綜。……太宰、武陵王晞聞其善鼓琴，使人召之，逵對使者破琴曰：『戴安道不爲王門伶人！』」（頁2457）

「公」與「別宴」之「私」，雖並存於朝中，卻仍然是判然有別，而顏延之式的典重風格，也始終是廊廟中的正體。《南齊書‧樂志》：

> 參議：「太廟登歌宜用司徒褚淵，餘悉用黃門郎謝超宗辭。」超宗所撰，多刪顏延之、謝莊辭以爲新曲，備改樂名。〔註245〕

褚淵所作〈登歌二首〉：「惟王建國，設廟凝靈。月薦流典，時祀暉經。……〔註246〕」謝超宗所增刪顏延之、謝莊辭，《南齊書‧樂志》收錄甚多，且多註明其增刪之處，如〈引牲之樂〉：「皇乎敬矣，恭事上靈。昭教國祀，肅肅明明。有牲在滌，有潔在俎。以薦王衷，以答神祐。（此上四句，顏辭。）陟配在京，降德在民。奔精望夜，高燎仁晨。」〈昭夏樂歌辭〉（宋謝莊辭）：「蘊禮容，餘樂度。靈方留，景欲暮。開九重，肅五達。鳳參差，龍已秣。雲既動，河既梁。萬里照，四空香。神之車，歸清都。璇庭寂，玉殿虛。鴻化凝，孝風熾。顧靈心，結皇思。鴻慶遐凹，嘉薦令芳。並帝明德，永祚深光（增四句。）。〔註247〕」其中「此上四句，顏辭」、「宋謝莊辭」、「增四句」等，即是增刪顏、謝之作的註明。除以上諸人外，《南齊書‧樂志》中尚有註明爲王儉之作者，不贅錄。

這些都是莊重典雅之作，與「常被之管弦」卻「不列於樂官」的新聲俗曲，其差別是十分明顯的。由此可知，皇權的認知顯然也如同士族，這兩類別雖涇渭分明，但皆能合理並存於宮廷中。

其次，就西邸宴集中以文爲戲的形式而言，事實上也是由士族文人所領導。換言之，原本士族不屑爲的項目，如今士族不但介入之甚且領導之。

前文言及，蕭子良「雖無文采，多是勸誡」，此正如學者所說，蕭子良「未提出過什麼主張，也不見有他有何優秀的詩篇」〔註248〕，以這樣的文學能力，自然無法與士族文人爭勝。雖然西邸文士頗有應和蕭子良以文爲戲之作，如今存王融有〈奉和竟陵王郡縣名詩〉，范雲、沈約也有同題之作〔註249〕，沈約有〈奉和竟陵王藥名詩〉〔註250〕，依題即可見其遊戲性質，無需贅述。然在宴集中以文爲戲的「遊戲規則」，實際上是爲士族文人所主導。《南史‧王僧

〔註245〕《（新校本）南齊書》卷十一，頁167。
〔註246〕逯欽立輯校《先秦漢魏晉南北朝詩》，頁1507。
〔註247〕〈引牲之樂〉、〈昭夏樂〉見《（新校本）南齊書》卷十一，頁168、174。
〔註248〕曹道衡《蘭陵蕭氏與南朝文學》（北京：中華書局，2004），頁23。
〔註249〕分見逯欽立輯校《先秦漢魏晉南北朝詩》，頁1397、1548、1643。
〔註250〕同上，頁1643。

孺傳》載：

> 竟陵王子良嘗夜集學士，刻燭爲詩。四韻者則刻一寸，以此爲
> 率。（蕭）文琰曰：「頓燒一寸燭，而成四韻詩，何難之有？」乃與
> 令楷、江洪等共打銅鉢立韻，響滅則詩成，皆可觀覽。〔註251〕

此則紀錄未載蕭子良是否參與作詩，但無論蕭子良是否參與，可知此時
作詩之「遊戲規則」由參與之文士自行訂定，換言之，「遊戲」應當如何進行
是由士族所決定的，並且以蕭子良「多是勸誡」的文風而言，文士創作也顯
然不是順從幕主主要的文學品味。與前引《晉書·王恭傳》中，王恭對謝石
的嚴厲指責：「居端右之重，集藩王之第，而肆淫聲，欲令群下何所取則！」
相比較，這透露出「集藩王之第」是否要「肆淫聲」，士族文人有參與決定之
自由意志。而觀西邸及此後南朝之文學發展，可知士族仍是決定「肆淫聲」。

但這是士族將遊宴視爲是「私」領域，因而不妨遊樂所致，故較明確可
知爲遊戲之作如同詠、詠物之屬，一般而言皆篇幅較短，如謝朓〈同沈右率
諸公賦鼓吹曲名二首〉、〈同賦雜曲名〉、〈同謝諮議詠銅雀臺〉、〈同詠樂器〉、
〈同詠坐上玩器·烏皮隱几〉、〈同詠坐上所見一物·席〉等〔註252〕，皆每首
五言八句，且筆調流麗。但公宴之作則依然典重宏大，如謝朓之〈侍宴華光
殿曲水奉敕爲皇太子作詩〉四言九章章八句共七十二句、〈三日侍華光殿曲水
宴代人應詔詩〉四言十章章八句共八十句、〈三日侍宴曲水代人應詔詩〉四言
九章章八句共七十二句〔註253〕。其他如沈約之作亦如是，如其〈詠雪應令詩〉
五言十句、〈詠篪詩〉五言八句、〈詠竹檳榔盤詩〉五言八句、〈詠新荷應詔詩〉
五言六句、〈聽鳴蟬應詔詩〉五言六句、〈侍宴詠反舌詩〉五言四句、〈詠梨應
詔詩〉五言四句，然沈約公宴之作如〈侍皇太子釋奠宴詩〉四言二十二句、〈爲
南郡王侍皇太子釋奠宴詩二首〉分別爲四言十二句及四言十六句、〈三日侍鳳
光殿曲水宴應制詩〉四言二十四句、〈爲臨川王九日侍太子宴詩〉四言二十八
句、〈九日侍宴樂遊苑詩〉四言二十二句、〈三日侍林光殿曲水宴應制詩〉五
言十四句〔註254〕。僅以其形式而論，便可知其間「公」、「私」之別顯然。

〔註251〕《（新校本）南史》卷五十九，頁1463。
〔註252〕分見逯欽立輯校《先秦漢魏晉南北朝詩》，頁1417～1418、1418、1418～1419、
　　　　 1453、1453～1454、1454。
〔註253〕同上，頁1421～1422、1422～1423、1423～1424。
〔註254〕同上，頁1645～1646、1650～1651、1651、1655、1655、1657、1658、1628、
　　　　 1629、1630、1630、1630～1631、1631。

　　正因詩人明確的區分意識，因此西邸遊宴的遊戲之作，被歸屬於一特殊類別，於是以聲名最著的所謂「竟陵八友」而言，在竟陵王西邸宴集與其離散之後的詩作，便呈顯出相當不同的面貌。曹道衡先生指出：

　　　　沈約自己作詩其實也不完全遵用四聲八病，謝朓在試作新體詩方面成就似更突出，但在永明後期在宣城等地的作品，多數卻非新體。〔註255〕

　　不只在聲病說上未繼續發揚，在西邸離散之後，諸人詩作的風格實際上也沾染更多古氣，非只謝朓「多數卻非新體」而已，如：

　　　　謝朓〈始之宣城郡詩〉：下帷閱章句，高談媿名理。疏散謝公卿，蕭條依掾史。簪髮逢嘉惠，教義承君子。心迹苦未并，憂歡將十祀。幸沾雲雨慶，方蒙參多士。振鷺徒追飛，羣龍難隸齒。烹鮮止貪兢，共治屬廉恥。伊余昧損益，何用祗千里。解劍北宮朝，息駕南川涘。寧希廣平詠，聊慕華陰市。棄置宛洛遊，多謝金門裏。招招漾輕楫，行行趨巖趾。江海雖未從，山林於此始。〔註256〕

　　　　謝朓〈京路夜發詩〉：擾擾整夜裝，蕭蕭戒徂兩。曉星正寥落，晨光復泱漭。猶沾餘露團，稍見朝霞上。故鄉邈已夐，山川脩且廣。文奏方盈前，懷人去心賞。敕躬每蹋踤，瞻恩惟震盪。行矣倦路長，無由稅歸鞅。〔註257〕

　　　　沈約〈酬謝宣城朓詩〉：王喬飛鳧舃，東方金馬門。從宦非宦侶，避世不避諠。揆予發皇鑒，短翮屢飛翻。晨趨朝建禮，晚沐臥郊園。賓至下塵榻，憂來命綠樽。昔賢侔時雨，今守馥蘭蓀。神交疲夢寐，路遠隔思存。牽拙謬東氾，浮惰及西崑。顧循良菲薄，何以儷瑤璠。將隨渤澥去，刷羽汎清源。〔註258〕

　　　　蕭衍〈直石頭詩〉：率土皆王士，安知全高尚。東壟棄黍稷，西

〔註255〕曹道衡《蘭陵蕭氏與南朝文學》，頁22。
〔註256〕逯欽立輯校《先秦漢魏晉南北朝詩》，頁1429。
〔註257〕同上，頁1430。又，以上謝朓二詩，曹融南〈謝朓事蹟詩文繫年〉俱繫之於齊明帝建武二年。曹著收入劉躍進、范子燁編《六朝作家年譜輯要（上冊）》（哈爾濱：黑龍江教育出版社，1999），頁461。
〔註258〕逯欽立輯校《先秦漢魏晉南北朝詩》，頁1634～1635。本詩羅國威〈沈約任昉年譜〉繫之於齊明帝建武二年。羅著收入劉躍進、范子燁編《六朝作家年譜輯要（上冊）》，頁412。

遊入卿相。屬逢利建始，投分參末將。尺寸功未施，河山賞已諒。攝官因時暇，曳裾聊起望。鬱盤地勢遠，參差百雉壯。翠壁絳霄際，丹樓青霞上。夕池出濠渚，朝雲生疊嶂。籠鳥易爲恩，屠羊無飾讓。泰階端且平，海水本無浪。小臣何日歸，頓轡從閒放。〔註259〕

　　謝朓〈和蕭中庶直石頭詩〉：九河亘積岨，三巇鬱旁眺。皇州總地德，迴江欵嚴徼。井幹赩蒼林，雲甍蔽層嶠。川霞旦上薄，山光晚餘照。翔集亂歸飛，虹蜺紛引曜。君子奉神略，瞰迥憑重峭。彈冠已籍甚，升車益英妙。功存漢冊書，榮並周庭燎。汲疾移偃息，董園倚談笑。麾旆一悠悠，謙姿光且劭。讌嘉多暇日，興文起淵調。曰余廁鱗羽，減影從魚釣。澤渥資投分，逢迎典待詔。詠沼邀含毫，專城空坐嘯。徒慚皇鑑揆，終延曲士誚。方追隱淪訣，偶解金丹要。若偶巫咸招，帝閽良可叫。〔註260〕

　　以上數首並非只在內容上與西邸遊宴不同，無論在篇幅、用典及用字上都有明顯的差異。後二首蕭衍、謝朓二人唱和之詩，曹道衡先生的評論，可視爲是西邸離散之後，對諸人詩風變化的總觀察：「此時王融已死，謝朓、沈約的一些詩又稍帶古氣，詩的篇幅較前爲長，用典及古字亦較前爲多。這種情況在謝朓那首和詩中表現尤爲明顯。梁武帝此詩較之謝詩，似尚稍微平易。〔註261〕」

　　西邸離散前、後詩人詩風差異的原因，固然免不了「因爲沈、謝諸人在此時已很少集會賦詩的機會，也不再有永明時期那種寬鬆閑適的心情」〔註262〕，換言之，詩人的際遇自然是形塑其創作風格的力量。但也可見出，諸人也並不認爲西邸游宴中所作的新體詩，即是詩歌放諸四海而皆準的發展方向。甚且正是因爲遠離了集會賦詩的遊戲性質，在西邸離散前、後詩作的比較之中，更可以見出諸人僅是將遊宴賦詩當作是一種特殊類別的詩作，因此諸人雖在西邸發展新體詩，但一旦失去了西邸遊宴賦詩的場合，所作「多數卻非新體」便不奇怪了。

〔註259〕逯欽立輯校《先秦漢魏晉南北朝詩》，頁1528。
〔註260〕同上，頁1443。本詩曹融南〈謝朓事蹟詩文繫年〉繫之於齊明帝建武四年。曹著收入劉躍進、范子燁編《六朝作家年譜輯要（上冊）》，頁463。
〔註261〕曹道衡《蘭陵蕭氏與南朝文學》，頁95。
〔註262〕同上，頁25。

三、梁陳時代的概況

至梁、陳時代，公宴私宴化的現象更為明確，甚且已成其時宮廷文化的常態。表現在文學上，自以宮體詩最為顯著，甚且出現梁簡文帝蕭綱〈詠內人畫眠〉〔註263〕之類，以近距離逼視女體為樂之作。而君臣以此類作品為戲樂，顯見其中君臣儀節之「公」的性質被排除，換言之，君臣此時所突出的，乃「私」人情感的交流。此中尤可注意的是，宮體詩在梁代已臻「且變朝野」〔註264〕的地步，此正反映出宮廷中「私」領域的成立，已為普遍的共識。由於宮體詩之文化意義十分重大，下文將再詳述，此處先論梁陳時代其餘現象。

除前代已有的應詔、應令以詠物為戲者之外，梁、陳新出的「賦得」體大量湧現，也可見在公宴中切分出「私」領域以為遊戲的結果〔註265〕。而這種切分公宴有其「私」領域性質的區分觀念，使得題作「侍宴」的詩也有顯著改變。如：

> 庾肩吾〈侍宴應令詩〉：副君時暇豫，曾城聊近遊。清池寫非閣，疏樹出龍樓。北陸冰方壯，西園春欲周。梅心芳屢動，蒲節促難抽。徒然欣並命，無以廁應劉。

> 徐陵〈侍宴詩〉：園林才有熱，夏淺更勝春。嫩竹猶含粉，初荷未聚塵。承恩豫下席。應阮獨何人。

> 江總〈侍宴瑤泉殿詩〉：水亭通枌掎，石路接堂皇。野花不識采，旅竹本無行。雀驚疑欲曙，蟬噪似含涼。何言金殿側，亟奉瑤池觴。

〔註266〕

這類「侍宴」詩，不但篇幅較短，且詩中之主體已經明顯轉變成寫景部分，且語言也趨於流麗，與顏延之「侍宴」詩相比，其間的差別是不言可喻的。換言之，諸人的「侍宴」已不可視作是朝章大典的展現，而這即是將原本俱為「公」宴的場合，區分出其中「私」宴場合的結果，因此於「私」宴

〔註263〕見逯欽立輯校《先秦漢魏晉南北朝詩》，頁1941。

〔註264〕語見《(新校本)南史》卷八〈梁本紀下〉，頁250。

〔註265〕「梁陳的『賦得』體詩乃是分題而作的詩。……這種『賦得』體詩是梁陳獨特的詩歌體式。經翻檢，梁、陳以前，還未發現有此類詩作，而梁陳兩代就出現了81首。所得之題，或以某物，或某古人詩句，或某古人事蹟，或某樂曲，或某韻為題。」「『賦得』體詩既屬公宴詩會上的分題之作，最能體現公宴賦詩的遊戲娛樂、交際等本質特徵。」說見黃亞卓《漢魏六朝公宴詩研究》，頁90、93。

〔註266〕三詩，分見逯欽立輯校《先秦漢魏晉南北朝詩》，頁1983、2530、2589。

中遊戲自然不會招來「肆淫聲」的批評。若將諸人具有朝典儀式性質的詩作，與以上數首「侍宴」詩相比較，則此「宴」之「私」宴性質可謂顯而易見，如江總〈釋奠詩應令〉即是四言八章章八句共六十四句的典重之作〔註267〕。可以說，詩作的明確差異，正是場合明確區分的展現。

第四節 小 結

　　劉宋宗室之文化修養普遍較為淺薄，與士族有相當大的差異，因此士族在文化上，往往表現出不肯下於皇權的姿態。然而，內心對皇權缺乏文化素養的鄙夷，並不礙在行動上妥協合作，於是隨態度的不同，士族與皇權的關係也有不同。此外，南朝崛起的寒人，實亦不乏有才學者，而其對待皇權的態度也異於士族。這種態度的分化，呈顯出文學場域與權力場域交會時，諸種文化資本的變化，而這自然反映為當代的文學現象。以當時聲名最著的元嘉三大家謝靈運、顏延之、鮑照而言，其詩作即代表了不同態度在文學上的不同展現形態。

　　首先，以謝靈運為言。即使朝隱觀已然興起於其前代，但時人對於山林所象徵的玄遠、隱逸價值，仍十分重視，因此朝與隱始終具有一定的對立意義。正是這種朝、隱的對立觀念，成為謝靈運對「心跡猶未并」念念不忘的背景。雖然謝靈運選擇山林之隱的原因多端，但「名位」觀念顯然是其中重要的原因。「名位」為士族的聲價、為士族不成文的自定等級，但謝靈運卻要求朝廷官位秩序符合士族「名位」秩序，此顯見謝靈運對士族之價值秩序的堅持，並要求以之凌駕皇權，於是劉宋皇權不以士族「名位」任用謝靈運，這在謝靈運眼中，顯然便是皇權作為的「失當」。以此觀謝靈運對「跡」的強調，便可見其中與皇權對抗的意義：就朝隱觀而言，所在之「跡」並不具有高下之別，在「黃屋實不殊於汾陽」的情況下作選擇，並無對場所進行價值批判的意義，此自不能彰顯皇權之舉措是否「失當」。但既然山林、朝廷異「跡」，透過謝靈運之選擇山林，便已寓有對朝廷的貶斥之意，而士族與皇權爭奪價值中心的意義也就蘊含在其中。

　　以此脈絡探討謝靈運山水詩所突出的逼真感官經驗，則其所塑造的人在山林中的真實感，便突出了實踐意義。若與玄言詩比較，則其意更明：玄言

〔註267〕同上，頁 2577。

詩僅略述山水，即便只是想像山水，藉山林所具有的超越人事的象徵意義，便足以暢玄悟道。故玄言詩重在「有山水」，而不重在「寫山水」。因而謝靈運之「寫山水」，突出了感官的逼真性，顯現的是詩人真實在山林中的身影，此使山林的象徵意義轉化成真實的實踐，於是在謝靈運心跡當併的觀點下，其親歷山水便不僅在消憂、賞心、悟理，其中的實踐意義也成爲關鍵所在。亦即謝靈運山水詩呈顯出自己正在實踐對立於「朝」，且更優於「朝」的價值。

正是對於這種士族所掌握的、超越於「朝」之價值的實踐，再加上士族名位觀中的秩序等級觀念，使謝靈運不斷表現出自己爲實踐此超越性價值之「第一人」。因而謝靈運幾近偏執地遊人所未遊，這樣的作爲在謝靈運詩中也就具有了獨特的象徵意義，象徵著謝靈運所實踐者，爲人所未能的最高價值，而其人便是人皆未能及的「第一人」。而「第一人」卻未有相稱之位遇，則皇權之悖道失德不言可喻。

雖然謝靈運詩「貴賤莫不競寫，宿昔之間，士庶皆遍，遠近欽慕，名動京師」，在當代具有極大的影響力，但在皇權伸張的南朝時代，謝靈運山水詩中的對抗意識注定是難以爲繼的，然而其中所具有的玄遠、超越性質，始終在南朝詩壇中佔有一席之地。除此之外，謝靈運對「跡」的重視及山水詩所強化的外物客觀自存、實踐有其特定場所的觀念，也在南朝持續地發揮十分重大的作用。

其次，以顏延之爲言。其儒道佛兼具的思想，與謝靈運相似，而凌忽當世的狂傲性格，也與謝靈運頗爲相類，但在面對其所欽慕的玄學之士、隱逸高人，卻也十分容易就收斂其「狂」。這顯現顏延之有其士族風習之一面，但也頗能調整行事風格。表現在政治場域，顏延之也確實較謝靈運更早領悟與權勢妥協的道理，故而往往有與權勢妥協的事蹟。

雖與權勢妥協，但顏延之卻也未曾放棄士族以其文化修養而優越於權勢的價值觀，而此正是南朝士族的主流心態，顏延之可謂爲當時士族的一種典型。於是，顏延之的妥協形態，即是以文化修養維持士族的高貴，但同時以之服務皇權，這種方式既符合了士族優越於皇權的自我價值感，又能不虞禍患地參與政權，終至普遍爲士族認可，發展成士族「朝章大典方參議焉」的形態。而展現在文學上，便成就其爲人所重視的公宴詩，可以說，這正是服務於朝章大典的文學形態。

　　由於時人將公宴詩作爲一種特別的類型，因此其頌美、典雅、莊重等等要求，乃是此類詩作之儀式性要求如此，是其場合、文體「應當如此」，從而與作者個人眞實的情志狀態無關。於是以公宴詩知名的顏延之，其極力頌美朝廷之作所顯現的寬雅、謹重風格，自然可與顏延之的爲人大不相同，顏延之只是以其文化資源，指導在此場合中詩作的「正確」表現形態。於是顏延之這種以扮演指導者角色而與皇權妥協的方式，在南朝便具有了十分重大的意義：既然是指導朝廷「正確」的表現形態，即是承認朝廷自有其價值實踐方式，而其他的價值標準便不當適用於朝廷，這意味著場域不同，其所實踐之「理」亦不同，不必以其一，強制規限其另一，亦即不必如謝靈運一般，以士族之價值秩序凌駕皇權，從而可使皇權、士族形成平行地位。

　　故而士族無妨其高蹈玄遠、追求隱逸，成爲一相對獨立於「朝」的特殊類別，但卻不挑戰皇權的價值；同時又能以其文化素養爲皇權所需，從而高踞於廟堂之上，但卻不干涉皇權的實踐。這維持了士族高貴的自我價值感，同時又能在不爲皇權所忌之下積極介入政權，可以說顏延之所代表的，正是南朝士族與現實處境妥協的典型形態。然而，此中尚可注意的是，士族既然扮演著文化指導者的角色，在皇權應正確安置萬事萬物的觀念下，士族與此相應，也自然成爲論述、表現各種文化項目「應當如何」的主要群體。於是博學轉成爲士族的類別特徵，兼善各種各樣異質文化項目、文學寫作，更成爲士族的典型。換言之，士族正是以其文化能力，從而得以「正確」認知萬事萬物的意義、價值，士族由此具有了建構世界的權力，也由此士族成爲皇權實踐正當性的根據，其地位之崇高可知。

　　再者，以鮑照爲言。鮑詩之險俗、不避危仄，是一種自覺的選擇，而鮑照這種詩風走向，固然爲其情感的藝術表達，然而也與鮑照急切地欲以詩文作爲進身之階，有著密切的關係。既然要以詩文作爲進身的手段，也就不能不關注當時盛行的文風，於是年輩早於鮑照，且名重當代的謝靈運、顏延之二人，自當爲鮑照所注意、仿效。

　　顏延之以用典綿密之公宴詩著稱，這符應著「經國文符，應資博古；撰德駁奏，宜窮往烈」的要求，從而成爲朝章大典所需之文學形態。鮑照則踵繼顏延之之後，在南朝詩用典風氣上，成爲積極的推動者，可以說，在藉詩以表學問上，鮑照無疑也是其中的佼佼者。結合鮑照以詩文爲進身之階的動機以觀，則鮑照之大量用典，也就隱含著證明自身才學足參時政的意圖。

　　而鮑照的山水詩，無論遣詞造句，乃至全篇之結構佈局，沿襲謝靈運山水詩而來的痕跡顯然。然而，若無新變不能代雄，因此在鮑照追慕謝詩之時也刻意突出新變。其中，鮑照所突出的一個重要角度，即是在時人所關注的焦點上更加著力、更顯其突出，亦即將謝靈運詩中寫景物的特徵予以推極，使景物形象更加極端、更為醒目。因此鮑照集中力量突出形象，甚至不惜大量扭曲語句、語法，以使詩中形象的具體性強烈凸顯。這種推極的塑形造景之法，在鮑照詩中比比皆是，故而成為鮑照詩的一項顯著特徵，雖招致「險俗」之評，但終究也吸引了眾多的追隨者。

　　此外，鮑照今存頗多民歌情調的詩作，此中尤以〈中興歌十首〉最能顯示出帝王宗室意志的擴張，代表著在皇權擴張之下，帝王意志可透過寒士之才學伸張，不必處處受制於士族的文化資源，於是皇權與寒士之才學，更容易形成緊密的結合，從而也成為塑造宮廷文化的重要力量。

　　於是，鮑照所代表的意義是多方面的。一方面必須在順從士族的文學好尚、成就中力求新變，以取得在文學場域中的地位；另一方面，又必須順從帝王宗室的文學品味，以取得進身之階。這是南朝寒士的文學處境，而以鮑照最為代表。除此之外，鮑照對南朝詩的發展也另有啟示：鮑照以「造句奇峭生拗」，造就了寫景的突出，此可使讀者對詩中形象有強烈感受，但詩中景物卻可與實況無關。這自然使欲以詩成名者，將眼光轉向詩的文字組構部分，從而也就促進了詩人對篇體構成因素分析的需要。而鮑照藉其才學與皇權的擴張結合，此成宮廷文化出現新形式的重要原因，在士族無力對抗下，朝廷也逐步走向「公」、「私」領域二分的局面，這也對南朝文學具有重大的影響。若就時人區分的世界觀而言，鮑照的處境也是深具意義的，亦即鮑照以其才學，凸顯了南朝類優先性的荒謬，此正是鍾嶸嗟其「才秀人微」所隱含的意義：既然「才秀」但卻「人微」，其因即在於「類」比「才」更重要，而這也側面反映出南朝類優先性的強大心理力量。

　　元嘉三大家在文學場域與權力場域交會中的代表性，無疑是十分重大的，其影響也深及於後代，本章先論述其於仕隱意識及朝廷公私領域區分的影響。

　　就仕隱意識而言，雖然謝靈運以其山林之「跡」，突出對抗皇權的意義，但隨著士族認清現實處境，與皇權有了更多的妥協，「隱」所具有的謝靈運式的對抗意義自然消退。同時，時人「全德志」的理想，已然是在豐衣足食中

欣玩山水的享樂思想，如此，自然不願如謝靈運之山居寂寞、更不願如古之隱者的枯槁於巖棲，士族轉而重視「性情各有所便」及「意得」。但這並不意味著「跡」、場所自具意義的觀念，即在南朝退場。於是，以不干世務爲朝隱的傳統風氣依然，但在南朝，也出現「休沐之隱」，亦即在朝隱之中加入「跡」的成分，因而成爲朝隱的特殊形態。而不能山居寂寞，於是「隱」的場所自然位移，因此即便謝靈運視「郊郭」爲「隱」的最低層次，但「隱」的最佳場所，仍明顯在謝靈運之後由「山居」位移至「郊郭」。場所雖然位移，但這仍然是籠罩在朝、隱具有不同之「跡」的觀念之下的作爲。其中最能凸顯「跡」在隱中之意義者，則莫如何點之「不入城府」、明僧紹之「竟不一入州城」，其隱雖看似恣心所適，但將自己邀遊的範圍，限制在「城府」、「州城」之外，這顯然便是「跡」的意識所造成的結果。可見「跡」、場所自有其意義的觀念，在重視「意得」之下，依然具有十分重大的影響力。

此外，居宅盛營山水、仿擬自然，也成爲南朝顯著的文化現象。而時人在居家園林中盛營山水，明顯不只是因爲山水之美而已，山水所具有的「隱」的象徵意義，隨著山水形貌的仿擬也進入園林之中。換言之，場所及場所所象徵的意義，透過逼眞仿擬而位移至居家園林之中。於是其人即使非身處現實的深山野林，但卻也彷彿有身在山林之「跡」，從而山林所具有的高貴象徵意義，也可藉由山林的形貌而得以指涉，這顯然是預認山野是另一處空間，且是更具有價值的空間所致。由南朝這種仿擬他處的意識可知，這正是場所區分、「跡」自有其意義的一種表現。

就朝廷公私領域區分而言，在劉宋時代以顏延之爲代表的廊廟詩作，顯現了士族以其難以企及的文化修養，「指導」皇權實踐的文學形式，於是各種形態的公宴詩，一概「朝章大典」化。但寒人如鮑照者，也正以其文才，順從帝王宗室的品味創作，「俗」的因素也就堂而皇之地進入「雅」的殿堂。在士族無力抗拒之下，士族如王僧虔者，也就正式承認朝廷的文化活動，可以不必一味地「朝章大典」化，而得以區分朝廷爲「公」、「私」二領域。然而皇權自也不會淪落成只是俗文化的代表，皇權同樣也力求成爲價值分配的中心，因而區分朝廷爲「公」、「私」二領域，同時也是皇權之所需。於是士族保有以其才學論述朝章大典的領域，也承認朝廷中遊樂之正當性，這也可說是皇權展現的結果。於是，朝廷文化區分爲「公」、「私」二領域，實際上是士族與皇權權力平衡的作爲。

　　時至蕭齊，士族除朝章大典的參議之外，更進一步參與朝廷「私」領域的文化創作，西邸文士的文學活動，正也反映了這種現象。至梁、陳時代，公宴私宴化的現象更為明確，甚且已成其時宮廷文化的常態。表現在文學上，自以宮體詩最為顯著，場合的區分，至此更無庸置疑。可以說，劉宋時代文學場域中諸種文化資本的競爭，及其背後所隱含的權力鬥爭，皆以區分類別的手段進行安置，而區分類別得以有效，正在於時人承認「跡」、場所自有其意義。亦即「正確」區分各種類別、認識其自有之意義，從而安置之，世界即能成和諧的世界。

第四章　由山水詩至宮體詩所反映的世界客觀化觀念

第一節　外在世界客觀性的強化

　　前文已言及南朝之前的朝隱觀：雖身在廟堂，然其心無異於處江海。這所著重的是人的主觀性意義，於是外在事物的客觀差異被抹除。廟堂因此可以無異於山林，無論身處何處，皆無礙於主體之逍遙。

　　但是謝靈運所要求的心跡合併，便顯然與朝隱觀不同，這代表著「跡」對於時人而言，明顯具有獨立於人主觀意願的意義，由於這種觀念的風行，也因此使得「跡」、場所自有其意義的觀念，持續在南朝發揮著重大的影響力。換句話說，南朝與前代相較，外在世界的客觀性更受到關注。這種對外在世界客觀性重視的現象，除上文已及之以謝靈運為代表的逼真寫景、物我對立的傾向之外，也表現在與之密切相關的物感說、形似說及詠物詩的興盛上。

一、物感說中「物」獨立性的增強

　　以物感說而言，較早且較為清晰地指出物與情的關係的，是《禮記·樂記》中的觀點：

> 凡音之起，由人心生也。人心之動，物使之然也。感於物而動，故形於聲。
>
> 樂者，音之所由生也，其本在人心之感於物也。〔註1〕

〔註1〕二引文，見《禮記》十三經注疏本（台北：藝文印書館，1989 十一版），卷三

　　此中人心感於物而動的觀念，一直爲後世所重視，尤其是至魏晉時代，文人對於物感（或感物）的關注明顯多了起來，成爲當時顯著的文學現象。如曹植「感物傷我懷」（〈贈白馬王彪〉其四章）、阮籍「感物懷殷憂」（〈詠懷詩八十二首〉其十四）、傅玄「感物懷思心」（〈青青河邊草篇〉）、張華「感物重鬱積」（〈雜詩三首〉其三）、潘岳「悲懷感物來」（〈悼亡詩三首〉其三）、陸機「悲情觸物感」（〈赴洛道中作詩二首〉其一）又「感物多遠念」（〈吳王郎中時從梁陳作詩〉）又「感物百憂生」（〈贈尙書郎顧彥先詩二首〉其一）又「感物戀所歡」（〈擬庭中有奇樹詩〉）、張協「感物多所懷」（〈雜詩十首〉其一）〔註2〕，孫綽〈三月三日蘭亭詩序〉云「情因所習而遷移，物觸所遇而興感」〔註3〕，曹丕甚至直接以〈感物賦〉爲題〔註4〕。由此可見物感（或感物）與其時文學之密切關係。

　　但先秦、漢儒對於物的觀點，顯然偏重於物的「比德」及政教意義上，孔子雖然也有「逝者如斯夫，不捨晝夜」的感嘆，面對奔流之水，興發遷逝之感，但更多的是將自然物象聯想至道德人格。如「知者樂水，仁者樂山。知者動，仁者靜。知者樂，仁者壽」（《論語・雍也》）、「歲寒，然後知松柏之後凋也」（《論語・子罕》）、「君子之德風，小人之德草，草上之風，必偃」（《論語・顏淵》）〔註5〕。對於外物的「比德」式解讀，自然使時人對外物的關注重點，在於其對道德人格的啓發，而不在於外物本身之美：

　　　　子夏問曰：「『巧笑倩兮，美目盼兮，素以爲絢兮。』何謂也？」

　　　子曰：「繪事後素。」曰：「禮後乎？」子曰：「起於者商也！始可與言《詩》已矣。」（《論語・八佾》）〔註6〕

　　「巧笑」、「美目」在對「禮」的重視之下，其「巧」、「美」只能在道德脈絡下取得意義。因此人們對待外物的態度，首先便是爲了提升道德人格，而不是領略其中之美。如《荀子・宥坐》：

十七，頁662、663。

〔註2〕分見逯欽立輯校《先秦漢魏晉南北朝詩》，頁453、499、556、621、636、684、685、680、689、745。

〔註3〕〔清〕嚴可均輯；陳延嘉等校點《全上古三代秦漢三國六朝文・全晉文（第四冊）》卷六十一，頁636。

〔註4〕同上，《全三國文（第三冊）》卷四，頁44。

〔註5〕以上三則，分見《論語》十三經注疏本（台北：藝文印書館，1989十一版），卷六，頁54；卷九，頁81；卷十二，頁109。

〔註6〕同上，卷三，頁26～27。

　　　　孔子觀於東流之水。子貢問於孔子曰：「君子之所以見大水必

　　觀焉者，是何？」孔子曰：「夫水大，遍與諸生而無爲也，似德。

　　其流也埤下，裾拘必循其理，似義。其洸洸乎不淈盡，似道。……

　　是故君子見大水必觀焉。」〔註7〕

　　觀水而聯想至「德」、「義」、「道」，顯然仍是儒家一脈相承的「比德」
觀。

　　《禮記・樂記》作爲儒家的重要典籍，對於能使人心感而動之物，實際
上也仍是重視其道德的、政教的意義，因此《禮記・樂記》首先便是將萬殊
之物，置於其仁義禮樂的教化觀點之下：

　　　　天高地下，萬物散殊，而禮制行矣；流而不息，合同而化，而

　　樂興焉。春作夏長，仁也；秋斂冬藏，義也。仁近於樂，義近於禮。

　　〔註8〕

　　萬物雖散殊，但是皆籠罩在儒家的政教倫理觀之下，因此面對萬物，首
先便應以政教倫理的角度觀之，正因如此，「感於物」便不是感於物的審美性
質，而是感於治亂興衰。所以《禮記・樂記》重視的是人心感於物中之「與
政通」的部分：

　　　　治世之音安以樂，其政和；亂世之音怨以怒，其政乖；亡國之

　　音哀以思，其民困。聲音之道，與政通矣。〔註9〕

　　音之起，在於人心之感於物而動，然而《禮記・樂記》所關心者，顯然
是在其中所具有的政教意義，在這種觀念下，物自然是難以成爲獨立的審美
對象。

　　對於物的政教、道德式理解，使人相對地忽視自然景物對情感的觸發作
用，這與魏晉詩人對物感的關注，其方向有著相當明顯的不同。在魏晉詩人
中，尤其以陸機〈文賦〉的論點最爲人所矚目：

　　　　佇中區以玄覽，頤情志於《典》《墳》。遵四時以歎逝，瞻萬物

　　而思紛。悲落葉於勁秋，喜柔條於芳春。心懍懍以懷霜，志眇眇而

　　臨雲。詠世德之駿烈，誦先人之清芬。遊文章之林府，嘉麗藻之彬

〔註7〕〔戰國〕荀況原著；張覺校注《荀子校注》（長沙：岳麓書社，2006），卷二
　　　　十，頁392。
〔註8〕《禮記》十三經注疏本，頁671。
〔註9〕同上，頁663。

彬。慨投篇而援筆，聊宣之乎斯文。〔註10〕

陸機甚為重視創作動機中本於學的部分，但其中「遵四時以嘆逝，瞻萬物以思紛。悲落葉於勁秋，喜柔條於芳春」，則明確標出物感與創作的關係。

雖然陸機在此段文字中，強調的是外物的觸發作用，但在對待物與情的關係上，陸機的態度也尚有值得注意之處：在陸機的作品中，對於外物的客觀屬性及其情感色彩並不重視，因此情即便是觸物而來，但也表現得脫離了物的客觀屬性。可以說，陸機所關注的，是其已然興發之情的表達，於是其作品在忽略物的客觀屬性之下，往往表現得彷彿是外物對情感的強化作用，而不是引發情感。如：

〈感時賦〉：魚微微以求偶，獸嶽嶽而相攢。猿長嘯於林杪，鳥高鳴於雲端。矧余情之含瘁，恆睹物而增酸。歷四時之迭感，悲此歲之已寒。撫傷懷以嗚咽，望永路而汎瀾。

〈懷土賦序〉：余去家漸久，懷土彌篤。方思之殷，何物不感？曲街委巷，罔不興詠，水泉草木，咸足悲焉。故述斯賦。

〈思歸賦〉：既遨遊於川沚，亦改駕乎山林。伊我思之沈鬱，愴感物而增深。〔註11〕

此中之「恆睹物而增酸」、「方思之殷，何物不感」、「愴感物而增深」顯然更重視的是已有之情的優先性，而物則是居於助成情感的次要地位。正因如此，陸機雖然在〈文賦〉中說「喜柔條於芳春」，但是「芳春」景物所引發的「喜」的情感，卻是往往讓位於他心中已有的悲情。如其〈悲哉行〉所述：

遊客芳春林，春芳傷客心。和風飛清響，鮮雲垂薄陰。蕙草饒淑氣，時鳥多好音。翩翩鳴鳩羽，喈喈倉庚吟。幽蘭盈通谷，長秀被高岑。女蘿亦有託，蔓葛亦有尋。傷哉客游士，憂思一何深。目感隨氣草，耳悲詠時禽。寤寐多遠念，緬然若飛沈。願託歸風響，寄言遺所欽。〔註12〕

顯然陸機所關注的是心中的「憂思一何深」，因此「春芳」中的「蕙草饒淑氣，時鳥多好音」，其「淑氣」、「好音」只能居於陸機深沈憂思的反襯地位。芳春景物中相對獨立的屬性，或說「淑氣」、「好音」中所具有的能引

〔註10〕韓格平等校注《全魏晉賦校注》（長春：吉林文史出版社，2008），頁311。
〔註11〕三賦，見同上，頁299、305、306。
〔註12〕逯欽立輯校《先秦漢魏晉南北朝詩》，頁663。

發「喜」的屬性，並不爲詩人所關注。

這種本身之情重於物的觀念，至南朝發生了轉變，物本身所具有的獨立審美價值，取得了突出的地位，這同時也就是物的客觀屬性受到了張揚的反映。而詠物詩在南朝的興盛，正足以說明這種現象〔註13〕。

所謂詠物詩，陳昌明先生曾就廖國棟先生、洪順隆先生及清代俞琰諸說，歸納詠物詩的數項特點，其中「詩之主旨在吟詠個別之『物』，作者並透過詩歌體裁力求『體物』、『狀物』，以『窮物之情』、『盡物之態』」，便是詠物詩顯著的特點〔註14〕。詠物詩的這種特點，顯示出「物」客觀屬性所受到的重視，因此即便是所謂的「窮物之情」，其「情」自然是由詩人所構想、投射，但在詠物詩中也被表現得「彷彿」物所自有〔註15〕。如：

　　齊高帝蕭道成〈群鶴詠〉：八風儛遙翮，九野弄清音。一摧雲間志，爲君苑中禽。

　　謝朓〈詠落梅詩〉：新葉初冉冉，初蕊新霏霏。逢君後園讌，相隨巧笑歸。親勞君玉指，摘以贈南威。用持插雲髻，翡翠比光輝。日暮長零落，君恩不可追。

　　沈約〈腳下履〉：丹墀上颯沓，玉殿下趨鏘。逆轉珠珮響，先

〔註13〕南朝山水詩、詠物詩、宮體詩有非常密切的關連，如閻采平先生指出：「客觀物本身獨立審美價值的獲得，是在山水詩形成以後。晉宋山水詩，力求對自然風景作繪聲繪色、抉幽發微的表現。這種現象，正是客觀物獲得了獨立的審美價值，從而吸引了詩人的審美注意力的標誌。也正是在這一點上，晉宋以來的山水詩與齊梁詠物詩處在同一美學層次。後來的批評家往往視山水描寫與詠物爲一體，原因即在於此。」見氏著《齊梁詩歌研究》，頁 153。而陳昌明先生則指出：「宮體詩興起於齊梁文壇的新變，乃詠物詩中獨特的一支，蓋取其詠婦容，寫艷事，述閨閣器物而言，其興盛不僅將詠物詩的發展推入極致，而且引向感官追求的絕境。」見氏著《沈迷與超越：六朝文學之感官辯證》，頁 266。合二氏之說，正可見在山水、詠物、宮體中，雖其題材不同，但將「物」視爲獨立的客觀物，則爲貫穿各體的相同處。本節所述著重在「物」所具有的客觀性，故僅舉狹義的「詠物詩」爲例，山水、宮體則暫且擱置。

〔註14〕陳昌明《沈迷與超越：六朝文學之感官辯證》，頁 253～255。引文見頁 255。

〔註15〕閻采平先生總結齊梁詠物詩，認爲「齊梁詠物詩有即物達情和即物而不達情兩種類型。……齊梁之作，重在寫物，追求眞切地寫物，工細是其基本特色」。所謂「即物而不達情」之類型，既然以眞切地、工細地刻畫外物爲特色，則物作爲客觀觀察對象，預設了物的客觀獨立性，乃此類型詠物詩得以風行的必要條件，此不必贅述，故此處著重述其「達情」一類型。引文見氏著《齊梁詩歌研究》，頁 163～164。

表繡袿香。裾開臨舞席，袖拂繞歌堂。所歡忘懷妾，見委入羅牀。
〔註16〕

　　南朝這類詠物達情的作品佔詠物詩中的大多數，而此中之情，無論是否具有作者嚴肅的寄託，大多都是表現成爲「物情」，亦即將情歸於此物的客觀屬性所可引伸而得者〔註17〕。這點無論是如謝朓、沈約之類，不抒個人懷抱的南朝詠物詩新聲，或是如蕭道成之類，延續傳統詠物詩藉物抒懷的舊調，皆是相同的。但即便是後者，在南朝也有重大的改變，亦即作者雖是藉物以抒發興寄，所著重的是作者情的志表達，但物的客觀屬性仍被大舉發揮，使物象的刻畫在詩中佔有顯著地位。如鮑照的〈山行見孤桐〉就很能顯現這種現象：

　　　　桐生叢石裡，根孤地寒陰，上倚崩岸勢，下帶洞阿深。奔泉冬
　　　激射，霧雨夏霖霪，未霜葉已肅，不風條自吟。昏明積苦思，晝夜
　　　叫哀禽，棄妾望掩淚，逐臣對撫心。雖以慰單危，悲涼不可任，幸
　　　願見雕斲，爲君堂上琴。〔註18〕

　　本詩雖然在末尾寄寓了作者的情志，但作者從仰視、俯視的角度，將孤桐的生長環境、形態、位置、聲響、作用等方面加以刻畫，這與不重物象審美特徵，只求藉物以寄興的傳統詠物詩，有十分明顯的不同。甚至有學者因此認爲「南朝以前的詠物詩與劉宋以後的詠物詩幾乎可以看做兩類完全不同的作品」〔註19〕，而這正是南朝詠物詩突出物的客觀屬性，因而與傳統詠物詩有極其明顯的不同所致。也因此，陳昌明先生對詠物詩中物的客觀性，有更清楚地說明：

　　　　詠物詩乃是將「小小物」當成一個具體的世界去遊覽，然而要
　　　如此必具備一前提，即客觀物本身要獲得獨立的審美價值，如此才

〔註16〕三詩，見逯欽立輯校《先秦漢魏晉南北朝詩》，頁1376、1436～1437、1653。
〔註17〕據陳昌明先生所述，「傳統意義中的政治隱喻興寄之作，在齊梁詠物詩中的確少見。但是詠寫個人情性之作，在齊梁詠物詩中幾近三分之二，詩中或感嘆人生，或流連愛情，或抒發志意」。見氏著《沈迷與超越：六朝文學之感官辯證》，頁259～260。而上所引蕭道成〈群鶴詠〉，據《南史》所記，本詩乃蕭道成藉以託志之作：「高帝爲宋明帝所疑，被徵爲黃門郎，深懷憂慮，見平澤有群鶴，乃命筆詠之」。見《(新校本)南史》卷四十七〈荀伯玉傳〉，頁1167。然無論是「在齊梁詠物詩中的確少見」的「政治隱喻興寄之作」，或成爲主流的「個人情性之作」，對物客觀屬性的重視都是一致的。
〔註18〕〔南朝宋〕鮑照著；錢仲聯增補集說校《鮑參軍集注》，頁410。
〔註19〕林大志《四蕭研究：以文學爲中心》（北京：中華書局，2007），頁134。

能將客觀物作爲獨立觀察和表現的對象，也才能廣泛地吸引詩人的審美注意。〔註20〕

詠物詩在南朝的興盛，可以說，「將客觀物作爲獨立觀察和表現的對象」是其中不可或缺的原因，而這正是南朝對物客觀性重視的一種表現。

於是南朝的物感說與魏晉相較，對於物客觀屬性與情感關係的一面更加重視，而非如陸機之作品偏重於對已然興發之情感的表達，物的客觀屬性只具次要地位〔註21〕。這種重視物使情動的觀念，在南朝文論中有諸多反映，其中爲人所熟知的代表論述，如《文心雕龍·物色》：

> 春秋代序，陰陽慘舒，物色之動，心亦搖焉。蓋陽氣萌而玄駒步，陰律凝而丹鳥羞，微蟲猶或入感，四時之動物深矣。若夫珪璋挺其惠心，英華秀其清氣，物色相召，人誰獲安？是以獻歲發春，悅豫之情暢；滔滔孟夏，鬱陶之心凝；天高氣清，陰沈之志遠；霰雪無垠，矜肅之慮深。歲有其物，物有其容；情以物遷，辭以情發。一葉且或迎意，蟲聲有足引心。況清風與明月同夜，白日與春林共朝哉！〔註22〕

再如《詩品·序》：

〔註20〕陳昌明《沈迷與超越：六朝文學之感官辯證》，頁258。

〔註21〕陸機作品中之「物」，頗近於漢魏傳統中，以〈月令〉的時物體系爲連類對象之「物」，因而陸機作品中的悲愁、遷逝感等，雖往往是觸「物」所興，但也得以無論當面物之客觀屬性而興。（有關漢魏文學與時物類應系統的論述，見鄭毓瑜〈身體時氣感與漢魏「抒情詩」——漢魏文學與楚辭、月令的關係〉，《漢學研究》第22卷第2期（2004.12），頁1～34。）亦即，由於陸機將當面之物與時物系統連類，於是「不在場」之物（其他時節之物）也被納入現場，詩人之情感，實際上是流轉於「在場」物與「不在場」物之間，或者可以說，詩人之「感」，實際上並不在於「物」，而是在於「在場」物與「不在場」物之「間」。於是當面物之屬性，可以說是被取消的，更遑論其客觀性。是以陸機雖然認知「蕙草饒淑氣，時鳥多好音」，但實際所「感」，卻與「淑氣」、「好音」無關，而是「目感隨氣草，耳悲詠時禽」之「悲」（〈悲哉行〉）。其「悲」之所由，自然不是因爲當面物之美好，而是因爲「不在場」之物介入現場，詩人之所「感」，正在於二者（在場、不在場）之間。雖然陸機作品中之情爲觸「物」所興，但相對而言，陸機並不重視當面物的客觀屬性及其情感色彩，其所重更在已興之情的表達，因而其作品可謂偏重於主體之抒情。以此對照南朝詠物詩「如印之印泥」的特徵可知，南朝所謂之「物」，實際上指的是當面物，故而詩人所關注的對象，是當面物客觀的聲色狀貌。南朝與其前代，對於「物」的觀念，其差異是十分明顯的。

〔註22〕〔梁〕劉勰著；周振甫注《文心雕龍注釋》，頁845。

氣之動物，物之感人，故搖蕩性情，形諸舞詠。……若乃春風
春鳥，秋月秋蟬，夏雲暑雨，冬月祁寒：斯四候之感諸詩者也。嘉
會寄詩以親，離群託詩以怨。至於楚臣去境，漢妾辭宮；或骨橫朔
野，或魂逐飛蓬；或負戈外戍，殺氣雄邊；塞客衣單，孀閨淚盡；
或士有解佩出朝，一去忘返；女有揚蛾入寵，再盼傾國。凡斯種種，
感蕩心靈，非陳詩何以展其義，非長歌何以騁其情？〔註23〕

除了自然景物之外，鍾嶸在此序中更將「物」的範圍予以擴大，各種社
會生活的內容也被納入「物」的範圍之內。

其他如《文心雕龍・明詩》：「人秉七情，應物斯感。感物吟志，莫非自
然。〔註24〕」《文心雕龍・詮賦》：「原夫登高之旨，蓋睹物興情。〔註25〕」《文
心雕龍・神思》：「登山則情滿於山，觀海則意溢於海。〔註26〕」蕭統〈答晉
安王書〉：「炎涼始貿，觸興自高，睹物興情，更向篇什。〔註27〕」蕭子顯〈自
序〉：「若乃登高目極，臨水送歸，風動春朝，月明秋夜，早雁初鶯，開花落
葉，有來斯應，每不能已也。〔註28〕」何遜〈與建安王謝秀才箋〉：「睹物托
興，乏濟雅之才。〔註29〕」等等，南朝物感說之例尚多，不贅舉。

由此大量的論述可知，物感說在南朝之興盛。但尚須注意，這是促成「如
印之印泥」、「形似」寫作之風的物感說，與南朝前之物感說，已有了相當大
的差別。而這種重「形似」之物感說的興盛，也反映了南朝重視物客觀屬性
觀念之普遍，外在世界客觀性在南朝得到強化，也由此可見一斑。

二、形似的普遍化

南朝物感說與前代相較，可以說是更爲重視物的客觀屬性，與此傾向密
切相關的形似說，自也成南朝甚爲普遍的觀念。

對文學中形似特徵的表出，自然不是始於南朝，晉代陸機、摯虞就已確
立賦作的形似特徵。陸機〈文賦〉把文章分爲十體，並論述了這十體的特徵，

〔註23〕〔梁〕鍾嶸著；陳延傑注《詩品注》，頁1、4～5。
〔註24〕〔梁〕劉勰著；周振甫注《文心雕龍注釋》，頁83。
〔註25〕同上，頁138。
〔註26〕同上，頁515。
〔註27〕〔清〕嚴可均輯；陳延嘉等校點《全上古三代秦漢三國六朝文・全梁文（第
七冊）》卷二十，頁210。
〔註28〕同上，卷二十三，頁246。
〔註29〕同上，卷五十九，頁607。

其中對賦的特徵界定爲「賦體物而瀏亮」〔註30〕，而「所謂的『體物』實質上也就是一種形象的描寫」〔註31〕。摯虞〈文章流別論〉則標舉出「形」以爲賦的特徵：

> 前世爲賦者，有孫卿、屈原，尚頗有古詩之義，至宋玉則多淫
> 浮之病矣。……賈誼之作，則屈原儔也。古詩之賦，以情義爲主，
> 以事類爲佐。今之賦，以事形爲本，以義正爲助。〔註32〕

摯虞區分「古詩之賦」與「今之賦」，並對於宋玉「淫浮」之作頗致不滿，屈、賈以下的所謂「今之賦」自然不符合摯虞「以情義爲主」之賦的標準。但是不論有關價值判斷的部分，摯虞對於屈、賈以下漢晉賦的認知，顯然是以「事形」爲其主要特徵〔註33〕。這不是摯虞孤立的認知，《文心雕龍‧詮賦》對於賦的認知，也是強調了「極聲貌以窮文」的部分，並認爲「斯蓋別詩之原始，命賦之厥初也」〔註34〕，劉勰明顯是在溯其源流時，將「極聲貌」視爲賦在發展初期得以區別於詩的特徵所在。

至於沈約在《宋書‧謝靈運傳論》中所說的「相如工爲形似之言」〔註35〕，則更清晰地以「形似」一詞突出物的客觀性，以之爲賦家在迫肖物象上的成就。同時，更重要的是，擴大了「形似」的適用範圍，使刻畫物象不再專屬於賦體的文體特徵。武懷軍先生比較了摯虞與沈約二說，指出了二者的差異：

> 首先，摯說是對某一類賦作的共性的總結，……沈說是對漢賦
> 創作中具有代表性的個案所進行的評價……。其次，二說立論的角
> 度不同，摯說是從作品的創作目的出發的，而沈說似乎更偏向賦作
> 的創作技巧，這就是「巧爲」二字所包蘊的實際意義。〔註36〕

〔註30〕〔晉〕陸機撰；張少康集釋《文賦集釋》（台北：漢京文化事業有限公司，1987），頁71。

〔註31〕張少康先生語。見同上，頁94。

〔註32〕〔清〕嚴可均輯；陳延嘉等校點《全上古三代秦漢三國六朝文‧全晉文（第四冊）》卷七十七，頁802。

〔註33〕摯虞對於賦的歸納自然不是全面的，比如對於漢末的抒情小賦便沒有著力敘述。但賦史的發展狀況非本文主旨，此處主要在凸顯摯虞對於「形」的認知，有關賦的其他類型、特徵暫且闕而不論。

〔註34〕〔梁〕劉勰著；周振甫注《文心雕龍注釋》，頁137。

〔註35〕見郁沅、張明高編選《魏晉南北朝文論選》，頁297。

〔註36〕武懷軍〈漢賦與六朝文論中的形似論〉，《中國韻文學刊》2000年第1期，頁35。

這也就是說，若不論其中的評價意義，則摯虞是將「事形」歸屬爲「今之賦」的文體特徵，是對特定文體共性的描述；沈約則是偏重於將「形似」脫離特定文體特徵意義，從而轉成適用於諸體的寫作技巧意義。

將賦的寫「形」特徵視爲寫作技巧，因而運用至其他文體，這種現象當然不是始自南朝，曹道衡先生指出：

> 建安以後的很多詩人，往往在描寫手法方面，從漢賦中得到啓發。……例如曹操的〈步出夏門行〉中用「日月之行，若出其中，星漢燦爛，若出其裡」的詩句形容大海的浩瀚無垠。這四句詩的手法和漢賦中某些形容上林苑之廣大的句子十分相像。如：司馬相如〈上林賦〉有「日出東沼，入乎西陂」之句。……後來揚雄的〈羽獵賦〉也有「章黃周流，出入日月，天與地杏」之句；張衡〈西京賦〉也有「牽牛立其左，織女處其右，日月於是乎出入，象扶桑與濛汜」等句。曹操的詩句可能多少從上面幾家的賦中得到啓發。又如曹植〈名都篇〉中的「控弦破左的，右發摧月支」，是化用張衡〈西京賦〉中的「彎弓射乎西羌，又顧發乎鮮卑」。〔註37〕

建安詩人大多兼擅詩、賦，在詩中受賦刻畫物象手法的影響，自然是十分普遍。但建安詩人爲後代所盛稱的，正如《文心雕龍‧明詩》所述，是在「慷慨以任氣，磊落以使才」的部分，寫物部分尚未著力刻畫，因而形成「造懷指事，不求纖密之巧，驅辭逐貌，唯取昭晰之能〔註38〕」的狀態。因此雖然詩中頗爲借鏡賦的寫物手法，成爲詩賦合流的一種趨向，但是在「純粹體物的題材領域，卻幾乎爲賦所獨佔，詩則罕見涉足。當時的人們也許有意無意間在作一種體裁分工」〔註39〕。既然罕以詩體物，則以體物爲賦的專屬特徵的觀念，實際上仍具有相當的影響力。

時至南朝，在觀念上將「形似」與賦連結的現象更形淡化，「形似」一詞已成爲通用各體的常見文學批評用語，除沈約外，其他以「形似」爲評的文論，也僅著眼在寫作技巧的意義上。如《文心雕龍‧物色》：

〔註37〕 曹道衡〈試論漢賦和魏晉南北朝的抒情小賦〉，收入氏著《中古文學史論文集》（北京：中華書局，1986），頁10～11。又，所引曹植詩句非出自〈名都篇〉，而是〈白馬篇〉，恐作者誤記。二詩分見逯欽立輯校《先秦漢魏晉南北朝詩》，頁431、432。

〔註38〕 二引文，見〔梁〕劉勰著；周振甫注《文心雕龍注釋》，頁84。

〔註39〕 程章燦《魏晉南北朝賦史》（南京：江蘇古籍出版社，1992），頁80。

是以詩人感物，聯類不窮。流連萬象之際，沈吟視聽之區；寫

氣圖貌，既隨物以宛轉；屬采附聲，亦與心而徘徊。故灼灼狀桃花

之鮮，依依盡楊柳之貌。……並以少總多，情貌無遺矣。……及〈離

騷〉代興，觸類而長，物貌難盡，故重沓舒狀，於是嵯峨之類聚，

葳蕤之群積矣。及長卿之徒，詭勢瑰聲，模山範水，字必魚貫，所

謂詩人麗則而約言，辭人麗淫而繁句也。〔註40〕

　劉勰在此篇中討論「感物」，而所論則橫跨詩、騷、賦，可見劉勰並不將
寫物視為是某類文體的特徵。同時，劉勰在檢討詩、騷、賦寫物的特徵及得
失之時，很明顯的，是將寫物作為文學技巧的意義。在這樣的認知之下，劉
勰對南朝文學重視「形似」的論述，便不會只是單論某類文體，而是總論跨
越各體的時代風氣。其文云：

自近代以來，文貴形似，窺情風景之上，鑽貌草木之中。吟詠

所發，志惟深遠；體物為妙，功在密附。故巧言切狀，如印之印泥，

不加雕削，而曲寫毫芥；故能瞻言而見貌，即字而知時也。〔註41〕

　其中之「自近代以來，文貴形似」一語，置於全篇之整體脈絡通讀，其
「文」便不是指某一類文體而已，而其「形似」便是突出南朝與前代之寫物
手法在「密附」、「印之印泥」、「曲寫毫芥」部分有極明顯的差異。換言之，
南朝與前代寫物之差異，正在於逼真地、精細地「體物」。再如《詩品》，則
更密集地使用「形似」一語：

　上品評張協：文體華淨，少病累。又巧構形似之言。……風流

調達，實曠代之高手。調采蔥菁，音韻鏗鏘，使人味之亹亹不倦。

　上品評謝靈運：雜有景陽之體。故尚巧似，而逸蕩過之，顏以

繁蕪為累。嶸謂若人興多才高，寓目輒書，內無乏思，外無遺物，

其繁富宜哉！然名章迥句，處處間起，麗典新聲，絡繹奔會。譬猶

青松之拔灌木，白玉之映塵沙，未足貶其高潔也。

　中品評顏延之：尚巧似。體裁綺密，情喻淵深；動無虛散，一

句一字，皆致意焉。又喜用古事，彌見拘束；雖乖秀逸，是經綸文

雅才。

　中品評鮑照：善制形狀寫物之詞……然貴尚巧似，不避危仄，

〔註40〕　〔梁〕劉勰著；周振甫注《文心雕龍注釋》，頁845～846。
〔註41〕　同上，頁846。

頗傷清雅之調。〔註42〕

鍾嶸的評論明顯將「形似」視爲詩人創作的一項特徵，與其他的「音韻」、「繁富」、「綺密」、「危仄」等特徵並列，儼然「形似」本即爲詩中的創作手法。其他如《顏氏家訓‧文章》云：「何遜詩實多清巧，多形似之言。〔註43〕」亦沿用「形似」一詞以爲評詩的用語。

南朝這樣普遍地重視「形似」，這自然不能視爲是將賦的特徵向詩的簡單轉移。因此考察詩史，可以說晉宋時期山水詩，尤其是謝靈運山水詩的逼眞寫物及其對詠物詩的影響，當是促成南朝文學重視「形似」風潮更重要的原因。《文心雕龍‧明詩》云：

> 宋初文詠，體有因革，莊老告退，而山水方滋；儷采百字之偶，爭價一句之奇，情必極貌以寫物，辭必窮力而追新；此近世之所競也。〔註44〕

宋初由謝靈運所引領的山水詩形成「貴賤莫不競寫」的盛況，雖然莊老未必告退〔註45〕，但謝靈運逼眞寫景的手法，自然也是時人競相模仿的對象，正如《文心雕龍》所述，「情必極貌以寫物」的「形似」特徵，已成爲「近世之所競」的現象之一，這可明顯見出，重視「形似」的風氣，與山水詩之滋盛實密不可分。

由此可知，南朝物感、形似觀念的發展，其與前代顯著的差異處，在於突出「如印之印泥」的逼眞性，而普遍以此態度面對外物，也就使形似不再只是某類文體的專屬特徵，從而擴展成爲各體皆然的寫作技巧。換言之，寫物即重視其客觀屬性之刻畫，且無論其間文體之別，而這也反映了南朝面對外物時，對其客觀性的重視。就南朝詩體的實際發展而言，也符應了這種現象，山水、詠物、宮體等相繼盛行，其中一個不變的特徵，便是其題材的客觀屬性始終爲詩人所關注。這種傾向得以貫穿南朝，正可見外在世界自有其客觀屬性、意義之觀念的深入人心。

〔註42〕 以上四則《詩品》評論，見〔梁〕鍾嶸著；陳延傑注《詩品注》，頁16、17、25、27。

〔註43〕 〔北齊〕顏之推著；王利器集解《顏氏家訓集解》（台北：明文書局，1984再版），頁276。

〔註44〕 〔梁〕劉勰著；周振甫注《文心雕龍注釋》，頁85。

〔註45〕 王瑤先生甚早即曾指出：「『老莊』其實並沒有『告退』，而是用山水喬裝的姿態又出現了。」見〈玄言‧山水‧田園──論東晉詩〉一文，收入氏著《中古文學史論‧中古文學風貌》，頁66。

三、「物情」與「情趣」

鑑於「窮物之情」、在詩中「即物達情」的詠物詩佔南朝詠物詩的大多數，因此仍須對此中之「情」再作說明。

對於情的重視，是六朝文論中顯著的現象，以南朝而言，將文學的發生繫於「情」（或「情性」、「情志」、「性靈」等）的言論，自然也是隨處可見。如：

范曄《後漢書・文苑傳贊》：情志既動，篇辭爲貴。〔註46〕

劉勰《文心雕龍・明詩》：人秉七情，應物斯感，感物吟志，莫非自然。〔註47〕

劉勰《文心雕龍・體性》：夫情動而言形，理發而文見，蓋沿隱以至顯，因內而符外者也。〔註48〕

劉勰《文心雕龍・知音》：夫綴文者情動而辭發，觀文者披文以入情，沿波討源，雖幽必顯。〔註49〕

鍾嶸《詩品・序》：氣之動物，物之感人，故搖蕩性情，形諸舞詠。〔註50〕

蕭子顯《南齊書・文學傳論》：文章者，蓋情性之風標，神明之律呂也。〔註51〕

伏挺〈致徐勉書〉：懷抱不可直置，情慮不能無托，時因吟詠，動輒盈篇。〔註52〕

王筠〈昭明太子哀冊文〉：吟詠性靈，豈惟薄伎；屬詞婉約，緣情綺靡。字無點竄，筆不停紙；壯思泉流，清章雲委。〔註53〕

其例甚多，不需贅錄。雖然對「情」的強調，表明了文學與抒情需要密不可分的關係，但是南朝對「情」的認識，更增了一層不爲抒情而純爲審美

〔註46〕《（新校本）後漢書》卷八十下，頁2658。
〔註47〕〔梁〕劉勰著；周振甫注《文心雕龍注釋》，頁83。
〔註48〕同上，頁535。
〔註49〕同上，頁888。
〔註50〕〔梁〕鍾嶸著；陳延傑注《詩品注》，頁1。
〔註51〕見郁沅、張明高編選《魏晉南北朝文論選》，頁340。
〔註52〕〔清〕嚴可均輯；陳延嘉等校點《全上古三代秦漢三國六朝文・全梁文（第七冊）》卷四十，頁406。
〔註53〕同上，卷六十五，頁674。

效果的意義。這與文論家檢討歷代「形似」的發展，並將之視爲寫作技巧有關。

　　上文引《文心雕龍・物色》之論，已可見劉勰對於寫物技巧的反省，如劉勰在本篇中主張「物色雖繁，析辭尚簡」，顯然是要求在作品中裁減對物色的刻畫，這除了是劉勰對《詩經》「以少總多，情貌無遺」成就的尊崇外，也與「物貌難盡」的認識密不可分。正是由於物貌難盡，一味地追求窮形盡貌，便將造成「繁而不珍」、「辭人麗淫而繁句」的缺失。以當代的語言而言，則更能清晰地顯示出劉勰的這種認識，此即形象世界與現實世界的差異：

> 顯然「巧構形似」之作，不只是一個追求外在形貌的記述而已，它還形成一種由文字所重構的形象世界，這個形象世界，雖由作者感官接觸外在世界而引發，但在創作中所「巧構」的「形式」，卻不存在於人類的現實世界，而只存在於文字建構的作品中，可以說是由文字雕塑建造出來的想像國度。〔註54〕

　　語言文字所能建構的形象世界與現實世界不同，以語言文字競逐外物形貌，終將有「物貌難盡」的認識，也因此劉勰在物色中所追求的，是「使味飄飄而輕舉，情曄曄而更新」、「物色盡而情有餘」〔註55〕。情在寫物中的重要性因此十分突出，成爲詩人自覺追求的審美效果。

　　鍾嶸則更清晰地表達出對審美效果的追求，《詩品・序》云：

> 夫四言，文約意廣，取效《風》、《騷》，便可多得；每苦文繁而意少，故世罕習焉。五言居文詞之要，是眾作之有滋味者也；故云會於流俗。豈不以指事造形，窮情寫物，最爲詳切者耶！故詩有三義焉：一曰興，二曰比，三曰賦。文已盡而意有餘，興也；因物喻志，比也；直書其事，寓言寫物，賦也。宏斯三義，酌而用之，幹之以風力，潤之以丹采，使味之者無極，聞之者動心：是詩之至也。若專用比興，患在意深，意深則詞躓。若但用賦體，患在意浮，意浮則文散，嬉成流移，文無止泊，有蕪漫之累矣。〔註56〕

　　此中對四言、五言的優劣比較，明顯已突破《文心雕龍・明詩》中以「四

〔註54〕有關語言與圖像表達功能的差異，見陳昌明《沈迷與超越：六朝文學之感官辯證》，頁298～307。引文見頁307。

〔註55〕本段《文心雕龍・物色》文字，見〔梁〕劉勰著；周振甫注《文心雕龍注釋》，頁845～846。

〔註56〕〔梁〕鍾嶸著；陳延傑注《詩品注》，頁4。

言正體」、「五言流調」評論詩句的宗經觀〔註57〕，而是將四、五言的優劣繫於其審美效果，換言之，鍾嶸是以其著名的「滋味說」爲優劣的評斷標準。對於賦、比、興的運用，鍾嶸也同樣是以審美效果爲著眼。鍾嶸與劉勰固然有別，但二人在寫物觀念上的類似之處卻也顯然：單純地描摹外物，爲鍾嶸所謂的「賦」的表現手法之一（另一則爲「直書其事」，即不以「物」，而是以「事」爲著眼點），而專用「賦」法，則將形成「文無止泊，有蕪漫之累」。此正類似劉勰的觀點，亦即只著眼在刻畫物象，由於「連類不窮」、「物貌難盡」，便將形成「辭人麗淫而繁句」之弊。因此劉勰要求「析辭尚簡」，亦即對物象的刻畫，重要的是能形成「物色盡而情有餘」，而以鍾嶸的話來說，則是要求達到「文已盡而意有餘」〔註58〕的藝術效果。

於是「情」（或「味」、「意」）在傳統自我抒情的意義之外，另突出了一層意涵：「情」成爲詩中的一種構成項目，爲使一首詩成一完美審美對象而可於詩中被「安排」、「設計」的項目。在這種觀點下，外在世界所觸發的「情」，其「情」便是屬於「物情」，並有待詩人於詩中妥善安排。而詩人完美地呈現「物情」，這自然是一種「表演」，而不指向詩人全人格（尤其道德人格）的展現。因此，就詩人情感與外在客觀事物的關係而言，主要的便是「觸發」，「事」與「物」在此並無太大差別，因此鍾嶸將社會生活亦歸屬爲「物」。也因外在事物所觸發的「情」，是人「感知」外物而來的情感的片段，此自然可以無關於人格的全面展開、無關於因自身境遇所蓄積的情感。更正確地說，此「情」實際上是一種「情趣」。正如王國瓔先生在論述與宮廷遊宴同調的山水詩，評論其「抒情成分的缺如」時所云：

> 由於抒情成分的缺如，詩人又專注以美的山水景物入詩，呈現的山水景象往往有如攝影般的「特寫鏡頭」，較之實地山水更爲突出，令人感到新奇、悅目，山水景物的摹擬技巧亦愈見精緻；可是如果沒有「情」的主導，在組織結構上就很容易成爲王夫之所謂的「無主之賓」，是「烏合」。……沒有「情」的山水詩，至多是一幅不具名的美麗圖畫而已。……詩中呈現的山水景象，不論有多逼真，

〔註57〕〔梁〕劉勰著；周振甫注《文心雕龍注釋》，頁85。

〔註58〕「興」雖然是作爲「賦比興」之一，但實際上鍾嶸主張「賦比興」以「文已盡而意有餘」爲原則。說見羅立乾《鍾嶸詩歌美學》（台北：東大圖書股份有限公司，1990），第三章之三「『賦比興』以『文已盡意有餘』爲原則」，頁111～115。當然，鍾嶸仍要求「風力」、「丹采」等要素，以達到「詩之至」。

也並非眞實山水的翻版，而是詩人審美趣味的山水，至少和詩人審美之趣或賞美之情是合而爲一的。而整首詩的內在生命就有賴於這份「趣」的表現。〔註59〕

王先生所述雖是山水詩的現象，但山水、詠物、宮體有其貫穿南朝、一脈相承的發展關係，因此王先生可說是清楚地表達了南朝詩中並非自我抒情之「情」的一項重要特徵：「情」的地位雖然顯著，但此「情」卻無關乎詩人全人格展現的眞情實志，可以是詩人爲完成審美效果所「設計」的「情趣」。也因詩人對「情趣」的追求，促成了葛曉音先生所謂的「日常生活的詩化」現象〔註60〕。

因此要在詩中尋求南朝詩人眞實的人格展現，便往往窒礙難行，以沈約爲例，在其詩中即常常出現截然相反的傾向：

〈詠杜若詩〉：生在窮絕地，豈與世相親。不顧逢采擷，本欲芳幽人。

〈詠菰詩〉：結跟布洲渚，垂葉滿皋澤。匹彼露葵羹，可以留上客。

〈詠山榴詩〉：靈園同佳稱，幽山有奇質。停采久彌鮮，含華豈期實。長願微名隱，無使孤株出。〔註61〕

其中〈詠菰詩〉之「可以留上客」，即被學者視作沈約醉心於榮祿的自抒其志〔註62〕，但另二詩之「不顧逢采擷，本欲芳幽人」、「長願微名隱，無使孤株出」，則明顯又是人品高潔的表現。沈約詩作中這種矛盾並存的現象，使沈約眞實的人格狀態，自不宜以其詩歌作爲考察依據。勿寧說沈約只是把所詠對象，「作爲客觀審美對象來觀照，形象地勾勒它的清姿，映襯它的風韻，別無政治上的寓意或個人身世上的感慨」〔註63〕，而其中之「情志」因

〔註59〕 王國瓔《中國山水詩研究》（北京：中華書局，2007），頁179。該文此處所論爲與宮廷遊宴同調的山水詩，但實際上與詠物已無別，故引用之以利解說。

〔註60〕 葛曉音〈論齊梁文人革新晉宋詩風的功績〉：「詠物如落花春草，風蝶雨燕，蚊聲螢火，細筍青苔，寫趣如春郊行馬，夏夜納涼，秋日聽蟬，雪裡覓梅，大自然各種多樣的聲色之美隨時觸發豐富的想像和優美的詩思，寫多了自不乏摹態深細、一景百媚的佳作。……日常生活的詩化從此成爲我國文人詩的基本審美特徵之一，這應歸功於齊梁文人有意識的提倡。」收入氏著《漢唐文學的嬗變》（北京：北京大學出版社，1995二刷），頁70～71。

〔註61〕 三詩，見逯欽立輯校《先秦漢魏晉南北朝詩》，頁1656、1658、1659。

〔註62〕 閻采平先生對本詩之評論，見氏著《齊梁詩歌研究》，頁158。

〔註63〕 潘嘯龍先生對沈約〈詠簷前竹〉的賞析文字，見吳小如等撰寫《漢魏六朝詩

素，自然也就不過是詩中得以「設計」、「安排」的項目，以使詠物而能有「情趣」。

總之，南朝將「情」視爲詩中的一項構成要素，目的在於透過詩人的安排設計，以使詩歌成爲完整的審美對象，於是「情」便不應毫無疑義地與詩人的人格展現相連。而由於「情」之觸發，爲對外在事物的感知所致，因而所抒之情也爲無關詩人人格之「物情」，於是南朝形成裴子野所批評之「深心主卉木，遠致極風雲。其興浮，其志弱」〔註64〕的普遍現象。好寫「卉木」、「風雲」且「興浮」、「志弱」，這正是南朝詩人自我抒情的一面被淡化，並對外在世界客觀性的重視所致〔註65〕。

第二節 世界客觀化所隱蔽的文化約定性

一、山林的玄遠約定性意義

物獨立於人的觀念，隱含著外在世界的屬性、意義在人之外的意涵。於是正確地認知事物的屬性、意義，並給予事物正確的「位置」，以共成和諧的世界，便是政治的重要作爲。

然而事物的意義爲何，往往不脫文化約定性，但這種人爲的約定性卻也常被隱蔽，使得來自人爲約定的意義，表現得彷彿事物本然如此、爲事物自有的客觀屬性。如山林已被定性成隱逸、暢玄、澄懷觀道、遠離朝市之場所等意義，因此即便謝靈運山水詩中「玄言的尾巴」已然消失，但仍不礙讀者以玄遠的角度接受山水詩，此正如陳昌明先生所說：

> 詩中「記遊──寫景──興情──悟理」的特性是很重要的，
> 詩中玄言的尾巴似乎是山水詩作的一個敗筆，其實不然，這說明山
> 水詩作一開始即引導人們向玄學的理路去想像，整個山水詩作都染
> 上了玄想的色彩，是以這個玄言的尾巴消失之後，整個中國山水詩
> 的理解仍然是富含著老莊思想對自然的深思。〔註66〕

當「整個山水詩作都染上了玄想的色彩」，實際上便是山水詩的文化約定

鑑賞辭典》（上海：上海辭書出版社，1994三刷），頁1021。
〔註64〕裴子野〈雕蟲論〉，見郁沅、張明高選編《魏晉南北朝文論選》，頁325。
〔註65〕有關「情」在南朝詩中的發展，下文尚有進一步論述。本節集中於「物情」，以下將對「情志內容的操作化」有進一步說明。
〔註66〕陳昌明《沈迷與超越：六朝文學之感官辯證》，頁301。

性意義已然形成，於是即便詩人不再於詩作中提示「向玄學的理路去想像」，由於讀者對這種約定性意義的默認，也將促使讀者以「富含著老莊思想對自然的深思」的方向去理解山水詩。〔註67〕

這種文化約定性的影響力是十分強大的，王籍的詩例便很可以說明這種現象。王籍爲南朝甚受推崇的山水詩人，《南史・王籍傳》載：

> 籍好學，有才氣，爲詩慕謝靈運。至其合也，殆無愧色。時人
> 咸謂康樂之有王籍，如仲尼之有丘明，老聃之有嚴周。〔註68〕

王籍詩名如此之盛，甚至已至時人認爲「康樂之有王籍，如仲尼之有丘明，老聃之有嚴周」的地步，亦即王籍在時人眼中已具有謝靈運繼承人的地位，則王籍的山水詩自然是反映了南朝對山水認知的某些重要側面。惜王籍詩今僅存二首〔註69〕，難以藉之一窺全貌，但在時人摘句批評的風氣下，仍能藉其爲時人盛稱「文外獨絕」的名句，推知部分南朝的山水意識。《梁書・文學傳下》載：

> （王籍）至若邪溪賦詩，其略云：「蟬噪林逾靜，鳥鳴山更幽。」
> 當時以爲文外獨絕。〔註70〕

〔註67〕王文進先生指出，「山水」在南朝時已爲一有明確指涉對象的詞語，但尚未將模山範水之作直接稱爲「山水詩」，至白居易〈讀謝靈運詩〉始出現「山水詩」一詞，但在唐代之前仍未有以山水爲類收錄作品者。《文選》自然亦無「山水」一類，然所謂的「山水詩」則大部分安置在「遊覽」、「行旅」的名類之下。而「遊覽」、「行旅」二類雖有重疊之處，但終究有其差異的屬性：「『行旅』中的山水一方面是以『懷鄉』爲底色，一方面則又奔濺著驚流急湍，形成一種既低沈又快捷的節奏」；「真正最能表現南朝『遊覽』詩特色的，應該是謝氏的歸隱始寧之作。詩人回到家園後，得到安頓的心靈在面對山水景物時，的確真正可以澄懷觀象，使山水景物呈現萬端的神采」。見氏著〈南朝「山水詩」中「遊覽」與「行旅」的區分——以《文選》爲主的觀察〉，《東華人文學報》第 1 期（1999.07），頁 103～114。引文見頁 108、110。王先生此文著重指出的是「遊覽」、「行旅」寫景的不同，但若就「山水」指向的意義而言，二類皆不脫玄遠超逸的傾向。「遊覽」類的「澄懷觀象」可勿論，即便是「行旅」類的「懷鄉」意識，在南朝常見的仕與隱對立的思維下，懷鄉往往亦有「隱」的意涵。而「澄懷觀象」、「歸隱」在南朝實際上正是「富含著老莊思想對自然的深思」。故南朝「山水詩」雖尚未爲一詞，但就「遊覽」、「行旅」中山水所興發的情理而言，仍可見共同的意義傾向。

〔註68〕《（新校本）南史》卷二十一，頁 580～581。

〔註69〕據逯欽立所輯，王籍詩今存〈櫂歌行〉、〈入若耶溪詩〉二首，見氏輯校《先秦漢魏晉南北朝詩》，頁 1853～1854。

〔註70〕《（新校本）梁書》卷五十，頁 713。

　　此段文字，顏之推所記更爲詳盡，更能突出「蟬噪林逾靜，鳥鳴山更幽」
二句在南朝詩人心中的重要性：

　　　　王籍〈入若耶溪〉詩云：「蟬噪林逾靜，鳥鳴山更幽。」江南以
　　爲文外斷絕，物無異議。簡文吟詠，不能忘之，孝元諷味，以爲不
　　可復得，至《懷舊志》載於〈籍傳〉。范陽盧詢祖，鄴下才俊，乃言：
　　「此不成語，何事於能？」魏收亦然其論。《詩》云：「蕭蕭馬鳴，
　　悠悠旆旌。」《毛傳》曰：「言不諠譁也。」吾每歎此解有情致，籍
　　詩生於此耳。〔註71〕

　　引文中南北文化的差異部分非本文所關切，可勿論。但就顏之推引《毛
傳》注《詩》而言，顏氏對二句的理解可說是以襯托的角度爲之〔註72〕，如
此，則顏氏認爲二句是以蟬鳥之噪鳴，反襯山林之幽靜。但這種理解，實際
上是將「在」山林的蟬鳥抽離於山林的意義之外，因此得以以其一（蟬鳥），
對比於其另一（山林），從而突出二者屬性的不同（噪鳴對比於幽靜）。但這
難免形成困惑：蟬鳥豈不即「是」山林的本然屬性？蟬鳥的噪鳴豈不即是山
林的噪鳴？蟬鳥之噪鳴何以被排除在山林的意義之外，而只屬於反襯的地
位？然而，若蟬鳥屬於山林整體，則噪鳴即是喧囂，何以反倒爲山林幽靜的
表現？或許這即是北朝詩人對此二句詩「不成語」的評論所由。

　　王籍此二詩句，自然不會只是單純地描述「山」與「林」，而不及於山林
中的鳥獸蟲魚泉澗卉草……，總之，應是將山林及其中的蟲鳥百草視爲「山
林」整體。然而王籍是如何看待山林的屬性的？以此二句中的「逾」、「更」
用字可知，是蟬鳥使山林「更加」幽靜。換言之，王籍已然預設幽靜乃山林
的一種屬性，噪鳴只是更加突出這種屬性。因此反襯固然可以成爲理解此二
詩句的途徑，但也不妨將此二詩句視爲是「思維定式〔註73〕」的一種美學表

〔註71〕〔北齊〕顏之推著；王利器集解《顏氏家訓集解》，頁273。
〔註72〕錢鍾書先生釋「以音聲烘托寂靜」時引顏之推此則紀錄，即是以「烘襯」、「反
　　　　襯」角度視之。見氏著《管錐編（上）》（香港：太平圖書公司，未著錄出版
　　　　年月），「毛詩正義第五十二則」，頁137～139。
〔註73〕所謂「思維定式」是指：「不論認識的對象或認識的具體條件有什麼樣的特點，
　　　　發生了什麼樣的變化，認識主體的思緒仍然沿順著固有的價值格局和一成不
　　　　變的致思邏輯完成思維過程，形成認識結論。在這一思維過程中，認識對象
　　　　及條件的特點或變化要麼被認識主體忽略不計，視而不見；要麼被固有的致
　　　　思邏輯強行改變，納入既定的認識框架之中。這種固定不變的僵化的認知和
　　　　思維方式可以稱之爲『思維定式』。」說見葛荃《立命與忠誠：士人政治精神
　　　　的典型分析》（杭州：浙江人民出版社，2000），頁163。

達方式，亦即，山林幽靜的約定性意義已然成立，故即便在山林中實實在在經驗到的，是與幽靜對反的噪鳴，但噪鳴、喧囂也不能就此成爲山林的屬性。在這種「思維定式」的推動下，蟬鳥的噪鳴成爲「能指」（signifer），而其「所指」（signified）則爲山林的幽靜〔註74〕。在「能指」與「所指」緊密聯繫的情況下，「噪」、「鳴」便不再與感官認知的意義相連，而是指向「靜」、「幽」的文化約定性意義。故而「能指」越明確（即蟬噪鳥鳴越清晰），則其與「所指」的聯繫也越明確（即林靜山幽的意義更清晰），也就是說，蟬噪鳥鳴因此更加凸顯了人在山林的事實，而山林幽靜的約定性意義也隨之而生。於是，由感官認知而來之噪音，便與其相背反的幽靜和諧地統一了。

但無論理解的角度爲何，事實上都是已然接受了山林的文化約定性意義，亦即已然默認山林是爲「幽靜」之場所，這正如王籍「逾」、「更」二字在語義上對山林幽靜的已然默認。缺乏了這種對山林意義的文化約定性，便將如北朝詩人對此二句的茫然無解。

此外，蕭子雲〈贈海法師遊甌山詩〉也甚能顯示出山林與隱逸，已形成了特定的連結關係。於是，甚至聽聞遊山，聯想所及的即是山水景物及隱逸之思：

> 眞心好丘壑，偏悅幽棲人。忽聞甌山旅，萬里自相親。沈寥晚
> 霖霽，重疊晴雲新。秋至蟬鳴柳，風高露起塵。動余憶山思，惆悵

〔註74〕此處採用【瑞士】索緒爾（Ferdinand de Saussure, 1857～1913）的觀念，依索緒爾的語言學理論，符號（sign）可以區分爲「能指」（signifier）與「所指」（signified）兩個部分，而二者之間並無先驗的、必然的關聯，二者之間的關係，可以說是武斷性的、任意性的。譬如「ㄕㄨˋ」這個作爲「能指」的聲音，與「樹」這個作爲意念的「所指」之間，並無必然的關係，以「ㄕㄨˋ」的聲音表示「樹」的意念，完全是因文化約定性不同所形成的連結。見氏著；沙・巴利、阿・薛施藹編《普通語言學教程》（台北：弘文館出版社，1985），尤其頁90～96。對索緒爾「能指」、「所指」概念及其關係的簡要說明，可參古添洪《記號詩學》（台北：東大圖書有限公司，1984），頁34～37。又，索緒爾語言學理論的内容自然不僅止於「能指」、「所指」及其間所具有的文化約定性關係，但由於社會生活隨時都在進行形形色色的意義傳達、交流，索緒爾的語言學理論也就在學者反省、應用下，影響至各種文化領域，甚且及於衣著、食物、汽車、家具等日常生活事物的研究。說見〔法〕羅蘭・巴特（Roland Barthes）著；洪顯勝譯《符號學要義》（台北：南方叢書出版社，1988）頁1～3、43～48。這同時也就使作爲索緒爾語言學理論重要構成部分的符號觀念，隨其語言學理論之廣泛應用，擴展爲研究各種意義產生的重要角度，以其甚能彰顯「能指」與「所指」間的文化約定性關係，故藉之以分析王籍此詩句。

惜荷巾。〔註75〕

　　無論蕭子雲是否曾經親歷甗山，也不必探討所寫山水景物是否爲甗山所有，但詩人對甗山「萬里自相親」的遙想，即爲三、四聯中的山水景物及末聯的隱逸之思〔註76〕，這可見山水景物與隱逸之思在南朝詩人意識中的「天然」相連關係，因此無須多作說明，刻畫山水景物便可以順利地「動余憶山思」、引發隱居之意。

二、謝朓詩之「躓」

　　再以時人對謝靈運、謝朓的評論爲例，也甚能見出文化約定性意義在南朝詩發展中的影響力。

　　大謝將所見之景物以逼眞的手法表出，此即鍾嶸所說的「寓目輒書」〔註77〕，換言之，大謝對其所親歷的山水景物，重在逼眞地刻畫而不在自我抒情。故而大謝詩中寫景、記遊之部分，往往與其後興情、悟理部分分爲兩橛。因而閱讀大謝山水詩，難免有前後割裂的感覺，日人志村良治先生比較大謝左遷永嘉前、後詩作的表現，更突顯出大謝山水詩這種現象乃刻意爲之：

　　　　　謝靈運的詩是以左遷永嘉爲轉關，取得重要發展的。……他的詩開始具有一種重要特徵，即明確地以山水「自然」爲對象。而且，他在描寫山水時，割裂風景與心情的聯繫，採用純客觀描寫的手法……。明確地切斷了個人情感與風景間的固有聯繫，這與他早期作品中所看到的「晚春悲獨坐」（〈彭城宮中直感歲暮〉）、「彼美丘園道，喟焉傷薄劣」（〈九日從宋公戲馬台集送孔令〉）等沿襲傳統的表現，是大相徑庭的〔註78〕。

　　雖然今人將大謝詩「割裂風景與心情的聯繫」、前後部分不能融合等現象，視爲是謝詩之病。但檢閱南朝文論，雖然批評謝靈運詩之言論所在多有，

〔註75〕逯欽立輯校《先秦漢魏晉南北朝詩》，頁1885。
〔註76〕「荷巾」當即「荷衣」，《文選》卷四十三，孔稚圭〈北山移文〉：「焚芰製而裂荷衣」句，李善注引《楚辭》：「製芰荷以爲衣，集芙蓉而爲裳。」見〔梁〕蕭統編；〔唐〕李善注《昭明文選》（台北：漢京文化事業有限公司，1983），頁613。則「荷巾」當爲高人、隱士之意。
〔註77〕〔梁〕鍾嶸撰；陳延傑注《詩品注》，頁17。
〔註78〕〔日〕志村良治〈通向山水詩的契機——以謝靈運爲論〉，收入宋紅編譯《日韓謝靈運研究譯文集》（桂林：廣西師範大學出版社，2001），頁47。

但似未見有以此現象爲其病者。如：

《南齊書・武陵昭王曄傳》：康樂放蕩，作體不辨有首尾。〔註79〕

《南齊書・文學傳論》：疏慢闡緩……酷不入情。此體之源，出靈運而成也。〔註80〕

《詩品・卷上》：逸蕩……頗以繁富爲累。〔註81〕

〈與湘東王書〉：時有不拘，是其糟粕。……學謝則不屆其精華，但得其冗長。〔註82〕

由以上評論可知，時人對謝靈運詩負面的批評不少，但卻也未見有以前後段不能融合爲評者，亦即謝靈運從未聞有「蹇」之評論〔註83〕。反倒是謝朓有「末篇多蹇〔註84〕」之評，也就是說，時人認爲前後不能協調者是謝朓而非謝靈運。

而「蹇」之產生，不可忽略離開了文化約定性的原因，因離開了文化約定性，景物所喚起的情意便容易模糊不清，造成「意深」所致之「蹇」。

〔註79〕《（新校本）南齊書》卷三十五，頁 625。

〔註80〕同上，卷五十二，頁 908。

〔註81〕〔梁〕鍾嶸撰；陳延傑注《詩品注》，頁 17。

〔註82〕郁沅、張明高編選《魏晉南北朝文論選》，頁 352。

〔註83〕有關「蹇」的理解有多種角度。葛曉音先生在對謝朓〈晚登三山還望京邑〉的賞析中，認爲「情景分詠」與謝朓之「篇末多蹇」有關。見吳小如等撰寫《漢魏六朝詩鑑賞辭典》，頁 855。但，大謝之情景分詠已是顯著特徵，甚且如王夫之所云：「晉、宋以下詩，能不作兩截者鮮矣。」然鍾嶸獨以「蹇」評小謝，不及他人。故葛曉音先生之說，應仍有可商榷之處。而詹福瑞先生則以爲小謝之「蹇」，「主要是指玄暉詩篇末，大多抒寫縈心祿位而又寄想林丘的思想矛盾，缺乏更新鮮的義旨。鍾嶸把造成這種現象的原因歸之於『才弱』，其實還有比這更重要的原因，就是思想的貧乏。」見氏著《走向世俗：南朝詩歌思潮》，頁 125。然而徘徊於仕隱之間，爲南朝詩人常見的心態，小謝並未有特殊性。正如詹福瑞先生也於本書中，對永明詩歌總體特徵的一項總結：「永明詩歌的主要內容，是表現士人徘徊、搖擺於仕與隱之間的矛盾思想狀態。」（頁 123。）又，魏耕原先生臚列了前人對小謝「末篇多蹇」的諸種說法，見《謝朓詩論》（北京：中國社會科學出版社，2004），頁 40～45。筆者以爲，對於「蹇」的理解，仍應回歸鍾嶸的觀點，《詩品・序》：「若專用比興，則患在意深，意深則辭蹇。若專用賦體，則患在意浮，意浮則文散，嬉成流移，文無止泊，有蕪漫之累矣。」可見「蹇」爲比興之意不明所造成的後果。換言之，「蹇」的原因與詩中之物象有關，「蹇」在於物象未能興發相對明確的情意，以致於讀者茫然不解而有深晦之感。

〔註84〕〔梁〕鍾嶸撰；陳延傑注《詩品注》，頁 28。

　　謝朓對南朝山水詩的貢獻十分重要，除了強化山水詩的抒情性、在律化與詠物小詩的風氣中促進精簡詩風的發展、語言益見工巧纖麗等等成就之外，謝朓同時在山水詩的內容上也另闢新境，擴大了山水詩的內容，如學者指出：

> 　　當然，謝朓還是步謝靈運後塵，繼續寫與莊、老名理並存的山水詩；但是更重要的是他另闢新境，多量地創作與宦遊生涯共詠的山水詩，大凡仕途中引起的離鄉之悲、送別之情、思歸之嘆都併入山水的歌詠中，因而擴大了山水詩的內容。〔註85〕

　　謝朓對山水詩的這種變革，也爲不少學者所指出，如：

> 　　謝朓筆下的山水風景，是庭院，是宮省，是都市，是郊野，是舉目所見的事事物物。即便是遊山，也難得如謝靈運，「必造幽峻」，而是芳年共遊，歌舞連席。〔註86〕

> 　　玄暉所描寫的自然景色並不專在深山大壑。他更多的是在官衙之中、道里之上、集會之時、分手之刻、酬和之際，即目隨處地寫當時所見之景。〔註87〕

　　學者或自所抒之情、或自所寫對象、或自寫作場合等不同角度論述謝朓詩，但這都指出了謝朓所寫的山水，離開了人所罕見的深山大壑，謝朓詩的山水，是在宦遊生涯的各種場合中舉目所見的尋常山水。

　　因此鍾嶸稱謝朓「奇章秀句，往往警遒」〔註88〕，而這些寫景的「奇章秀句」便往往出自各種場合。如〈郡內高齋閒望答呂法曹詩〉、〈後齋迴望詩〉爲謝朓在官衙之中瞻望，而前有名句「日出眾鳥散，山暝孤猿吟」，後有「夏木轉成帷，秋荷漸如蓋」〔註89〕；〈暫使下都夜發新林至京邑贈西府同僚詩〉爲道里之上所見，而有名句「秋河曙耿耿，寒渚夜蒼蒼」〔註90〕；〈與江水曹至干濱戲詩〉爲遊集之詩，而有「花枝聚如雪，蕪絲散猶網」〔註91〕；〈和

〔註85〕本段有關謝朓成就的概括及引文，見王國瓔《中國山水詩研究》，頁232。
〔註86〕閻采平《齊梁詩歌研究》，頁42。
〔註87〕王鍾陵《中國中古詩歌史——四百年民族心靈的展示》，頁424。
〔註88〕〔梁〕鍾嶸撰；陳延傑注《詩品注》，頁28。
〔註89〕逯欽立輯校《先秦漢魏晉南北朝詩》，頁1427、1449。
〔註90〕同上，頁1426。
〔註91〕同上，頁1450。又，本詩《玉臺新詠》題作〈別江水曹〉，見逯欽立說明，較詳細之解說見（南齊）謝朓著；陳冠球編注《謝宣城全集》（大連：大連出版社，1998），頁207～208。若題爲〈別江水曹〉則可視作「分手之刻」所見之景。

徐都曹出新亭渚詩〉爲酬和之際所作，而有「日華川上動，風光草際浮」
〔註92〕。其他爲人所稱道的秀句甚多，不一一列舉。但尙須強調，這並不
表示謝朓無單純遊覽之詩，如其〈遊山詩〉、〈遊敬亭山詩〉、〈將遊湘水尋句
溪詩〉、〈遊東田詩〉等〔註93〕，而這類遊覽之作也不乏「奇章秀句」，如〈遊
東田詩〉之「遠樹曖阡阡，生煙紛漠漠。魚戲新荷動，鳥散餘花落〔註94〕」，
即歷來爲人所稱。同時，也不表示謝朓之秀句僅在於寫景，如沈德潛即盛讚
謝朓名句之富含情理：「玄暉靈心秀口。每誦名句，灑然泠然，覺筆墨之中，
筆墨之外，別有一段深情妙理。〔註95〕」而王夫之則點出謝朓名句在情景
交融表現上的成就，如其《古詩評選》評謝朓名作〈之宣城出新林浦向板橋
詩〉云：

> 語有全不及情而情自無限者。心目爲政，不恃外物故也。「天際
> 識歸舟，雲中辨江樹」，隱然一含情凝眺之人，呼之欲出。從此寫景，
> 乃爲活景。〔註96〕

二氏皆已指出謝朓在寫情或情景交融上的成就，但本節著重在謝朓所寫
景物離開山林的影響，對謝朓詩的成就不再具論。

謝朓大量地書寫隨處即目所見之景物，這種變革固然促成了山水詩的發
展，在情景交融上也有傑出的表現，但也正因謝朓的變革，使山林脫離了文
化約定性意義，以致於其情景難以相稱之處也所在多有。亦即在謝朓所寫的
山水脫離了「玄想的色彩」之後，使山水指向鄉愁、別恨、旅情等等諸種情
感，但謝朓所寫之景物是否能精準地喚起相應的情感？換句話說，山水景物
在謝朓手裡轉成抒寫各種情感的手段，但脫離玄遠的文化約定性意義，山林
景物缺乏了「共識性」的認知，面對某一山水景物所興發的情感，實際上是
人各異見、人各爲說的。就缺乏「共識性」、「默契性」而言，無論是對作者
的創造或是對讀者的接受，都是一項十分艱難的考驗。《文心雕龍・知音》云
「綴文者情動而辭發，觀文者披文以入情，沿波討源，雖幽必顯」〔註97〕，

〔註92〕 逯欽立輯校《先秦漢魏晉南北朝詩》，頁 1442。
〔註93〕 同上，頁 1424～1425。
〔註94〕 同上，頁 1425。
〔註95〕 〔清〕沈德潛評選；王蒓父箋註《古詩源箋註》（台北：華正書局，1984），
頁 295。
〔註96〕 〔清〕王夫之《古詩評選》卷五。收入氏著；傅雲龍、吳可主編《船山遺書》
（北京：北京出版社，1999），頁 4803。
〔註97〕 〔梁〕劉勰著；周振甫注《文心雕龍注釋》，頁 888。

雖標舉出「必顯」，但劉勰以「知音」爲篇單獨討論，也可見「必顯」並非易事。於是自南朝對謝朓的討論，便能見出南朝讀者對謝朓詩作接受的差異。《詩品‧序》云：

> 次有輕薄之徒，笑曹劉爲古拙，謂鮑照義皇上人，謝朓古今獨步。……徒自棄於高明，無涉於文流矣。〔註98〕

鍾嶸認爲視「謝朓古今獨步」者爲「輕薄之徒」，其鄙視之意不言可喻。但蕭綱〈與湘東王書〉則又明確指出數位「文章之冠冕，述作之楷模〔註99〕」的作家，其中謝朓以其詩，即爲「冠冕」、「楷模」之一，此又與視謝朓爲「古今獨步」者一致〔註100〕。南朝這二類評論，對謝朓詩作評價的差異是十分明顯的。

南朝對於謝朓詩認知、評價的紛亂，自然也加深了今日辨析謝朓詩的困難，但由當代學者對謝朓詩理解的差異，也可略窺謝朓詩之「躓」。學者對謝朓詩中情景交融的表現，往往給予極高的評價，但也指出了其詩的確難免於「躓」之病，亦即在寫景與興情上，的確有部分呈顯出「意深」而難辨的狀況。

其〈晚登三山還望京邑詩〉前段之寫景甚爲著名：「白日麗飛甍，參差皆可見。餘霞散成綺，澄江靜如練。喧鳥覆春洲，雜英滿芳甸。〔註101〕」葛曉音先生在此詩的賞析中認爲堪稱「明麗美好」，但是也評論：「本篇結尾情緒柔弱消沉，便與前面所寫的壯麗開闊的景色稍覺不稱。〔註102〕」而其〈出下館詩〉〔註103〕亦是如此，前段寫景物，並歸之於「物色盈懷抱，方駕娛耳目」，這實際上是使人愉快的氣氛，但此二句之後無任何中介，突然轉接「零落既難留，何用存華屋」，形成其景與所興之情的斷裂。在確立景物之「娛耳悅目」性質之後，又突接悲情，實不協調，這難免引發讀者「躓」之感。

而〈和別沈右率諸君詩〉〔註104〕亦爲學者所批評，認爲：

〔註98〕〔梁〕鍾嶸撰；陳延傑注《詩品注》，頁5。
〔註99〕郁沅、張明高編選《魏晉南北朝文論選》，頁352。
〔註100〕其他尚有沈約稱美謝朓「二百年來無此詩也」（見《（新校本）南齊書》卷四十七〈謝朓傳〉，頁826）、劉孝綽「唯服謝朓」（見〔北齊〕顏之推著；王利器集解《顏氏家訓集解‧文章》，頁276）等。
〔註101〕同上，頁1430～1431。
〔註102〕收入吳小如等撰寫《漢魏六朝詩鑑賞辭典》，頁855。
〔註103〕逯欽立輯校《先秦漢魏晉南北朝詩》，頁1450。
〔註104〕逯欽立輯校《先秦漢魏晉南北朝詩》，頁1448。

從「春夜別清樽」寫起，寫到夜過天明，詩人的視野，由暗轉明，筆下乃有「重樹日芬葀，芳洲轉如積」的明麗風光出現，雖惜別依依卻又無一絲淒涼。〔註105〕

再如小謝之〈遊東田詩〉〔註106〕，此雖爲名作，但是學者對此詩之解讀卻也人言各異，甚至有正相對反的意見出現。吳小平先生認爲：

> 自然山水的美，深深吸引了詩人，陶冶了詩人；此時此刻，他的那種悲戚意緒早已被美麗的夏景排擠得無影無蹤，他的那顆憂苦之心，終於在自然山水之中獲得了慰藉，找到了歸宿，心靈也隨之得到了昇華。〔註107〕

這顯然是認爲小謝終因美景而得以遣憂。但這種認爲小謝以美景遣憂的解讀方式，卻也有爭議，陳冠球先生認爲：

> 今與家人歸而行樂莊園，結末卻說：「不對芳春酒，還望青山郭。」可見內心不安，連「歡娛宴兄弟」也乏興趣了。〔註108〕

如此，則小謝自然是仍深陷於憂傷之中，而此正與前說相反。另，王國瓔先生以詠物詩的角度解此詩，亦另持一說，其云：

> 首句雖云「戚戚苦無悰」，但乃泛泛之言，只不過爲「遊東田」發端，表示閒來無聊，心中不悅，且遊東田以行樂而已。末聯寫既飲芳酒，又望青山，乃是對此行之樂以及東田山莊之美的恭維。全詩不見情緒的宣泄，亦無哲理的領悟，與當時盛行之詠物詩如出一轍。〔註109〕

則詩人於遊東田之所得者，純爲景物之審美，既不宣情亦不悟理。

以上三說各執一詞，但也自有其理，然而解詩者差異之所以如此顯著，可以推得，原因在於詩人所遊觀之美景，其所喚起的情感色彩，未必即是清晰的、大致確定的，因此對詮釋者而言，一景所興之情自是各有見地，以致於詮釋差異之巨大，直至一悲一喜正相對反的地步。由此可知，遠離了文化約定性，景物與情感之連結，便往往將出現晦澀不明的狀況。

〔註105〕閻采平《齊梁詩歌研究》，頁146。
〔註106〕逯欽立輯校《先秦漢魏晉南北朝詩》，頁1425。
〔註107〕見吳小如等撰寫《漢魏六朝詩鑑賞辭典》，頁836～837。
〔註108〕（南齊）謝朓著；陳冠球編注《謝宣城全集》，頁169。
〔註109〕王國瓔《中國山水詩研究》，頁150。

三、何遜、陰鏗的成就

　　對於情景不協的狀況，時人已頗為不滿，且也非僅為鍾嶸孤立的認知，因此除鍾嶸於《詩品》中評論「躓」的現象外，顏之推對陸機〈齊謳篇〉的批評也為其例：「前敘山川物產風教之盛，後章忽鄙山川之情，疏失厥體。〔註110〕」對「躓」的自覺及不滿，自然使南朝詩人致力於改善，而其中何遜、陰鏗的成就便頗引人注目。此正如王國瓔先生所云：

　　　　後人以「陰、何」並稱，不但因為二人寫景能得其似，傳其神，
　　　還因為他們能在流行的詩風之外，各自留下了幾首記詠山水亦抒宦
　　　情的情景交融的詩篇。〔註111〕

陰、何致力於情境交融的痕跡，茲舉數例以見：

何遜〈渡連圻詩二首〉之二：

　　　　連圻連不極，極望在雲霞。絕壁無走獸，窮岸有盤楂。糾紛上
　　　巃嵸，穿豁下巖岈。魚遊若擁劍，猿掛似懸瓜。陰岸生駮蘚，伏水
　　　拂澄沙。客子行行倦，年光處處華。石蒲生促節，巖樹落高花。暮
　　　潮還入浦，夕鳥飛向家。寓目皆鄉思，何時見狹斜。〔註112〕

　　本詩前五聯是對江岸景物的客觀描述，與詩人情感的聯繫並不密切，很難說這些景物能喚起怎樣的特定情感。但第六聯「客子行行倦，年光處處華」於寫景之中，插入詩人情感的描寫，情與景的關係便緊密了起來，於是以下詩句之寫景，便沾染了客子倦遊的色彩：「石蒲」一聯之「促節」、「落花」，顯示了光陰匆促而春光將去，雖然眼見「年光處處華」但時節遷逝之感已油然而生，同時落花遠離枝頭，也隱伏詩人思念家鄉的情意，於是下聯之「還入浦」、「飛向家」便不只是單純地寫景，詩人思鄉之情已清晰地蘊含於景物之中，更無待於末聯明指詩人之「鄉思」。本詩前五聯之寫景，與其後「石蒲生促節，巖樹落高花。暮潮還入浦，夕鳥飛向家」之寫景並列一詩，然而前、後兩部分寫景之審美效果差異顯然，在密集景句中加入抒情句，使景以情觀，

〔註110〕〔北齊〕顏之推著；王利器集解《顏氏家訓集解》，頁265。又，據王利器先生所說，「此鄙景公耳，非鄙山川也」（頁266，注二）。但無論陸機所鄙之對象為山川或為景公，也無論顏之推是否誤讀，顏之推對文章的要求不難理解，即寫山川物產風教之盛而又繫之以負面情感，這種不協調的現象自是文章之病。

〔註111〕王國瓔《中國山水詩研究》，頁157。

〔註112〕逯欽立輯校《先秦漢魏晉南北朝詩》，頁1690。

景物轉爲詩人情感的形象化，於是前後寫景之成就高下便昭然在目，詩人於景句中夾情句的效果是十分明顯的。而本詩前後寫景之差異，也正反映出何遜努力的痕跡。

另外，何遜的〈日夕出富陽浦口和朗公詩〉，亦有相當優秀的表現：

> 客心愁日暮，徙倚空望歸。山煙涵樹色，江水映霞暉。獨鶴凌空逝，雙鳧出浪飛。故鄉千餘里，茲夕寒無衣。〔註113〕

首聯以詩人望歸之愁，確立了全詩的情感基調，此後二、三兩聯皆爲寫景，但景物卻也由首聯的情感引導，富含了詩人之情。於是眼前「山煙涵樹色，江水映霞暉」的美景，其山煙樹色相涵、江水霞暉一色，凸顯了景物在兩兩相即相融之中，呈現其美好，但這也正襯映出詩人的形單影隻。第三聯的意象則延續第二聯此意，更清楚地表達出「獨」與「雙」的對比，而全詩便收束在末聯詩人的人單衣寒之中，呼應著首聯的心愁望歸。

當然，詩人的努力不會僅見於個人，如以情句引領之詩，謝朓〈暫使下都夜發新林至京邑贈西府同僚詩〉發端之「大江流日夜，客心悲未央」即爲「夐絕千古」的顯例〔註114〕；而王僧孺〈春日寄鄉友詩〉：「旅心已多恨，春至尙離群。翠枝結斜影，綠水散圓文。戲魚兩相顧，遊鳥半藏雲。何時不惘默，是日最思君。〔註115〕」此詩與上舉何遜〈日夕出富陽浦口和朗公詩〉構思、意調之相似不言可喻。

至於陰鏗也有傑出的表現，其〈晚泊五洲詩〉：

> 客行逢日暮，結纜晚洲中。戍樓因嶮險，村路入江窮。水隨雲度黑，山帶日歸紅。遙憐一柱觀，欲輕千里風。〔註116〕

首聯寫詩人客行暫歇，未見詩人情緒的表出，此後兩聯便連寫所見景物，但寫景四句之結構皆同：一物因另一物而呈顯出特殊樣態，即「戍樓」因「嶮」而顯其「險」、「村路」因「入江」而現其「窮」、「水」因「雲度」而「黑」、「山」因「日歸」而「紅」。於是末聯之「一柱觀」雖指詩人之目的地江陵〔註117〕，卻也因其「一」暗示其孤立，對比於詩人眼前景物不斷

〔註113〕同上，頁1703。

〔註114〕同上，頁1426。〔清〕王夫之《古詩評選》卷五評此二句曰：「舊稱朓詩工於發端。如此發端語，寥天孤出，正復宛詣，豈不夐絕千古，非但危唱雄聲已也。」見傅雲龍、吳可主編《船山遺書》，頁4802。

〔註115〕逯欽立輯校《先秦漢魏晉南北朝詩》，頁1766。

〔註116〕同上，頁2456。

〔註117〕張忠綱先生引《渚宮故事》、陰鏗〈和登百花亭懷荊楚〉說明「一柱觀」在江

重複出現的兩兩相依，「一」之孤單明顯可知，故而引來詩人的「遙憐」，當然，這同時也反身指涉了詩人亦爲「一」，因而詩人「欲輕千里風」以飛速至江陵。此詩寫景的兩聯，其中景物的描寫，很難說與詩人欲至江陵的急切之情有何密切關連，但詩人巧妙地運用形式結構連續出現的兩兩相依，以與「一柱觀」對比，從而突顯出詩人迫不及待之情。這種寫景方式自與後代高度讚揚之「情景交融」不同，但詩人致力於以景顯情的巧思可見。

　　此外，陰鏗將人物動作置入詩中的寫法也頗堪稱道，其〈五洲夜發詩〉：

　　　　夜江霧裡闊，新月迴中明。溜船惟識火，驚鳧但聽聲。勞者時

　　歌榜，愁人數問更。〔註118〕

　　詩中末句之「愁人」，可爲詩人自己，也可爲詩人聞見之他人。無論爲何者，此詩「愁人數問更」一句在全詩中甚爲關鍵，點染出全詩之情感意義：「其實前五句詩除了觀景者的視覺與聽覺的美感經驗之外，完全沒有個人情緒的沾染，可是『愁人數問更』一出，則情緒彌篇。這種不以抽象概念白描，卻以具體意象的呈現來抒寫情懷，已具有盛唐詩人的成熟技巧。〔註119〕」以人物之動作推知情感指向，相對而言，較由物象推知更爲清晰。而情感指向一旦清晰，「完全沒有個人情緒的沾染」的景物也易「情緒彌篇」。

　　以上略舉陰、何之成就爲說，這自然不能反映南朝詩人的全貌，但南朝詩人致力於詩病的改善於此可見一斑。

四、宮體詩中女性的「定性」

　　南朝詩人既致力於詩病之改善，又已自覺「躓」之爲病，這自然促使詩人避免詩中景物、情感關係不協或晦澀之「躓」。而由詠物發展至宮體，便可以見出時人免於「躓」的手法之一，即是透過女性的文化約定性意義，給予全詩一定的情感氣氛。亦即由於女性的意義已然被「定性」，詩人所刻畫之「物」，其情感色彩也因已然「定性」的女性意義而相對明晰，這自然使詩作不易出現「躓」的狀況，故就情、景（物）協調的一面言，宮體詩也顯現了南朝詩進步的一面。以下針對此義再作析論〔註120〕：

　　　　陵。說見吳小如等撰寫《漢魏六朝詩鑑賞辭典》，頁1369。

〔註118〕逯欽立輯校《先秦漢魏晉南北朝詩》，頁2459。

〔註119〕王國瓔《中國山水詩研究》，頁158。

〔註120〕這當然不是說宮體詩之發展純粹繫於南朝詩體改進之一義，一文體現象的發生、發展，其原因往往是多重的，宮體詩亦然。下文尚有說明，此處不贅。

　　宮體之名雖得自梁代，但永明詩人詠物而入艷情的現象已逐漸增多〔註121〕。據學者統計，永明79首詠物詩中，藉詠物寫艷情者有18首，約佔總數22%〔註122〕。這些入於艷情的詠物詩，其「物」未必皆如沈約之〈領邊繡〉、〈腳下履〉〔註123〕般，以其爲女性之衣著穿戴，而較易引發與女性相關的聯想。如：

　　　　謝朓〈詠風詩〉：徘徊發紅蕚，葳蕤動綠菇。垂楊低復舉，新萍合且離。步檐行袖靡，當戶思襟披。高響飄歌吹，相思子未知。時拂孤鸞鏡，星鬢視參差。

　　　　謝朓〈詠落梅詩〉：新葉初冉冉，初蕊新霏霏。逢君後園讌，相隨巧笑歸。親勞君玉指，摘以贈南威。用持插雲鬢，翡翠比光輝。日暮長零落，君恩不可追。〔註124〕

　　「落梅」、「風」很難說與女性有何天然的相關性，因此以之融入閨情，可見是詩人刻意選擇的所爲。固然，「『借男女以喻君臣』，是古典文學傳統中極其普遍且重要的一種美學技巧」〔註125〕，謝朓或許也有運用此傳統，藉詠物以向君王示意的意圖。但無論是否如此，就詩中的情景關係而論，可見詩中景物未有游離於全詩情感氣氛的現象。以〈詠落梅詩〉而言，一至四聯用以寫梅之美好，並以美人之「相隨巧笑歸」等句，明確地賦予與梅之美

〔註121〕宮體詩之首倡，《梁書・徐摛傳》、《梁書・簡文帝紀》各以之爲徐摛或蕭綱。但就宮體詩之發展而言，很難說梁前與梁代有何重大差異，由於本文關注的是其所呈顯的現象，故不論「首倡」問題。又，所謂宮體詩，學界定義不一，歸青先生檢討諸說，舉出「艷情特徵」、「新變特徵」、「體物特性」爲宮體詩界說。總之，「艷情」爲其中不可或缺之特徵。說見氏著《南朝宮體詩研究》（上海：上海古籍出版社，2006），頁 19～35。林大志先生亦檢討史料，認爲「是否關乎女性可爲宮體詩最突出、最關鍵的一個表徵」。見氏著《四蕭研究：以文學爲中心》（北京：中華書局，2007），頁 223。對於宮體詩的艷情特徵，筆者另有補充說明：若脫離艷情特徵，僅著眼於形式及風格等方面，則齊、梁二代並無本質之分。鑑於《南齊書・陸厥傳》所記錄之「世呼爲永明體」，表明時人對蕭齊之「永明體」一詞，有其時代及聲律內涵的自覺，故對於「宮體」一詞的理解，應當求其異於他體之處。而其異於他體之處，以蕭綱命徐陵編《玉臺新詠》，而此集又以艷情爲特徵，可知在時人心中，艷詩已成爲一特殊類別。故本文亦以艷情作爲宮體詩不可忽略之特徵所在。

〔註122〕于志鵬〈宋前詠物詩發展史〉，山東大學博士論文，2005，頁 65。

〔註123〕二詩，見逯欽立輯校《先秦漢魏晉南北朝詩》，頁 1652、1653。

〔註124〕二引詩，同上，頁 1436、1436～1437。

〔註125〕梅家玲〈漢晉詩歌中「思婦文本」的形成及其相關問題〉，見氏著《漢魏六朝文學新論——擬代與贈答篇》（北京：北京大學出版社，2004），頁 95。

好相應的喜悅之情，末聯則藉著美人見棄，使本詩所詠之「落梅」呈現出清晰的情感內容。而〈詠風詩〉前二聯則藉景物之變化，描寫「風」之吹動，第三聯「步櫓行袖靡，當戶思襟披」，以襟袖之披靡，可見風力之強勁，而「思」字又呼應下聯「相思子未知」，於是人物在風中之孤寂情感便進入景物的描寫之中〔註126〕，並帶出了末聯攬鏡所見的參差白髮。由於女子相思之情的引入，前二聯景物搖擺合離的描寫，便也不只是純粹客觀地描寫眼前景，同時也是讓美麗的景物具有了不安的情感色彩。由此可見寫景物而融入艷情，可使景物涵有相對明晰之情，從而也就具有使情景不「隔」的便利性。

　　此後南朝詩人以女性入詩的狀況大增，至梁代而達到高峰〔註127〕，這固然與詩人為了符合宮廷遊戲的場合，因而限制了詩歌的發展方向密切相關〔註128〕。但女性入詩現象的遽增，除了符合遊戲場合要求之外，也當有詩人審美要求的原因，因此開拓了女性入詩得以持續發展的空間。故而「永明已來，艷情即已闌入寫景、詠物的領域，使寫景、詠物、艷情三體呈合流之勢」〔註129〕，而其後的發展，更可見女性描寫越來越突出的地位，在景物的刻畫中女性甚至成為主體部分。如永明詩人謝朓〈雜詠三首・鏡臺〉：「玲

〔註126〕本詩第三聯，陳冠球先生注曰：「『步櫓』用『行袖』，『當戶』用『思襟』，寫其披靡，以見風力之勁，而風中之人孤寂凝思，亦一望可知。」見（南齊）謝朓著；氏編注《謝宣城全集》，頁237。

〔註127〕石觀海先生據《玉臺新詠》統計，其中蕭梁詩作佔全書總量59.38%，其餘四成為梁以前歷代之詩。而作者數量比亦頗為懸殊，宋、齊兩朝作者僅及梁代三分之一。因此作者認為：「這無疑表明宮體詩派在走過了發軔其的劉宋大明、泰始時期和發展期的南齊永明時期之後，已經迎來鼎盛的蕭梁時代。」見氏著《宮體詩派研究》（武漢：武漢大學出版社，2003），頁166。歸青先生據逯欽立輯校《先秦漢魏晉南北朝詩》，臚列齊梁陳艷詩篇目及其作者，梁代篇目及作者也顯然遠高於各代。見氏著《南朝宮體詩研究》，附錄五，頁417～432。雖然詩人有跨代問題，統計數字難免有出入，但宮體詩在梁代達到「且變朝野」的盛況，則梁代宮體之大盛應無疑義。

〔註128〕「到了五世紀後期，詩歌日益成為南朝宮廷的壟斷物。……詩歌變成一種高雅的消遣，儒家教化的滲入，或隱士的強烈獨立性，都被認為是不可原諒的俗氣。……在詩歌領域和宮廷娛樂中，關心政治同樣被認為是不合時宜的。」見【美】宇文所安著；賈晉華譯《初唐詩》（北京：生活・讀書・新知三聯書店，2005二刷），頁4～5。本書雖以「初唐」為主，但作者亦云：「南朝宮廷詩向初唐宮廷詩的發展是一個逐漸的過程，未涉及重要的或突然的變化。我們這裡將要描繪的各種既定慣例，主要見於初唐詩，但都可以在南朝宮廷詩中找得源頭。」（頁7）。

〔註129〕闇采平《齊梁詩歌研究》，頁167。

瓏類丹檻，茗亭似玄闕。對鳳懸清冰，垂龍掛明月。照粉拂紅粧，插花理雲髮。玉顏徒自見，常畏君情歇。〔註130〕」此詩雖後半引入閨情，但前半仍是著重在對物象的刻畫。以謝朓此詩對比於梁代詩人王孝禮同以「鏡」爲題的〈詠鏡詩〉，則更明顯可見女性份量之突出：

　　　　可憐不自識，終爾因鏡中。分眉一等翠，對面兩邊紅。轉身先見動，含笑逆相同。猶嫌鏡裏促，看人未好通。〔註131〕

王孝禮此詩雖爲詠「鏡」，但實際上已是詠「人」，「鏡」明顯已淪爲陪襯的地位。這與謝朓詩相較，其重心之轉移顯而易見。再如蕭繹〈詠風詩〉：

　　　　樓上試朝粧，風花下砌傍。入鏡先飄粉，翻衫好染香。度舞飛長袖，傳歌共繞梁。欲因吹少女，還持拂大王。〔註132〕

此詩與上舉謝朓同題之作相較，亦呈顯出偏重詠人的情形。謝朓之作尙有「徘徊發紅萼，葳蕤動綠葹。垂楊低復舉，新萍合且離」等較爲獨立地描繪景物之處，蕭繹之作則處處不脫女性的動作。當然，對於女性題材的重視，甚且也使女性本身即成爲大量吟詠的對象，如題作「詠舞」、「詠舞女」、「詠歌」、「詠歌姬」、「見美人」、「逢美人」、「聽妓」、「看妓」等等詩作可謂觸目皆是，無庸贅舉。總之，愈來愈重視女性及女性所喚起的情感色彩，在南朝詠物發展至宮體大盛的過程中，是十分明顯的現象。

　　由以上所述可知，詩人所詠之「物」，其意義未必皆與女性密切相關，但由於融入女性，使得全詩之景物富含由女性而來的情感色彩，於是得以改善景物游離於詩中情感的「分兩截」現象，同時景物所興之情，也不易有「躓」的隱晦、矛盾之弊。但是，之所以能有如此的審美意義，實是因女性的文化約定性意義已然成立，換言之，由於女性已被「定性」，於是依此特定的性質以觀景物，景物之情感色彩便可依女性之「性質」而取得。總之，女性的文化約定性意義成爲社會「默契」，而此共認共知的「默契」，是詠物、寫景免於「躓」的一種有效手法。因此在宮體詩「且變朝野」〔註133〕之前，宮體之作已不斷增加〔註134〕。

〔註130〕逯欽立輯校《先秦漢魏晉南北朝詩》，頁1452。
〔註131〕同上，頁2120。
〔註132〕同上，頁2052。
〔註133〕語見《(新校本) 南史》卷八〈梁本紀下〉，頁250。
〔註134〕活躍於永明，且繼續影響梁代前期（中大通三年，531 前）詩壇的詩人，除其代表者沈約外，尙有蕭衍、高爽、范雲、江淹、王暕、丘遲、何遜、柳惲、吳均、王僧孺等。除蕭衍外，他們與蕭綱、蕭繹的關係並不密切，當他們活

　　以這種角度考察宮體詩重要領導者蕭綱的詩作，也可發現蕭綱之景物詩
與其宮體詩之差別。蕭綱寫景物實不乏傑出之處，如〈和湘東王橫吹曲三首‧
折楊柳〉中之「風輕花落遲」句，即爲沈德潛評爲「雋絕」﹝註135﹞。雖如此，
但蕭綱景物詩實際上仍存有若干「躓」的毛病，如：

　　　　〈秋夜詩〉：螢飛夜的的，蟲思夕嘤嘤。輕露沾懸井，浮煙入綺
　　寮。檐重月沒早，樹密風聲饒。池蓮翻罷葉，霜篠生寒條。端坐彌
　　茲漏，離憂積此宵。

　　　　〈餞別詩〉：行樂出南皮，譙餞臨華池。撢解篁開節，花暗鳥迷
　　枝。窻陰隨影度，水色帶風移。徒命銜杯酒，終成憫別離。﹝註136﹞

　　其寫景之處，便很難說與所生之情有何關連，如〈秋夜詩〉雖有學者對
其遣辭用字頗爲讚賞，但也認爲「以『離憂』總攬全詩意象，只是意象和意
念之間關連得不太緊密」﹝註137﹞。可以說，「蕭綱的寫景之作總體水平參差不
齊，有佳構，但只是少數。大多沒有融情入景或許是形成這種情況的重要原
因。總是單純刻畫景物，專心致志地敷陳渲染，彷彿局外人一般，置身界限
之外精心描摹。﹝註138﹞」景歸景、情歸情，二者因不能密合而辭意深晦，此
自是「躓」之病。然而其宮體卻少有此病，可見宮體在克服「躓」上有其進
步的一面。清人王闓運云：

　　　　爰及齊梁，因有宮體。遊覽詠物，悉入閨情。蓋取其妍麗，始
　　能綿邈。論者不曉其旨，輒以佻仄譏之，此不究而妄言也。﹝註139﹞

　　閰采平先生批評王氏此段言論，認爲：「由於寫女色，齊梁詩歌才形成了
如王闓運所說的那種綿邈風格，而並不是像王闓運所解釋的那樣，齊梁文人
追求一種綿邈的詩歌風格，然後再通過寫女色來實現它。王氏的曲爲回護。

躍於詩壇時，蕭綱、蕭繹年歲尚幼。如天監十二年（513）沈約以七十三歲之
年去世，時王僧孺、柳惲49歲，吳均45歲，蕭衍50歲，何遜約50歲，而
此時蕭綱只有11歲、蕭繹才6歲。而這批詩人留下了一些宮體特徵相當明顯
的艷詩，其中尤以蕭衍、沈約、何遜、吳均、王僧孺的數量爲多。說見歸青
《南朝宮體詩研究》，頁283～284。

﹝註135﹞〔清〕沈德潛評選；王莼父箋註《古詩源箋註》，頁316。
﹝註136﹞二引詩，見逯欽立輯校《先秦漢魏晉南北朝詩》，頁1947、1952。
﹝註137﹞湯貴仁先生對此詩的賞析。見吳小如等撰寫《漢魏六朝詩鑑賞辭典》，頁1183
　　　　～1184。引文見頁1184。
﹝註138﹞林大志《四蕭研究：以文學爲中心》，頁158～159。
﹝註139﹞引自駱鴻凱《文選學》（台北：漢京文化事業有限公司，1982），餘論第十，
　　　　頁365～366。

在於倒果爲因。〔註140〕」固然，南朝詩人未必是爲了追求綿邈的詩歌風格而寫女色，但王闓運準確地道出「遊覽詠物，悉入閨情」的優點：透過閨情使景物染有一致的妍麗色彩，從而使全詩統一在一致的風格（綿邈）之下。換言之，景物所喚起的「情」，因女性之「妍麗」爲之「定性」，因而不再成爲人各異解的晦澀，此自然可以爲免於「躓」之一途。

既然女性的社會約定性意義，具有爲景物的情感色彩定性的作用，從而得以改善「躓」的現象，這表示作者及讀者群體對詩中景物所興之情，有共識性的認知，而這同時也意味著女性的意義被侷限在一特定範圍。也就是說，女性的意義被限縮在相對狹小的範圍，從而成爲一同質性甚高的類別，否則龐雜分歧、甚至相反的女性意義，便將使共識難以存在。而缺乏共識則類似的感知方式也將不存，如此，景物所欲傳達之情便仍將深晦難明。

因此考察詩中女性形象，也可以發現女性愈趨於同質發展。

梅家玲先生指出，建安以前的思婦詩可歸屬於三類，一爲民間風謠及文人仿作；二爲《古詩十九首》中者；三爲寫實贈答體（以徐淑〈答秦嘉〉爲主）。就情感內容而言，雖然相思情怨的抒發爲其共同特點，然其間仍有多元的風貌。如同樣是抒發對所愛的思而不得，《詩經》中便有「『青青子衿，悠悠我心，縱我不往，子寧不嗣音』的幽嘆、『子不我思，豈無他人？狂童之狂也且』的嗔怨，『自伯之東，首如飛蓬，豈無膏沐，誰適爲容？其雨其雨，杲杲出日，願言思伯，甘心首疾』的刻骨銘心，抑或是『及爾偕老，老使我怨，淇則有岸，隰則有泮，總角之宴，言笑晏晏，信誓旦旦。不思其反，反是不思，亦已焉哉』的自傷自悼」。而就漢詩而言，也有在「『蕩子行不歸』之餘，爲妻者並不諱言於『空床難獨守』的情欲告白（〈青青河畔草〉），甚且在『聞君有兩意，故來相決絕』之際，還能大發『男兒重意氣，何用錢刀爲』的凜然義憤（〈白頭吟〉）」〔註141〕。

但至魏晉時代，詩中所顯現的「思婦」情懷已大大縮減，「幾乎千篇一律地以貞定嫻淑的面貌出現。無論時間是春朝，抑或秋夜；所置身的地點是樓頭，抑或深閨：猜疑憂思，悲嘆垂涕，自傷自憐，遂成爲思婦無視於時空流轉的恆定情態」〔註142〕。雖然「思婦」情懷在魏晉詩人手中已趨向於單

〔註140〕閻采平《齊梁詩歌研究》，頁111。
〔註141〕梅家玲〈漢晉詩歌中「思婦文本」的形成及其相關問題〉，見氏著《漢魏六朝文學新論——擬代與贈答篇》，頁67～74。引文見頁67、74。
〔註142〕同上，頁75。

一，但是魏晉詩人關注的範圍，仍然及於其他的女性形象。如左延年〈秦女休行〉：「休年十四五，爲宗行報讎。〔註143〕」寫一爲親族報仇的女子。傅玄則更於其作中大力稱揚女休：「烈著希代之績，義立無窮之名。夫家同受其祚，子子孫孫咸享其榮。今我作歌詠高風，激揚壯發悲且清。〔註144〕」曹植〈鼙舞歌五首・精微篇〉則於詩中讚美了杞妻、蘇來卿、女休、緹縈、女娟諸女子〔註145〕；嵇康〈六言詩〉：「老萊妻賢明，不願夫子相荆。相將避祿隱耕。樂道閒居採荓，終屬高節不傾。〔註146〕」則歌詠老萊妻避祿隱耕的高節；傅玄〈秋胡行〉表彰秋胡妻的節烈〔註147〕、〈苦相篇〉則總體反省了女性的不平等地位〔註148〕；成公綏〈中宮詩〉則述女性（后妃）「仁教內修」以興邦國〔註149〕。依此數例可知，魏晉雖重以「德」的角度描述女性，但仍可於其間得見女性形象的多樣。

然而女性形象的多樣性，在南朝宮體詩人的手裡，則更是大幅地萎縮，女性的容色以及男女交往成爲詩人關注的重點所在。故而對傳統女性題材的吟詠，在宮體詩人筆下，往往也縮減成特定意味：「如巫山神女是美貌的比擬與男女交往的象徵，秦羅敷在單獨敘說時是美貌的比擬，但涉及男女交往時詩中則把她當作男女交往未能實現的象徵，班婕妤被棄是因爲趙飛燕的『舞腰輕』及被棄後的『空床』、『單眠』、『獨臥』成爲關注的焦點；王昭君出塞後朱顏凋落替代了早先作品中的離家悲傷淒涼。〔註150〕」尤其更明顯的是，對於女性的「德」的吟詠，「這是梁陳時完全沒有的」，甚至「魏晉時認爲是道德性女性形象的，而梁陳詩人則反其意而用之」〔註151〕，如蕭綱〈怨歌行〉末二句「早知長信別，不避後園輦」，反用《漢書・外戚傳》班婕妤守德不與成帝同輦故事，將守德視爲是班婕妤後悔的因由。這與前代相較，其差別是十分巨大的。

由此可知，在南朝宮體詩之前，女性意義已逐步縮減而向「定性」發展，

〔註143〕逯欽立輯校《先秦漢魏晉南北朝詩》，頁410。
〔註144〕同上，頁564。
〔註145〕同上，頁429～430。
〔註146〕同上，頁490。
〔註147〕同上，頁554。
〔註148〕同上，頁555。
〔註149〕同上，頁584。
〔註150〕胡大雷《宮體詩研究》（北京：商務印書館，2004），頁188。又，本書有專章論列「宮體詩中的前代女性形象」，見頁175～191。
〔註151〕同上，頁189。

但仍較爲多元。至宮體詩人，女性的形象益發受到限制，詩人對傳統女性形象的接受，只在狹小的幾個角度。女性形象的窄化，使其更趨向於單一的、同質的類別，這自然使得女性所喚起的情感色彩更趨於一致。而女性差異性被排除，則默契性的共識更易形成，以此共識性的「默契」觀景、物，自然能有效地降低了「躓」的可能。故而若就詩歌的情、景（物）相應這一角度而言，宮體實有其更協調的進步性。宮體得以大興，其中原因固然多端，但也應有其使詩歌出現了進步的一面所致〔註152〕。

正是因爲這種共識性的「默契」及其在審美效果上的優點，於是透過南朝宮體詩人大量且反複的創作，其結果並不是因爲眾多詩人的文學想像，擴大了女性的形象，反而是使女性的文化約定性意義更加單一，從而確立了女性更爲明確的類別意義，而這正反映了南朝詩人隱蔽的類優先性意識。正因類優先，於是類的某些特徵被強化、某些被抑制，換言之，女性人人各殊的個性差異被抹除，以致於女性的類別意義，在宮體詩中益趨於明顯。而這種類優先性意識，自然也使女性形象更具有同質性，因此在宮體詩人眼中，無論所寫的女性身份爲何，並無本質上的區別。正如學者指出，「宮體詩中有貴族婦女，也有歌女倡婦，但作爲女性美的表現對象，寫法上並沒有區別。同樣作爲詩歌題材，又使用同樣的語言，同樣的品評」〔註153〕。而這正是宮體詩人在面對女性時，首先是以女性已然被「定性」的類別視女性所致。

而這種類優先性的意識，事實上是士族世界觀的一種顯現，因此當然不會僅止於對女性「定性」，自然也反身及於士族對自身的「定性」。於是玄學原本所具有的個性解放意義衰退，其個性多樣性自也減縮，反倒是在政治現實環境的篩選下，與謙退相容的雍容、寬緩之類風度，成爲最受矚目的類別特徵。其他，則在篩選下漸不受重視，甚且成爲負面特質。可以說，士族堅

〔註152〕宮體之興，一如他體，自然免不了各種因素的影響。前人常以帝王貴族荒淫生活的反映解釋宮體之興盛。但，此說近年已有較多反省、修正。因此，若說「宮體詩與齊梁以來宮廷貴族的浮華生活有密切的關係，這大抵合乎實情。南朝文學的感官追求趨勢，與六朝享樂論的生活背景時密不可分」。但是，「如果將宮體詩視爲齊梁宮廷貴族縱情聲色、生活放蕩的具體反映，甚至以之爲『色情文學』，則與事實有相當大的出入。」而蕭梁時期發展出宮體詩，則與「拓展題材的抉擇」、「藝術形式的試驗」、「感官追求的歷史趨勢」等原因有關。說見陳昌明《沈迷與超越：六朝文學之感官辯證》，頁274～277。

〔註153〕張松如主編；傅剛著《魏晉南北朝詩歌史論》（長春：吉林教育出版社，1995），頁385。

守其自身「類」的特徵，這為士族取得了特權，但同時也成為士族衰落的原因（詳下）。

第三節　小　結

謝靈運要求心跡合併，使「跡」突出了獨立於人主觀意願的意義，由於這種觀念的風行，也因此使得「跡」、場所自有其意義的觀念，持續在南朝發揮著重大的影響力。換句話說，南朝與前代相較，外在世界的客觀性更受到關注。這種對外在世界客觀性重視的現象，除表現為以謝靈運詩為代表的逼真寫景、物我對立之外，也表現在與之密切相關的物感說、形似說及詠物詩的興盛上。

以物感說而言，先秦、漢儒對於物的觀點，顯然偏重於物的「比德」及政教意義上，而對於物的政教、道德式理解，也就使人相對地忽視自然景物對情感的觸發作用。魏晉時代，文人對於物感（或感物）的關注明顯多了起來，且魏晉詩人對物感的關注，其方向也與前代有著相當明顯的不同，已然轉向了關注物與情的關係上。以陸機為例，其〈文賦〉即強調了外物觸發情感的作用，雖然在其作品中，往往表現的是外物對已然興發的情感的強化作用，而不是引發情感，然皆已不再是以物「比德」。時至南朝，物本身所具有的獨立審美價值取得了突出的地位，故詠物詩中主體抒情的意味日趨淡薄，而刻畫物象使之「如印之印泥」成為顯著特徵，這正是南朝詠物詩突出物的客觀屬性，因而與傳統詠物詩有極其明顯的不同之處。

與物感說密切相關的形似說，自然也是南朝甚為普遍的觀念，其普遍為人所重，也表現在「形似」一詞不再專與賦相連，而能通行於諸種文體。因此就其時文論而言，將「形似」與賦連結的現象更形淡化，「形似」一詞，時人僅著眼在其寫作技巧的意義上，而成為通用各體的常見文學批評用語。於是南朝與前代之寫物手法，在「密附」、「印之印泥」、「曲寫毫芥」部分有極明顯的差異。換言之，南朝與前代寫物之差異，正在於逼真地、精細地「體物」。

南朝物感、形似觀念的發展，其顯著的特徵在於突出「如印之印泥」的逼真性。而就實際的詩體發展而言，山水、詠物、宮體等相繼盛行，其中一項不變的特徵，便是其題材的客觀屬性始終為詩人所關注。這種傾向得以貫穿南朝，也反映出南朝對外在世界客觀屬性、意義的重視。

　　此外，南朝詠物詩中「情」的意義也值得注意，即在傳統自我抒情的意義之外，另突出了一層意涵：「情」成爲詩中的一種構成項目，爲使一首詩成一完美審美對象而可於詩中被「安排」、「設計」的項目。在這種觀點下，外在世界所觸發的「情」，其「情」便是有待詩人於詩中妥善安排的「物情」。而詩人完美地呈現「物情」，這自然是一種「表演」，而不指向詩人全人格（尤其道德人格）的展現。因此，就詩人與外在客觀事物接觸所興發的「情」而言，此「情」便只是人「感知」外物而來的情感的片段，此自然無關於人格的全面展開、無關於因自身境遇所蓄積的情感，此「情」實際上是一種「情趣」。因此詩人在其詩中常常出現截然相反的情志傾向，要在詩中尋求南朝詩人的全人格展現，便往往窒礙難行。而這種創作傾向之盛行，也就形成了裴子野所批評之「深心主卉木，遠致極風雲。其興浮，其志弱」的普遍現象。好寫「卉木」、「風雲」且「興浮」、「志弱」，這正是南朝詩人自我抒情的一面被淡化，並對外在世界客觀性的重視所致。

　　物獨立於人的觀念，隱含著外在世界的屬性、意義在人之外的意涵。然而事物的意義爲何，往往不脫文化約定性，但這種人爲的約定性卻也常被隱蔽，使得來自人爲約定的意義，表現得彷彿事物本然如此、爲事物自有的客觀屬性。如山林已被定位成隱逸、暢玄、澄懷觀道、遠離朝市之場所等意義，因此即便山水詩中「玄言的尾巴」已然消失，但仍不礙讀者以玄遠的角度接受山水詩。

　　與此對照，謝朓所寫的山水，是在宦遊生涯的各種場合中舉目所見的尋常山水，由於離開了深山野林，於是使山林脫離文化約定性意義，以致於其詩情景難以相稱之處所在多有。亦即謝朓所寫山水脫離了「玄想的色彩」，使山水景物在謝朓手裡轉成抒寫各種情感的手段，但脫離玄遠的文化約定性意義，山林景物缺乏了「共識性」的認知，面對某一山水景物所觸興的情感，實際上是人各異見的。也因此謝朓詩的山水，容易因景物所喚起的意義模糊不清，從而造成「意深」所致之「躓」。

　　南朝詩人爲能克服「躓」，投入了許多努力，如陰鏗、何遜便是其中頗具成績的著名詩人。然而南朝詩由詠物發展至宮體，便可見出時人免於「躓」的手法之一，即是透過女性的文化約定性意義來完成的。亦即，由於女性的意義已然被「定性」，詩人所刻畫之「物」，其情感色彩也因已然「定性」的女性意義而相對明晰，這自然使詩作不易出現「躓」的狀況。

　　既然女性的社會約定性意義，具有爲景物的情感色彩定性的作用，從而得以改善「躓」的現象，這表示作者及讀者群體對詩中景物所興之情，有共識性的認知，而這同時也意味著女性的意義被侷限在一特定範圍。也就是說，女性的意義被限縮在相對狹小的範圍，從而成爲一同質性甚高的類別，否則龐雜分歧、甚至相反的女性意義，便將使共識難以存在。而缺乏共識則類似的感知方式也將不存，如此，景物所欲傳達之情便依然深晦難明。於是女性形象在南朝日益窄化，更趨向於單一的、同質的類別，而女性差異性被排除，則默契性的共識更易形成，以此共識性的「默契」觀景、物，自然能有效地降低了「躓」的可能。故而若就詩歌的情、景（物）相應這一角度而言，宮體實有其更協調的進步性。

　　正是因爲這種共識性的「默契」及其在審美效果上的優點，於是南朝宮體詩人大量創作的結果，並不是因此擴大了女性的形象，反而是使女性的文化約定性意義更加單一，從而也使女性的類別意義更爲明確，而這正反映了南朝詩人隱蔽的類優先性意識。正因類優先，於是類的某些特徵被強化、某些被抑制，換言之，女性人人各殊的個性差異被抹除，以致於女性的類別意義，在宮體詩中益趨於明顯。而這種類優先性意識，自然也使女性形象更具有同質性，因此在宮體詩人眼中，無論所寫的女性身份爲何，並無本質上的區別。

　　這種類優先性的意識，正是南朝世界觀的一種顯現，也由此可見出，南朝不斷彰顯外在世界客觀化的意義，此使包含社會秩序在內的外在世界，彷彿是依其自身的客觀之理而來，而非人爲的建構。然而這實際上卻是藉助客觀的面紗，以掩蓋文化約定性的結果。